The Economic Chronicles Of Three States

유전그룹·관몽그룹·장풍그룹의 흥미진진한 이야기
최고의 옴니버스 소설로 탄생 예고!!!

경제 三國志

유재기 지음

도서출판 정우디피씨

Write a preface

빌 클린턴 미국 대통령과의 1분!
토미 레멩게사우 팔라우 대통령과의 50분!
김영삼 대통령과의 50분!

이 세 분과의 만남은 내 인생에 커다란 자극제이자 미래에 대한 원동력이 되었다. 순수 청년이었던 내게 귀동냥삼아 깨어있는 삶을 간접적으로나마 들을 수 있었던 좋은 기회였다. 또한 오래 전 현대 정주영 회장을 소재로 한「나를 알고 세계를 알자」와 포스코 회장의 신화「한국의 철강왕 박태준」을 저술하면서 파란만장한 TOP경제인이 되기까지, 고난의 행진과 파격적인 순간순간의 결정까지, 소통과 배려의 부분까지……. 난 어쩌면 운이 좋은 청년이다. 더구나「경제삼국지」는 국내에서 최초로 잡지에서 3년간이나 연재해 주어 반갑기 그지없었다.

경제인들이 좋아하는 일부분이 무협이나 추리물이어서 이번 책의 구성은 경제소설과 추리소설의 시너지 융합으로 독자들은 쉽고 재미있게 책장을 넘기리라 본다. 오랜 장고 끝에 출판을 결정한 (주)정우의 가족들에게 감사함을 전하면서…….

삼각산방에서
저자 유재기

01

경제삼국지

제 1화

천 년 만에 한 번 피는 우담바라

어느새 해가 바뀌고 또 바뀌었다.

새로운 별들이 혜성처럼 나타나기도 하고 인연이 다한 별들은 검은 심장 블랙홀로 빨려 들어간다.

그 중에서도 가장 흥미를 느끼는 것은 관몽그룹의 탄생의 주역인 관 회장의 놀라운 성장가도인데 그는 삼국지의 관우처럼 투박하고 탱크처럼 밀어붙이는 뚝심은 세계 어느 누구에게도 찾기 힘들었다.

관몽그룹은 건축과 금융 그리고 기업의 나팔수 언론까지 재계 10위 안에 드는 기업인데 관 회장은 경제의 왕으로서, 수 많은 CEO를 리드하는 존재로서, 그 권력을 이어가기 위해 수단을 가리지 않고 독사같은 매서움과 표범같은 먹잇감 사냥술을 가졌다고나 할까. 관 회장은 51세의 독신으로서 무자식이 상팔자인 듯 싱글의 고독과 야망을 함께 지닌 무서운 괴력의 사내다.

그렇다면 도대체 누가 관몽그룹을 계승한단 말인가?

깜짝 놀랍게도 후계자 계승 문제는 불가의 환생 인연을 믿고 있었다. 이 세상 어딘가에 자신의 존재를 이어갈 어린이가 나타난다고 믿는 것은 왜일까?

관 회장이 존경하는 인물로는 티베트 달라이 라마가 있는데 현존하는 승려가 국왕의 지위를 갖고 신화적인 요소가 많은 독특한 시스템에 의해 선출된다.

현재의 달라이 라마가 세상을 하직하게 되면 곧바로 후대의 달라이 라마를 찾기 위해 또 다른 환생자를 발견하려는 수색대가 결정된다. 우리의 고승에 해당되는 샤먼은 환생한 영혼이 어디서 날 것이라는 영감에 의해 어린 달라이 라마를 신비적인 방법으로 찾기 시작한다.

관 회장은 사실 그의 독신을 지탱하게 해주는 여인이 있었는데 그가 주야라는 여인이다. 인생 최대의 위기감과 실연을 겪고 만난 여인이 바로 주야이다.

주야가 어디가 좋으냐고 물으면 맨 먼저 미소를 떠올린다.

넓은 입가에 잔잔히 퍼지는 호수의 보드라운 물살만큼이나 그녀의 체취는 향긋함이 몸 전체에 배어있다.

알면 알수록 주야는 신비하기만 하다. 그의 부모는 일본계인데 그녀가 태어난 곳도 오사카 쓰루아 시 근처였다.

쓰루아역은 자전거가 질서 정연하게 곧 다가올 주인을 기다리고 있다. 주야의 아빠도 이곳에서 빠징코 영업 과장을 하며 생업을 이어갔고 그럭저럭 수입이 괜찮을 무렵 일본 교포 여성을 만났고 그 이듬해 주야는 탄생하게 되었다.

주야는 불교에 심취한 부모를 따라 인근 사찰에 자주 갔었는데 교토에 있는 고려사나 나라에 있는 동대사에 자주 갔다.

동대사 대형 목불님을 보며 소원을 빌곤 했는데 그녀의 소원은 한국 남성을 만나 한국에 정착하는 것이 소박한 꿈이었다.

그러던 어느 날, 넓은 사찰 뜰에서 둘은 운명적으로 만났다.

"평화롭게 노니는 사슴을 보니 어릴 적 꿈꾸던 유토피아 같아요."

청년 실업가 관 회장이 말을 걸었다.

"누구시죠, 무얼 하시는 분이죠."

투박하지만 그녀의 말투에는 호기심이 잔뜩 묻어 있었다.

"무슨 일 하는 사람으로 보이시나요?"

"한국과 일본을 오가며 사업을 하는 교포사업가 아니면 처녀들을 헌팅하는 오렌지족."

주야는 빨간 스웨터에 흰 바지를 입고 있었는데 긴 머리가 한층 매력을 발산시키고 있었다.

"반은 맞았으니 50점을 드리죠."

더 이상 한가로움과 자유를 표현할 수 없는 무사태평한 분위기, 두 사람의 등 뒤로 강렬한 햇볕이 내리꽂는다.

주야는 어느덧 선글라스를 끼고 있었다.

"일정은 잡혀 있나요, 아님 여행을 꿈꾸나요."

"동대사에서 며칠 묵을까 해요."

"사업과 불교가 연관이 되었나 보죠."

"아마도 세상 돌아가는 얘기, 아시아의 자연 유산을 보려면 사찰만큼 좋은 데는 없죠."

심호흡을 크게 하며 관 회장은 말을 이어 나갔다.

나라 현의 대기가 깨끗해서 그런지는 몰라도 저 멀리 시내의 차량들이 달리는 모습이 눈앞에 들어왔다.

"제 꿈은 대지를 디자인하여 멋지게 구조물을 짓는 것입니다."

"아하! 건축가가 꿈이군요."

"저 멀리 푸른 잔디 위에 아름다운 집을 짓고 행복의 단꿈을 꾸는 것은 소시민들의 희망사항이죠."

"제대로 된 건축은 사찰 건축에서 찾을 수 있죠, 암 목과 수 목이 어우러져 하나의 재목이 되며 이들의 조화가 결국 우주의 상생과 환희를 느끼게 해줍니다. 나무는 거짓이 없거든요. 거짓을 말하려면 나이테를 속여야 하는데 나무는 인간을 속이는 재주가 없어요."

사찰의 붉은 단청의 빛바랜 자리에 역사 깊은 우담바라가 만개를 준비하고 있었다.

천 년 만에 한 번 핀다는 우담바라는 전설 속의 꽃이 아닌 실제로 사찰의 영험한 구석에서 피어나 종종 불자들의 환희심을 불러오곤 한다.

"저희 집에서도 나무를 몇 그루 심었는데 아빠는 저 녀석들이 뭐 자식 같다나요. 어쩔 땐 나무가 샘이 나기도 하거든요."

바짝 마른 대지 위에 사슴들은 신이 나서 뛰어다녔다.

여기서만큼은 인간과 사슴이 모두 경계 해제다. 서로가 해를 가하지 않는 무언의 신사협정을 맺은 것이다.

인간은 사슴에게 먹이를 주고 사슴은 인간에게 평화를 안겨주는 것이다.

"동대사에 중요한 통과의례가 있는데 같이 가 볼래요?"

"통과의례라니요. 호기심이 발동하는데요."

주야가 안내한 곳은 대웅전 뒤쪽 부처님 발아래 구멍을 통과하는 곳인데. 여기를 무사히 통과하면 한 해의 번영과 성취가 이루어진다는 설이 내려오고 있다.

호기심 청년 관 회장이 통과하는 사이 여기저기 향 피우는 인파 사이로 주야의 기도하는 모습이 보였다. 때로는 주야의 기도하는 모습이 관능적인 아름다움을 함께 풍기고 있었다.

불보살의 가피를 받은 동자상의 모습이 동양적인 친근감을 주고 있다. 절구통을 찧고 있는 동자상. 검은 염주를 끼고 학업성취 공부하는 동자상. 불그스레한 볼 아래 복주머니를 안고 피안을 응시하는 동자상 그 모두가 수행 정진하는 모습.

일본은 전형적인 불교 국가다. 인구 1억 명 이상이 불국토를 장엄하고 있는 것인데 이는 불심으로 대동단결하는 아시아 최대 선진국의 모델이기도 하다.

이러한 정신문화를 배우고 싶은 관 회장이 일본에 자주 출몰하는 것도 무리는 아니리라. 주야의 고혹적인 미소를 보고 자유로운 사슴들이 몰려들었다.

"사슴을 퍽 좋아하나 봅니다."

"엄마 사슴 아기 사슴 뛰어 노니는 것을 보면 아주 작은 평화를 느낍니다."

"그래요. 초식 동물은 대체로 순하고 평화를 사랑하죠. 대신 육식과 초식을 겸하는 동물은 포악하다가 금방 부드러운 유혹을 하는 이중성을 가지고 있죠."

"인간이 원초적인 본래의 모습대로 풀과 과일만 섭취했더라면 일제 36년의 침략, 2차 세계대전 악몽, 최근의 석유전쟁, 종교간 유혈갈등 이 모든 게 제로 베이스로 돌아갈지도 모르죠."

"그래서 부처님께서는 일체의 생명을 죽여서도 안 되고 일체의 육 고기를 먹어서도 안 된다고 가르치셨죠."

인간은 육 고기를 얻기 위해 엄청난 에너지를 모아야 했던가! 또 그 에너지를 저장하기 위해 얼마나 많은 인간을 희생되게 했던가!

에너지 전쟁은 윤회의 전쟁이다. 그러나 그 에너지의 고갈이 30년 안팎이라니 과연 인간의 미래가 공룡처럼 되지 말라는 법이 있는가?

국제 유가가 천정부지로 치솟고 원유 1배럴의 현물가격이 중동산의 입맛대로 오르락내리락 1970년대 당시 유감없는 오일쇼크, 중동전쟁, 이란의 혼란 등 산유국의 혼란이 한국 사회에 얼마나 많은 불안을 안겨주었는가?

2004년 기준, 산유국의 석유매장량이 1조 1886억 배럴, 불확실 매장량은 1조 배럴 정도로 추정되지만 만약 이러한 가공의 현실이 공상이 아닌 리얼 타임으로 다가온다면 인간의 본능은 피를 부를 것인가?

손에 손을 잡고 협상을 할 것인가?

지구의 자원은 유한하지만 인류의 구원은 무한하다고…….

오후의 햇살이 칠색무지개를 안고 하늘에 구름다리를 만들려 할 때 주야는 같이 가볼 데가 있다고 관 회장을 이끌었다.

"동대사 앞에 시립미술관이 있는데 초대하고 싶군요."

"좋아요 마땅히 갈 데가 없다면 호텔밖에 더 가겠어요?"

"목적이 자의든 타의든 만들어지고 실행된다는 것은 좋은 일이에요. 그것은 권태를 없앨 수 있으니까요."

"주야 씨는 미술관을 다 보았을 텐데 나를 위해서 가는 것입니까?"

"그럼요."

"혹시나 나에게 연심이라도 갖는지 즐거워지려고 하는데요."

"처음 뵈었을 때 예사롭지 않은 분이란 걸 알았어요."

"나야 뭐! 장사꾼에 불과한걸요."

"장사도 나중에 커다란 기업이 될 수 있는 거랍니다. 천리 길도 한 걸음부터라는 말이 있지요."

시립미술관은 동대사 바로 맞은편에 자리하고 있었다.

일본의 전통 양식의 건축에다가 스기 나무를 이용해 여러 문양을 연출하고 있었다.

오후 4시가 다가오자 크로스타임 1시간 전을 알리고 있었다.

질서정연한 미술관 담벼락이 정갈한 모습을 차지한 채 고즈넉한 모습을 두 사람 시야에 넣어 주었다.

"이곳 미술관은 처음인가 보죠?"

"오사카 쪽은 많이 가봤는데 나라는 처음인걸요."

"저기 헌 배의 난파선 선수와 선말은 한국에서 들여왔다고 해요."

"글쎄 어디서 많이 본 것 같다는 생각이 들기도 했지만요. 일본인은 우리의 배 구조를 분석하고 그것을 자신의 후손들에게 당초보다 많은 창조력을 불러 넣고 있죠."

부식을 막기 위해 기름칠을 반질거리게 해 놓은 것 빼고는 인천 영종도 바닷가에 뒹구는 폐선이나 무엇이 다른가! 일본인은 상대국의 문화의 이해를 넘어 그것을 해체하고 응용하고 미래기술에 활용하는 재주를 지녔다.

그러한 정신만이 일전을 불사하는 서구 동맹국과의 에너지 동맹에서 한 수 우위를 차지하기 때문이다.

세계질서 재편 움직임에 아시아의 용으로서 용틀임을 하고 있는 것이다.

"정말 대단하군요 한식 가옥의 물림과 짜맞춤은 수학의 함수처럼 정확히 떨어지는데요."

"한국의 한옥을 일본의 다다미 가옥이 어떻게 따라올 수 있겠어요."

하기야 관 회장이 보현사에 머물 때는 겨울 난방이 되지 않아 전기장판을 깔고 잔 적이 있다. 전통 다다미방은 난방 대신 돗자리를 연결해 추위만을 간신히 이겨낼 수 있도록 만들어져 있다.

일본의 회화, 서예는 백제의 왕인박사의 영향이 아스카문화를 일으키는 원동력이 되었다.

왕인박사의 추모비를 보는 순간 관 회장은 얼마나 많은 회한에 잠기었던가?

당시 일국에서 최초로 박사 칭호를 내릴 만큼 학문과 인품이 특출했던 왕인박사. 그가 어린 시절을 보낸 전라도 영암은 왕인박사와 불교계 거성 도선 국사의 탄생을 매우 중요하게 여기고 있다.

도선 국사는 훗날 천 년 고찰 도선사를 창건했으며 선묵혜자 스님께서 오랫동안 주지를 역임하신 영험한 성지이기도 하다.

"괴롭고 힘든 일이 있을 땐 종교의 에너지를 느낄 수 있다는 것은 참 좋은 일이죠."

"저 역시 깊은 신자는 아니지만 불상을 보고 있으면 왠지 행복하고 그 시간이 평화롭거든요."

어느덧 하루의 마감을 알리는 태양이 기울자 더욱 작열하는 태양이 춤을 춘다. 응달이 오든 양달이 오든 태양은 어김없이 진리요 유일신이 된다.

일본의 사무라이 정신도 태양과 파도의 개념이 함축되어 있다.

관 회장은 아주 오래된 조각상 앞에서 발길을 멈추었다.

흰 대리석 조각인데 금방이라도 조직을 이끌 것 같은 질서정연한 모습!

"이런 영가의 모습은 정말 인상적이에요."

"아마도 사무라이시대 도읍을 지키려다 장렬히 최후를 마친 전사들인 것 같아요."

"정말 재미있기도 하고, 약간은 위엄이 있는 것 같기도 하네요. 보스는 제일 위에 위치하고, 그 밑에 중간 보스 그 밑에 행동대원들 조각상이 피라미드형으로 도열하고 있어 비록 죽은 자의 영가이지마는 언제든지 그들은 마을의 수호신으로 기억되고 있을 것이라는 생각이 들더군요."

관 회장이 숙소인 코모도스 호텔에 돌아왔을 때 서울에서 팩스 한 장이 도착해 있었다.

「미래는 꿈꾸는 자의 몫」

한 줄의 이니셜 밑으로 아주 중요한 문건이 적혀 있었다.

서울 1000년 타임캡슐에 수장할 수장품을 추천하여 서울시와 의논할 것.

관 회장은 드디어 올 것이 왔구나! 긴 안도의 숨을 내쉬기 시작하였다. 관몽그룹의 주력 업종인 건설과 금융 그리고 언론에 이르기까지 그는 야망을 불태우고 있었다.

'그래. 꿈을 향해 전력질주를 하는 거야. 마라토너의 마지막 1바퀴를 위해서 최고의 속도를 내는 거야.'

관 회장은 자신에게 속삭이는 마인드를 최면처럼 내뱉었다.

똑똑똑 관 회장이 머물고 있는 호텔 방문을 누군가가 노크하고 있었다.

일본 내의 살아있는 언론의 양심이라고 불리는 고야마 노바데스가 방문을 두들겼다.

문을 열자 칠순의 노구라고는 믿기지 않을 정도로 첨예한 안경하며 웃음기 없는 건조한 얼굴하며, 전형적인 일본의 논객이 관회장 앞에 앉아 있었다.

고야마 노바데스는 일본 내에서 일본의 군국주의 비판과 일본이 과거에 벌인 전쟁 등에 상당히 보수적인 비판을 아끼지 않았다.

동경의 아가페대학에서 포스트 모더니즘과 정치사상을 전공한 학자답게 근대 정치와 언론예술에 관해 해박한 지식을 가지고 있었다.

고야마 노바데스가 파이프 담배를 피우면서 말문을 열었다.

"자본주의와 민주주의를 지탱하는 버팀목은 언론입니다. 언론이 망가지거나 병에 걸리면 이 사회는 나침반 없는 배처럼 어디로 항해할 줄 몰라 방황하는 새가 되어 비상과 낙하를 반복하다가 어느 바다에 침몰하겠죠!"

장풍그룹 날다

오색가을의 풍요는 바람 따라간 걸까……

달이 바뀌어 뒹구는 낙엽이 이리저리 갈피를 잡지 못하고 방황하고 있다.

방황의 시간 속에서도 연초가 오기 전에 사업이야기든 건강이야기든 한 가지씩 중대한 결심을 하기 마련이다.

장풍그룹 장비홍 회장은 작심삼일형의 인간을 아주 경계한다.

사업에 관한 중대 플랜을 금방 잊어버리고 비망록이나 인터넷 정보망을 뒤지는 인간형을 아주 경계한다.

최소한 비망록이란 나태해지는 자기 자신을 채찍질하고 자신의 목표를 향한 중대한 자신만의 수양록이 되어야 하지 않겠는가?

그러다 보면 어느덧 자기가 구상했던 목표치에 도달하여 환호라도 날릴 수 있을 텐데…….

블랙과 레드로 무장한 장풍그룹 사옥은 기다란 컨테이너를 연상하게 한다.

이 공간에서 장비홍 회장은 새로운 결심과 새로운 친구, 새로운 취미를 택일할 수 있는 유일한 공간인 셈이다.

비즈니스 메모, 스케줄, 상상력을 꿈의 노트에 깨알처럼 메모하는 시간도 여기인 셈이다.

블랙은 고요를 상징하고 레드는 열정을 떠오르게 장 회장은 손수 사옥을 신축할 때 구상했던 바를 그대로 실행에 옮긴 셈이다.

그의 창가에 커다란 투명창이 사 등분 되어 있는데 이는 동서남북의 열린 세상을 의미한다.

이러한 컨테이너 사옥이 10여동 그 안에 기획팀 그리고 영업팀이 포진하고 있다.

기업의 3대 파트너가 장풍그룹의 미래를 엮어나가고 있다.

21세기를 위한 비즈니스 조언과 영적 가르침의 절묘한 결합, 톰

천
년
만
에
한
번
피
는
우
담
바
라

피터스의 글이 컴퓨터 모니터 위에 메모되어 있다.

장비홍 회장은 얼마 전 다녀온 세미나 서류를 검토하고 있다.

장풍그룹의 주요사업이 지진 재난 구조사업이기 때문에 지진과 해일 그리고 허리케인 같은 자연재해를 많이 연구하고 있다.

일본 해양 경시청 후원으로 열린 기타큐슈에서의 일본 침몰에 관한 영상과 세미나는 무척 감명 깊었다.

시모노세키는 부산과 무역선이 빈발하게 다니는 항구도시인데 그 옆에 후쿠오카와 큐슈가 포진하고 있다.

큐슈에서의 사업 파트너 무라카이와의 대화는 잊을 수 없다.

"자연의 대재앙이 1억 2천만 일본열도를 덮는다면 아시아 맹주 자리는 누가 차지할까요?"

"그야 싱가포르나 대만이 용쟁호투를 벌이지 않을까요?"

"그야 모르지요. 한국의 용틀임이 아시아의 리더로 다시 태어날 수도 있으니까요."

장비홍 회장의 사업 구상과 원동력은 추리소설과 무협소설 읽기에서 찾아볼 수 있다.

그는 악녀이야기를 순식간에 읽기 시작한다. 그에게 책 읽기라는 취미가 없었다면 오아시스 없는 사막처럼 황폐했을 것이다.

천국으로 통하는 길

철새들이 날고 있다. 물의 파동을 일으키며 저수지 한 가운데서 자맥질한다.

어느 철새가 수문 쪽 물속으로 하강하자 수면 밖으로 세찬 파문이 일어난다.

언제 다가왔을까, 방아쇠를 움켜쥔 노신사들은 철새를 향해 총질을 해댔다.

탕-탕-탕

산탄이 금세 자연의 낙원을 파괴하자, 상처 입은 철새들은 수문 쪽에다 머리를 박고 동동 떠 있다.

"오늘은 운이 좋은 날이군. 한꺼번에 새를 여러 마리 잡았으니……."

"에끼, 이 사람. 총 쏘는 거리가 틀렸어."

"새는 비상할 때 쏘는 거야. 먹이를 먹고 있는 새는 쏘지 않는 법이야."

"근데, 저 새를 어떻게 꺼내지?"

"그게 문제야."

불현듯 들리는 총소리에 철새는 날아가고, 이미 시체가 되어 버린 철새들의 몸뚱이는 좀체 둑방 가까이 흘러오려고 하지 않았다.

쌀쌀한 초겨울 날씨에 옷깃을 세우는 세 명의 일행들은 날이 어두워오기 전에 빨리 죽은 철새를 건져 이 자리를 떠나자고 했다.

"내가 저 건너편에 가서 쪽배를 빌려올게. 자네들은 여기서 기다리게나."

"바람이 세차지고 있으니 조심해서 끌고 오게."

영광에서 조금 떨어진 이곳은 육지와 해안선의 사이에 존재하는 조그만 마을이다.

일요일이면 이곳의 자연촌 주민들은 언덕 위에 우뚝 선 하얀 교회로 모인다. 교회의 종탑은 아직도 녹슨 쇠붙이로 둔탁한 복음을 이곳저곳 널리 전파한다.

딩-동-댕

평화와 사랑을 전하는 일요일 저녁 무렵에 세 명의 낯선 남자들은 철새사냥으로 정복자처럼 동네 이곳저곳을 으스대고 있었다.

"저기 오고 있다."

"어이, 이쪽으로 노를 저어봐."

"노 젓기를 생전 처음으로 하는 거야. 방향을 못 잡겠어."

군데군데 갈대숲이 피어난 사이에는 낚시꾼들이 던지고 못 끌어올린 낚싯줄에 발목이 감겨 아름다운 생명을 그만 산 채로 박제화 시키기도 하는 것이다.

"아니, 저 친구가 어쩌려고 저수지 한 가운데로 오고 있지?"

"글쎄 말이야. 옆으로 둑방을 따라와도 되는데 말이야."

바닷바람은 이곳까지 몰려와 더욱 세차게 저수지 안을 맴돌고 있었다.

마치 원한령에 죽은 사람의 분신처럼 그 바람의 처음과 끝을 분간 할 수 없을 정도로 파동을 일으키며 돌고 있었다. 죽은 철새들이 다시 박동을 시작하는 것처럼 세차게 요동을 하고 있었다.

"저 친구가 무사해야 할 텐데……."

"갑자기 날씨가 왜 이렇게 어두워오지?"

먹구름이 마지막 남은 세상의 빛까지도 가려버려 주위는 온통 흙빛으로 변해가고 있었다.

"여기네."

"조금만 더 힘을 내게."

이십여 가구의 마을에 날이 어두워 오자 거리에는 인기척 하나 나지 않았다. 이제는 예배당 종소리도 사라졌다.

그때였다.

먹구름 너머로 번개가 날름거리더니 수문 안쪽에 기다란 파동이 일었다.

"비도 안 오는데 무엇이 저리 흔들린담."

준치는 학자답게 그 이상 징후를 안정시키려고 애쓰고 있었다.

"누가 오는 것 같지 않아? 옆을 한 번 쳐다봐."

"아니, 저 여인은……."

검은 우산에 검은 옷, 그리고 하얀 얼굴을 한 여인이 유유히 둑방길을 걸어오고 있었다.

"이 근처에 사는 여잔가? 정신병원은 없다고 들었는데."

검은 여인은 표정도 없이 그들을 향해 다가서고 있었다.

준치는 순간 섬뜩한 기운이 전해져 옴을 기분 나빠했다.

"이 근처에 정신병원이 없는 걸로 알고 있는데, 이상한 여인이군."

"여기 저수지를 관할하는 아수라일 수도 있어."

준치의 표정이 굳어지기 시작하더니 이내 시선을 저수지 가운데로 돌리기 시작했다. 일정한 영감의 흐름인데, 그 친구가 걱정되었기 때문이었다.

"이럴 때 오 법사가 있으면 얼마나 좋을고……."

"오 법사라면 자유자재로 둔갑을 한다는 사람 아닌가?"

"그래, 그러면 지금 둔갑행을 해서 저 여인의 정체를 캐낼 수 있으련만……."

배는 다가오고 있었다.

노를 젓지 않는데도 쪽배는 수문 가까이 다가서고 있었다.

"어이, 말 좀 하게나. 그렇게 넋 나간 사람처럼 가만있지만 말고……."

요귀가 넋을 빼앗았는지 그는 등을 돌린 채 다가왔다.

"아니 저럴 수가! 저건 그 친구가 아니잖아."

"어떻게 된 거야? 누가 우릴 놀리고 있어."

"생명을 노리고 있는지도 몰라."

괴기스러운 느낌이 들자 준치는 배 안의 친구를 만져보았다. 어이없게도 헝겊 마네킹이었다.

"그러면 그 친구는 어디서 처형됐단 말인가?"

"아까 그 요귀의 짓인지도 모르지."

검은 요귀!

이미 어둠 속에 파묻혀버린 둑방에는 두 사람의 대화만 있을 뿐 인기척이 없었다.

"아무튼 읍내로 나가세. 실종 신고라도 해야 할 것 아닌가?"

"잘못하면 우리가 살인 누명을 쓸지도 몰라."

"이 괴이한 사건을 꼭 밝혀내야 해."

백 년 묵은 두꺼비 소리였을까, 저수지를 흔드는 동물의 숨소리가 들리는 듯했다.

그리고 가끔씩 섬광을 희미하게 비추는 등대 불빛이 저수지 표면을 비추고 있었다.

"잔인한 날이었어, 친구를 잃어버리고."

"꼭 죽었다고 보진 않네.

어디 숨어서 장난을 치고 있는지도 모르지."

"그럼 아까 그 검은 여인은 대체 무엇이란 말인가?"

"아마 환상일 수도 있어. 그 저수지를 지배하는 영계일 수도 있고."

"자, 술이나 받게. 날이 밝으면 경찰과 함께 찾아보기로 하세."

준치는 계속 미간을 찌푸리고 있었다. 그가 고고학자로 나선 것도 이 세상 동물들의 종말을 역추적해 보자는 목적이 있었다.

그는 수천 년 전의 화석을 보고도 그 동물의 형상은 물론, 죽은 이유까지도 알 수 있었다.

12시가 다 될 무렵, 그는 장거리 공중전화기를 찾고 있었다.

"오 법사님, 저를 기억하시겠지요. 작년에 의성으로 공룡 탐사를 같이 갔던 준칩니다."

"그래요? 한반도의 공룡 이동 경로를 조사한다던데 건수를 올린 겁니까?"

"급한 일이 생겼습니다."

"또박또박 말하시오. 지금 남쪽지방에서 영파를 받고 있는 중이오."

"내일 빨리 와 주셔야겠어요. 친구 대신 마네킹이 돌아왔어요. 오 법사님은 요귀하고 싸워본 적이 있습니까?"

"여자 요귀라면 재미있겠는데?"

전화가 끝나자,

준치는 인근 여인숙에서 잠을 청하기로 하고 방을 찾기 시작했다.

"오늘은 방이 없는데요."

"그러지 말고 끼워서라도 잘 테니, 방 하나 마련해 주시오."

"없는 방을 어떻게, 만들기라도 하란 말이오? 저 아랫마을에 민박을 하는 과부가 살고 있다오. 그리로 한번 가보시오."

준치 일행이 과부댁에 도착하자, 약한 칸델라 불빛 사이로 독경 외는 소리가 들렸다.

"늦은 밤에 누구시오."

문이 열리며 낯익은 얼굴이 나타났다.

'아니, 아까 저수지에서 보았던 그 검은 망토의 여인……'

순간 준치는 섬뜩했다.

오 법사는 현대판 축지법으로 볼보 승용차를 시속 1000km까지 초고속으로 몰고 있었다.

어느덧 염전마을로 들어서면서 그는 묵안(默安)을 암송하고 있었다.

묵안이란 맑은 물처럼 오래도록 고요하고 맑은 것을 말한다. 깊이 가라앉아 있으면 마음이 번거로운 것을 피하게 된다. 이것은 마치 흙탕물이 점점 맑아져서 다시는 흐려지지 않는 것과 같다.

깊이 가라앉아 편히 쉬는 것은 마음을 맑게 하는 근원이요, 맑은 마음은 바른 마음을 갖는 바탕이다.

옆에는 천신도가 창밖을 응시하며 명상에 잠긴 듯 조용히 앉아 있다.

"천신도! 무슨 생각을 그렇게 골똘히 하나?"

"글쎄요, 오늘은 무슨 도술을 배우나 하고 미리 구상하고 있는 것이에요."

천신도는 오 법사 밑에서 둔갑을 배우고자 10년의 세월을 바늘과 실처럼 따라다녔다.

그렇지만 그가 하는 기문둔갑은 퇴행술과 축지법 정도일 뿐 좀처럼 신기비법은 가르쳐 주지 않았다.

귀신 잡는 회사 〈고스트 비즈니스〉를 설립한 것도 이 두 사람의 아이디어에서 비롯됐다.

서울의 종로에서 24시간 근무체제를 갖춘 고스트 비즈니스는 때로는 오늘처럼 지방출장도 가는 것이다.

그 시간과 맞물릴 즈음, 준치는 과부댁을 본 순간 소스라치게 놀라고 말았다.

"빈방이 있으니 들어가 주무세요."

준치의 친구는 넋 나간 사람처럼 빈방에 여장을 풀었다.

"저 여인이 분명해, 조금 전의 그 검은 여인이."

"이렇게 외딴 집에서 무슨 낙으로 살아가는 걸까?"

"아무튼 오늘 밤은 뜬눈으로 세우는 게 안전할 것 같아."

벽면과 천장에는 오랫동안 빈방으로 놔두었는지 거미줄이 얼기설기 엮여 있었다.

옆방에서는 심장 뛰는 소리가 쉴 새 없이 들리고 있었다.

아득한 슬픔의 소리,

벼랑에 선 사슴의 마지막 울음소리…….

"무슨 한이 깊길래."

준치에게 어떤 힘이 요동치고 있을 때 갑자기 밖이 환히 밝아오고 있었다.

하얗고 투명한 빛! 그것은 예삿일이 아니었다.

'검은 하늘이 열렸단 말인가. 잠자던 태양이 그럼…….'

준치는 생각도 잠시, 방문을 열어젖혔다. 갑자기 편안한 기분을 느끼면서 힘이 솟았다. 그리고 사방을 둘러보았다.

"저게 뭔가?"

"도가에 나오는 야명주(夜明呪)로 밝힌 불이 분명해."

"그렇담 국내에서 야명주를 밝힐 수 있는 사람은 딱 한 사람!"

"주술로 허공에 빛을 밝힌다는 그 둔갑사 맞지?"

친구의 말은 칼로 무를 토막토막 잘라내는 것처럼 무너져 내렸다.

"눈 뜨고 꿈을 꾼다고는 보지 않네."

순간 지축을 흔드는 듯 엔진 소리, 파열된 클랙슨 소리가 들렸다.

오 법사 일행이었다.

"와주실 거라고 예견은 했습니다."

"10분 전에 야명주를 띄웠는데 불빛이 계속해서 이쪽으로 흐르고 있더군요."

"귀신 잡는 회사는 잘되세요?"

"요즘 호황이에요. 최근에는 아현동 가스귀신 잡느라고 애를 먹었죠."

"이러고 있을 게 아니라 안으로 드시지요."

"이 집 주인장은 어디 계시오?"

"이 방입니다."

그러나 문을 두들겨도 인기척이 없었다.

준치가 불현듯 문을 열고 들어서자 있어야 할 중년 여인은 흔적도 없이 사라지고 없었다.

"귀신이 곡할 노릇이군. 한밤중에."

"아니, 저기에 걸려 있는 것은 실종된 친구의 외투가 아닌가?

그럼 이 여인이……."

어느새 새벽이 오고 있었다.

야명주는 꺼지고 우수수 번지는 아침 예감에 새벽은 열정적으로 다가서고 있었다.

마치 하얀 분을 바르는 아름다운 여인처럼…….

"오 법사님, 그 여인이 분명해요. 검은 망토의 여인이 친구를 잡아간 게 분명해요."

오 법사의 표정은 참 천진난만했다. 둔갑행 이전의 순수한 마음으로 돌아가는 듯했다.

"저 요귀는 분명 퇴행술을 하고 있는 게 분명해."

"퇴행술요?"

"그럼, 움직이는 목표물은 좀체 공격당하지 않는다는 거요."

오 법사의 눈길이 문밖을 응시할 때마다 세상의 아침이 투명하게 밝아오고 있었다.

"날이 밝았으니 사건 현장으로 가보세."

"네."

준치는 지나가는 바람처럼 싸늘히 대답하고는 집을 나섰다.

저수지 둑방에서는 벌써 사람들이 웅성거리고 있었다.

응집된 시각들, 그리고 슬픔의 기미.

준치는 순간적으로 눈앞이 아득해지며 죽었던 친구 송학이 어쩌면 다시 살아날 수도 있다는 생각을 했다.

준치는 학창시절 읽었던 〈노인과 바다〉의 마지막 장면이 떠올랐다.

　노인이 뼈만 남은 녹새치를 뱃전에 매달고 저항하는 장면을 송학은 그렇게 죽은 시체로 귀향해 있었던 것이다.

　경찰은 시체 주위를 새끼줄로 둘러치고 민간인들과의 거리를 유지시키고 있었다.

　"아니, 저게 어떻게 된 거야?"

　"글쎄, 어젯밤 분명히 헝겊 마네킹이 빈 배를 타고 왔는데, 마네킹과 송학의 시체가 바꿔지다니⋯⋯."

　오 법사는 특유의 염주를 돌리며 초혼주문을 외우고 있었다.

　밝은 빛과 어둠의 교차는 결국 친구 하나를 새떼들에게 실려 보내고 말았다.

　'아! 이 시간이 꿈을 꾸는 시간이라면⋯⋯.'

　준치의 친구는 꿈인지 생신지를 분간 못하는 사람처럼 멍해있었다.

　"자, 여러분. 협조해 주셔야겠습니다. 어젯밤 이 사람을 본 사람이 있습니까?"

　경찰은 알리바이를 캐기 위해서 주위를 연거푸 돌아보며 말했다.

　"제가 바로 어제 사냥을 함께 왔던 친굽니다."

　"예, 당신은 유명한 고고학자 아니십니까?"

　"별 말씀을⋯⋯."

　"혹시 이 지방에 공룡발자국이라도 발견하러 온 겁니까?"

"아니오, 이곳 동천낚시터 인가에 도래지가 있다는 말을 듣고……."

"작년에도 이 자리에서 중학교 국어 선생이 죽었습니다."

"아니, 그럼 이 자리는?"

"그 총각 선생은 마을 청년들에게 맞아 죽었죠. 그 후 시체를 여기 수문에다가 수장했는데, 날이 가물어 저수지 물이 바닥나자 시체가 발견된 거죠."

"그럼 그 청년들은 어디에 있죠?"

둑방의 잿빛 흙은 흘러내린 빗물과 사람들의 발자국으로 얼룩덜룩했다.

저 끝 염전이 있는 바닷가에서는 일찍부터 물을 빼려고 풍차를 돌리는 모습이 눈에 들어왔다.

오 법사가 현장에 남아 주문을 외우고 있는 사이 준치 일행은 차를 몰아 광주교도소로 갔다.

광주교도소 4호 감방에 수감 중인 그 청년은 다짜고짜 물었다.

"누군신데 절 찾으시오?"

"얼마 전에 있었던 저수지 수장 사건 때문에 왔습니다."

"속이 후련합니다. 그놈이 제 누이를 농락했어요. 꼭 죽여야 했어요."

준치는 마을 처녀와 총각 선생 사이의 의문을 풀기 위해 더 자세히 물었다.

죄수가 된 그 당당한 청년은 철창이, 갇혀있는 세상 안과 세상

밖을 구분하는 경계선이다.

"아픈 상처를 건드려서 미안합니다. 그러니까 그 선생은 누이를 사랑했었나요?"

"강 선생이 염산중학교에 부임해 왔을 때 제 누이는 여고를 졸업한 뒤 우체국에서 임시직으로 일을 하고 있었죠. 누이와 강 선생은 우연히 우체국 창구에서 알게 됐으며, 둘은 약속이나 한 듯 금세 뜨거워졌습니다. 1년이 지난 뒤 강 선생은 타교로 발령을 받아서 갔고, 그 무렵 누이는 임신 중이었어요. 근데 그놈이 내 누이를 배반하고 나 몰라라 하며 가버리자 결국 누이는 저수지 수문 근처에서 빠져 죽었습니다."

"아, 그런 일이 있었군요. 누이의 원한령이 결국은 강 선생을 저승으로 보내게 됐군요."

"그때 저는 친구들과 강 선생을 찾아가 누이를 책임지라고 그랬죠. 그러나 그는 언제 그랬냐는 듯이 막무가내였어요. 그래서 저는 살기를 품었다고요."

"무슨 얘긴 줄은 알겠습니다. 사랑에 실패한 누이가 자살을 하자 그 남동생이 강 선생을 죽여 누이의 원을 갚았다는 거죠. 근데 큰 의문이 생겼습니다. 어젯밤 죽은 내 친구는 이런 사연과 무슨 인과가 있기에 꼭 그 자리에서 죽어야 했나요? 그게 알쏭달쏭하단 말이오."

"작년 여름에도 한 아이가 수영하다 익사한 사건이 있었죠."

"부모님은 어디에 계십니까?"

"그때 아버님은 화병에 돌아가시고, 어머님만 홀로 살고 계시죠."

순간 전율이 흘렀다. 작고 마른 체구에 검고 큰 눈의 검은 망토 여인이 떠올랐기 때문이었다.

'딸이 죽어 휑한 가슴을 메우려고 저수지 부근을 배회하는지도 몰라.'

준치는 교도소를 나서자마자 사건 현장으로 차를 달렸다.

겨울 하늘에 마음껏 나는 연들이 차창 밖으로 유령처럼 너울너울 춤을 추고 있었다.

'연실을 끊으면 저 가오리연은 어디로 날아가는 걸까?'

환상을 되씹는 순간 진짜 연줄이 끊어져 멀리멀리 날아가는 것이 보였다.

'저런, 저 연도 친구 따라 저승길로 가는구먼……'

둑방길에서는 경찰과 초혼주문을 막 끝낸 오 법사가 설전을 벌이고 있었다.

"다녀온 성과는 있는고?"

"예, 기가 막힌 사연이 있더군요."

"주민들에게 들어서 벌써 알고 있습니다."

"억울하게 죽은 처녀의 영을 위로하고 아직도 그 처녀를 괴롭히는 총각 선생의 영을 오 법사님께서 이번 기회에 잡아가 주시오."

"내 고스트박스에 꼭 이놈을 잡아넣고야 말겠소."

"어디에 죽음을 꿈꾸는 영혼이 있을까요?"

"모르죠, 이번에 영의 심판을 가하지 않으면 분명히 또 사고가 날 것이오."

"아까 초혼주문을 외면서 그 처녀의 영파와 죽은 철새의 영파가 같다는 것을 알았소."

"아니, 그럼 불가에서 말하는 인연의 사슬처럼 그녀가 철새로 환생했는데, 그걸 우리가 총으로 쐈단 말이오?"

"물은 인자해서 어디로든 이어지도록 길을 품고 있다가 길을 내주지만 그 물위에 노니는 철새는 바로 길 잃은 나그네였네."

준치 일행은 한 가지 의문을 풀기 위해 오 법사를 데리고 그 과부댁으로 갔다.

"저 여인이 오밤중에 어디서 무얼 하는지 안다면 이 사건은 필시 쉽게 끝날 수도 있지요."

"아주머니, 계세요?"

아무도 없었다.

이불 속에는 헝겊 인형이 아들의 모습으로 곱게 누워 있었다.

그 헝겊으로 만든 인형은 눈을 감고 있었는데 교도소에 있는 아들의 휴식을 바라는 어미의 잔정 같아 애처로웠다.

"그녀는 지금 이 시간에 천국으로 통하는 길을 걷고 있는지도 모르죠."

"아! 윤회의 쇠사슬은 왜 이리 모질기만 하노."

"다들 여기 있어요. 난 갈 데가 있습니다."

"어디로, 이 밤중에……."

어스름한 빛이 창으로 스며들고 있었다. 바람은 나뭇가지 사이로 윙윙거리며 심하게 불었다.

오 법사는 큰 기공이 담긴 소리를 꽥 지르더니 어느새 공중에 몸이 떠 있었다.

몸이 허공에서 자유롭게 유영하는 동안 오 법사는 계속해서 영파를 쏘아댔다.

그것은 이제 악녀가 되어버린, 꼭 사내만 저승길로 데려가는 그 처녀의 원한을 씻어보자는 거였다.

달이 저수지 가운데쯤을 환하게 비출 때 악녀가 저수지 위에서 피의 공양제를 올리는 모습이 보였다.

악녀는 시뻘건 선지피가 흐르는 사내의 목덜미에 자신의 입을 갖다 대었다.

한밤에 벌어진 피와 살육의 예배에는 홀로 살고 있는 그 과부댁도 초대되어 있었다.

검은 망토의 여인은 수문 쪽에 대자재천(大自在天)의 주문을 외며 딸의 영혼을 안정시키려 노력하고 있었다.

이윽고 악녀는 먹었던 선지피를 간헐적으로 토해내기 시작했다. 핏줄기가 달빛에 반사돼 하늘로 오르는 빨간 무지개 같다.

오 법사가 떠 있는 허공에까지 핏줄기가 닿자 이때를 놓칠세라 오 법사는 날쌔게 도포 속에 감춰진 목탁을 꺼내 두들기기 시작했다.

그리고는 부적을 꺼내 악녀의 머리맡으로 날렸다.

하늘이 불타오를 것 같은 열기 속에서 악녀는 저수지를 요동시켰다. 출렁거리는 물줄기가 솟구치더니 오 법사를 금방이라도 물속으로 수장시킬 것만 같은 기세로 달려들었다.

오 법사는 야명주로 주위를 대낮같이 밝히더니 가지고 있던 부적을 모두 던졌다.

무서운 고통과 심장이 빠질 것 같은 위기가 감돌았다.

핏빛 색깔의 악녀는 점점 검게 변하더니 어둠 속으로 잠적했다.

'이제 됐다. 악녀는 이 시간 이후로 다시는 나타나지 않을 것이다.'

속으로 안도의 숨을 쉬면서 날이 밝기를 기다렸다.

"오 법사님, 괜찮으세요?"

"괜찮다마다. 악녀는 남자의 배반에 대한 원한령 때문에 매년 남자사냥을 했던 것이오."

"간밤에 악몽 때문에 한숨도 자지 못했습니다. 불쌍한 일가족이 그 총각 선생 때문에……."

아침이 돌아왔다.

저수지 둑방에는 사방에서 모여든 지방기자들, 그리고 검은 망토 차림의 과부가 아직도 새근새근 잠들어 있었다.

"여러분, 절대 소리를 내면 안 됩니다. 이 여인이 잠을 깨면 허사니까요. 그녀는 억울하게 죽은 딸의 천도를 위해 지금 먼 길을 떠나고 있는 중입니다."

오 법사는 둔갑행 이후에 이렇게 긴 잠을 자는 여인은 처음 보았다.

"요귀는 잡으셨습니까?"

"바로 저기……."

저수지에는 붉은 부적이 수십 장 뿌려져 있었다. 피에 물든 부적응한 시대의 한을 접고 떠난 마을 처녀의 천도행을 여실히 보여주고 있었다.

"오 법사님, 저 부적을 고스트박스에 담으셔야죠."

"물론, 저기 빈 배를 타고 좀 건져 오시오."

"예? 저 배를 저더러 타라구요?"

꿈꾸는 구도자

"《일본 침몰》에서 스루가 만의 대지진이 일본 대붕괴의 신호탄으로 나오는데 이제 일본의 미래는 딱 40년이라고 나오더군요."

"내 생애에서 그런 광경을 볼 수 있을런지……."

"일본의 저명한 지구과학 박사 타도코로 유스케는 이제 일본 침몰의 시작은 1년 후부터 시작한다고 얘기하더군요."

"지진이 시작되는 해저 플레이에 구멍을 내고 대형폭약을 폭발시켜 지진기반을 또 다른 판으로 이동을 시킨다면 일본은 안전하다지요.

장풍그룹의 장 회장은 깊은 생각에 빠진다.

일본 지진의 대재앙을 막을 노하우를 오래전부터 꾸준히 준비해왔기 때문이다.

지진이 적은 한반도보다는 대한해협 넘어 일본이 연구와 실행

프로젝트가 수월하기 때문이다.

　일본이라는 국토가 완전히 무너지는 상황은 막아야 해!

　넓은 큐슈의 바닷가 쭉 뻗은 아키타 소나무 그늘에서 장비홍 회장은 한편의 시를 뇌까리고 있다.

　　웅장한 소나무 아래
　　새끼줄로 유년의 막사를 만들었다.
　　신라 고구려 백제의 동무 군사들
　　줄 하나만으로 우리들은
　　삼국의 성을 축조한 셈이다.

　　칠흑 같은 어둠 속에서
　　초승달과 석유등잔아래
　　형설의 수행을 쌓듯
　　전쟁모의를 꿈꾸는 구도자

　　그런 후 시간은 달을 타고
　　우리들은 도회의 버스를 타고
　　삼국을 떠나갔다.
　　담백한 숲의 내음을 안고
　　세상 병정들과 통하고 싶어
　　이제, 이국의 하늘에
　　동무들의 미소를 그리며 산다.

유비, 관우, 장비 중에서 유비가 제일 큰 형님이고 장비가 막내 아닌가.

그래서 그런지 장비는 두 형 앞에서 무모한 호연지기를 연출하는가 하면 유비와 관우는 그런 아우의 태도가 위험하지만 그렇게 밉지만은 않았다.

복숭아밭에서 도원결의 할 때도 천지신명께 고하였다.

태어날 때는 각기 다른 시간에 태어났지만 죽을 때는 한날한시에 같이 죽자던 유비, 관우, 장비의 복숭아밭에서 형제 결의 아니던가.

1969년 1월 장비홍은 수중 스쿠버 장비 생산 공장을 팔라우에 신설하였다.

이 또한 교포 기업인으로서 한국인으로서 최초의 발단이었다.

그 전에 거창하고 보무도 당당한 일본기업의 준공식과 아울러 대단원의 역사를 연 것이다.

이 공장을 허허벌판에 새로 시작하게 된 것은 동남아 여러 나라에서 스킨 스쿠버를 즐기던 해외팀장 한국남의 건의에 의한 것이었다.

간부회의에서 그의 다음과 같은 주장이 설득을 얻어 이국의 섬나라 팔라우에 전격 투자하게 된 것이다.

"팔라우 수도 코로르에 처음 갔을 때의 느낌은 어느 시골의 소재지에 와 있다는 착각을 했어요.

아주 조그만 소도 읍이지만 인근 바다만은 황홀한 별천지더군요. 에메랄드빛 바닷속은 오색찬란한 낭만의 세계요 각종 동물들이 유영하는 용궁의 세계였어요. 여기에 장풍그룹의 미래가 있다는 것을 직감했죠.

수중탐사는 물론 관광사업과 무엇보다 흥미를 끄는 것은 2차 세계 대전 때 침몰한 일본 군함의 보급선 중에 보물선이 침몰했다는 역사적 기록 때문이기도 합니다."

이에 대한 반대의견도 있었지만 장비홍 회장이 한번 해보기로 하자는 결단은 어느 카리스마로도 꺾을 수 없는 일대 사건이다.

그런데 막상 팔라우 바닷가에 공장을 지으려 하니 자금이 당시 돈으로 3억이나 투자되어 부담스럽긴 마찬가지였다.

그래도 부하심복의 말을 신뢰하는 장 회장의 빛나는 예지가 있었다.

기업에 있어서 적절한 자극과 위기의식은 때로는 기업에 활력을 불어 넣을 수 있다.

농가의 논에 미꾸라지를 키운다고 가정해보자.

한쪽 논에는 미꾸라지만 넣고 사육해보고 다른 한쪽 논엔 미꾸라지와 메기를 함께 넣어 키우면 결과는 어떻게 될까.

미꾸라지만 넣어진 논의 미꾸라지들은 포획자가 없자 안일한 몸놀림과 나태한 모습이 나타났고 미꾸라지와 메기를 함께 넣은 쪽의 미꾸라지들은 빠르고 활기찬 모습을 하고 살이 통통 쪄 있었다고 한다.

포획자 메기에게 잡혀 먹지 않으려고 미꾸라지들은 항상 긴장하고 이리저리 활발히 움직였기 때문에 식성이 좋아졌고 그 결과 더 날렵하고 더욱 튼튼해질 수밖에 없다.

기업의 종사원도 마찬가지이다.

무사태평 안일한 근무로는 세계화 기업에 경쟁은커녕 자칫하면 도태하기 쉽다.

장풍그룹 장 회장이 서울에 도착했을 때 여비서 장리와 김 상무, 이 전무가 반갑게 맞아주었다.

장리는 중국계 아가씨로 늘 하늘색 드레스를 주로 입는다.

어깨가 드러난 하얀 살결 위로 순백의 청초함이 묻어난다.

그 후 얼마나 지났을까.

사업이 제법 잘 된다는 친구가 찾아왔다.

"장 회장 출장 일은 잘 되었소."

"잘 되다마다, 시원하게 사업들 잘 추진하고 있지."

"장 회장, 자금 좀 회전 할 수 있겠소."

"내가 무슨 세탁기야 돌리긴 뭘 돌려."

"그러지 말고 한 10억만 좀 융통해주소."

"우리 회사로 와. 상무 자리 하나 만들어줄게. 적자 나는 회사를 언제까지 지탱하고 있을 거야?"

장 회장이 가을날 날리는 낙엽처럼 쌀쌀하게 얘기했다.

"크지도 않은 돈을 어디다 쓰려고 그래."

"말레이시아에 오퍼상을 내려고 그래."

"이슬람 국가에 자네가 적응하기는 힘들 텐데 말이야."

"말레이시아는 원시와 현대가 공존하는 곳이지. 세계 역사상 가장 오래된 열대우림의 정글과 세계 최고층에 속하는 페트로나스 트윈빌딩을 그 일례로 볼 수 있어."

"말레이시아는 이슬람권의 금융 허브라고 생각하지, 그렇지 않아도 머지않아 자카르타나 쿠알라룸푸르에 장풍그룹 지사를 내야겠다는 구상을 오래전부터 가지고 있었지, 어때 친구가 이번 기회에 우리 회사 해외지점장을 맡아 보는 게 어떤가?"

"글쎄 아직은 자유로운 사업기질이 몸에 박혀 남의 밑에 일 한다는 것이 영 체질이 맞지 않아."

"말레이시아가 어떤 나라인가. 이슬람 금융 허브를 자청하며 오일달러 유치에 가장 앞장서는 나라가 아닌가. 이 나라에서 달러를 벌어 귀국한다는 자네 말은 믿기 어려워."

친구가 허탈하게 돌아가고 어느덧 하루 일과의 마무리를 알린 듯 석양의 아름다움이 절묘한 조화를 이루고 있었다.

"멋있어요."

"뭐가 그리 좋은가."

"참, 회장님도 인생의 석양이 아닌가요. 가장 아름다운 추억을 남기고 아침 이슬처럼 사라지는 것이 인생 아니던가요."

"장리 원더풀, 오늘 따라 정말 예쁘다."

장 회장이 장리를 껴안고 스텝을 밟는다. 장 회장은 몇 년 전부터 해외에서 춤이 없으면 사교가 안 된다고 여비서와 춤을 추었다.

여비서 장리의 깊게 파인 드레스에서 어느덧 성숙한 여인의 향기가 농염하게 풍겨진다.

붉은 립스틱은 아랑곳하지 않고 장 회장의 흰 와이셔츠에 사랑의 낙서를 하는 듯 이리저리 채색을 해버린다.

"아, 회장님 벌써 취하셨나요. 저는 한잔 더하고 싶은데요."

"장리는 나를 퍽 포근하게 한단 말이야, 그 옛날 어머니가 푹 안아주듯이 말이야."

"제가 한 잔 올리겠습니다."

이 말에 장비홍 회장은 힘차게 고개를 끄덕였다.

"이왕이면 마티니와 와인을 혼합한 알라바마로 한 잔 줘!"

"네, 회장님. 정열적인 술을 원하시네요."

장리가 애정 어린 말투로 말하자 장 회장이 말했다.

"나는 애주가지만 술주정뱅이는 아니니까 안심해."

"네 오늘 밤은 회장님의 그 넓은 마음의 바다에 침몰하고 싶군요."

장리는 문득 자신의 신분이 무엇인지 알 수 없게 점점 알코올 기운 속으로 빨려들어 간다.

장리는 더 이상 장 회장을 눈뜨고 바라볼 수가 없었다.

나라는 존재가 누구인지 어디에 있는 건지 희미한 신기루를 헤매는듯 혼미해간다.

그러자 양 눈을 크게 뜨고 장리의 윤곽을 건물 설계도를 그리듯 양손으로 그리며 혼잣말로 속삭였다.

"여인의 향기는 그 무엇과도 바꿀 수 없는 법이야."

"레인보우 홀 안의 조명 빛이 돌고 가녀린 가수의 음성이 더욱 분위기를 청춘남녀의 원초적 본능으로 몰고 가는 듯……."

"후훗, 그러니까 당신은 나를 본능의 화신으로 대하고 있군요."

장리가 애원하듯 물었다.

"아니야, 본능이라기보다는 내 마음속에 동물이 자라고 있다."

아주 깊은 소용돌이 속으로 두 사람은 빠져들고 있었다.

근엄한 장비홍 회장이 귀국한 이래로 중국계 여비서 장리와의 사이는 급류를 타듯 더욱 거세게 다가가고 있었다.

세상은 수면제를 삼키듯 고요한 바다로 흘러가고 있다.

온 세상이 죽어버린 듯 조용한 밖과는 달리 레인보우 홀 안은 더욱 농염한 커플들의 춤사위가 펼쳐지고 있다.

"이렇게 나만의 시간을 만들지 않으면 미쳐 버릴것 같은 스트레스가 나를 옥죄이고 있어."

"그래요. 닭이 잠들어도 새벽은 오고 말지요. 꼭."

"난 이제 세상과 동떨어져 있다. 어쩌면 내 생애 마지막 무도회인지도 모르지."

"어머, 회장님도 불길한 말씀을……."

"내 몸 어디에선가 행복과 불행이 시작하는 원천이 있는 게 분명해."

"여인에게도 샘이 있답니다. 생명을 키우는 샘이 있답니다."

"오늘 밤 너의 샘물을 마음껏 마시고 싶구나."

새벽녘 교회당의 종소리가 울리고서야 레인보우 홀을 빠져 나왔다. 언제나처럼 장비홍 회장은 냉수를 찾고 있었다.

"회장님 너무 늦으셨어요."

"알고 있어. 나를 707호에 데려다 줘!"

장풍그룹 계열사 중에 에버그린 호텔이 있다.

별 셋 에버그린은 외국 바이어 접대를 위해 7년 전에 구입한 것이다.

"이 때가 내가 제일 행복한 순간이야. 707호에서 행운의 여신을 맞이하는 꿈을 꾸는 시간 말이야."

장 회장이 낮게 떨리는 목소리로 입을 열었다.

"장리 이리 와봐."

장비홍 회장의 눈이 야수처럼 빛나고 있었다.

설레는 가슴으로 약간의 미동을 느끼는 건 장리도 마찬가지이다.

"자신의 마음을 활짝 여는 일 그것이 사랑이야!"

"그거야, 마음이 열리면 그 다음에 육체의 문이 열린다는 신호이니까요."

"인간이 꿈꿀 수 있는 최상의 기쁨이 남녀 간의 사랑놀이 아니겠어?"

"회장님은 오늘 밤 절묘한 결합을 꿈꾸고 있는 것 같아요."

"그럴지도 모르지, 현실의 일탈을 이루는 또 하나의 연애사업이니까."

"연애도 사업에 속하나요."

"아, 그럼 젊음의 기를 갈고 닦아 어느 한순간을 위해 몰두하는 남자의 모습은 사업가의 열정 그 이상이야. 북극의 썰매 개들은 어떻게 그 추운 기온을 이기고 주인이 원하는 데로 힘껏 달리는지 알아."

"생각만 해도 오싹 추워지는데요."

"썰매 개들의 리더는 단연 암컷을 내세우지.

그 뒤에 힘센 수놈 개들을 배치시키는데 이런 배열이 추위에 얼어 죽지 않고 살아남는 기술이기도 해."

"아! 회장님, 말씀만 이렇게 장황하게 늘어놓을 거예요?"

결국 장리가 장 회장에게 몸을 의탁한 것도 서울에서의 외로움이 작용했으리라. 되기(BE) 위해서는 반드시 해야(DO)한다는 단순한 생각을 갖고 있었으니까.

장 회장이 후끈 달아오르며 장리를 안으려 하자 장리의 몸부림과 발버둥, 그것은 여인으로서의 최소한의 점수를 따기 위한 반항 같은 것이었다.

불그스레한 술기운이 립스틱 안으로 녹아 없어지고 상처한 장 회장의 올드 싱글로서의 외로움과 고뇌가 사라진 듯……

에버그린 호텔의 조명이 휘황찬란한 지난밤 조명에서 새벽 어슴푸레한 조명으로 변화되기까지 장비홍 회장은 장리와의 만리장성을 쌓아나갔다.

허물어지면 다시 쌓고 보수하고 불붙은 남녀의 성곽 쌓기는 식을 줄을 모른다.

동탁의 여인 미모의 초선이 여포에게 가기 직전 초선은 동탁과 여포의 시기, 질투, 갈등을 유도, 여포가 동탁을 공격하게 만들고 마침내 초선은 미워하던 동탁을 떠나 여포 장군의 품에 안기게 된다.

장 회장은 장리를 품에 안고 있으면서 초선이를 떠올리곤 갑자기 현기증을 일으키기 시작하였다.

그것은 피곤한 육체에서 걸려오는 위험 전화일 수도 있다.

58세의 장 회장으로서는 감당키 어려운 상대였으리라.

호텔 창을 열자 바깥 세계는 눈부실 정도로 햇살이 가득했다.

태양을 받으며 장 회장은 청심환과 비타민을 들이켰다.

그가 황제의 정원으로 들어섰을 때 이 전무가 결재를 기다리고 있었다.

"회장님, 안색이 안 좋으시네요. 뭐 안 풀리는 일이라도 있는지요?"

"그럴 리가 있나. 어젯밤 죽마고우하고 대포를 들이켰더니 몸이 이 모양이야."

"일본에서 지진 재난 장비가 새롭게 개발됐답니다."

"그래, 우리 회사 것보다 나은 게 있다면 당연히 배워야지 않겠나?"

"일본에서 최초로 생산된 제품인데 극초단파를 바다에 쏘아서 해저 밑에서부터 일어나는 미진을 감지하여 재난예방을 할 수 있는 장비인데 일본 매스컴에서는 대단한 첨단제품이라고 떠들어 댑니다."

"우리 회사에서도 몇 년 전 실험을 한 게 틀림없어."

업무가 융합되어 갈 때 새로운 아이디어를 구상하기 위해 장 회장은 한 편의 글을 읽는다.

02

경
제
삼
국
지

•
•
•

제 2화

고스트 비즈니스 무녀

하늘이 흙빛으로 변했다. 주위는 불빛 한 점 발견하지 못할 만큼 어디가 어딘지 구분할 수조차 없었다. 온몸을 휘감는 공포의 기운이 계속해서 엄습해왔다.

"아아……, 무서워."

진영은 두 팔로 자신의 몸을 감싸 안은 채 어디론가 걸어가고 있었다.

문이 보였다.

조선 시대에서나 봄 직한 그런 나무 대문에 둥그런 쇠붙이가 붙어 있어 흡사 높으신 양반댁의 기세를 느끼기에 충분했다.

'초상이 난 걸까…….'

진영은 상 중임을 표시하는 대문 앞의 등을 보고서 그렇게 느꼈다.

문을 열자, 곡하는 소리가 들렸음에도 불구하고 안에는 잡초만 무성할 뿐 인기척이 없었다.

눈앞에는 종전과 같은 대문이 또 있었다.

진영은 또다시 밀치고 들어갔으나 여전히 잡초만 무성한 채였다.

진영은 땀이 나도록 문을 열고 또 열면서 먼 길을 달려갔다. 얼마를 왔을까.

어마어마하게도 큰 철문 앞에 두 사나이가 버티고 서 있었다.

피곤으로 초췌하기 이를 데 없는 진영의 모습을 부리부리한 두 눈을 가진 장사처럼 생긴 사내가 한 번 훑어보더니 옆의 사내에게 눈짓을 했다.

진영은 그 사내를 따라 철문 안으로 들어갔다.

사내는 진영이 앉을 자리를 지시하고는 이내 밖으로 나갔다.

진영은 눈앞에 펼쳐지는 광경에 그저 놀랄 뿐이었다. 넓게 펼쳐진 평원을 보면서 얼마나 넓다고 표현해야 할지 말을 잊을 정도였다.

세상에서 여태껏 보지 못했던 대평원에서 마침내 심판이 이루어지고 있었다.

수염이 길게 난 무섭게 생긴 할아버지가 커다란 책을 보면서 한 사람 한 사람에게 뭐라고 말을 하면 옆에 서 있던 덩치 큰 사내들이 그들을 데리고 어디론가 사라졌다.

노인, 어린이, 청년, 심지어 갓난아이까지 순서를 기다리는 분위기는 엄숙하다 못해 중압감마저 들 지경이었다.

드디어 진영의 차례가 왔다.

"몇 년 몇 월 며칠 생인고?"

"음력 65년 7월 10일생입니다."

"음력 65년 7월 10일생이라……."

무섭게 생긴 할아버지는 진영을 빤히 쳐다봤다. 눈빛에선 금방이라도 푸른 기가 번져 나올 것만 같았다.

"김진영, 너는 아직 여기 올 때가 안 됐어. 왜 자꾸 오는가? 다시는 오면 안 돼. 너의 영을 누군가 해치고 있어. 이렇게 밤마다 오다가는 넌 결국 피가 말라 죽게 될 거야."

진영은 누가 내 영을 해치려 하느냐고 묻고 싶었지만 죽어도 그 말은 입에서 나오지 않았다.

이내 아득하고 끝도 보이지 않는 폭포수 아래로 한없이 떨어지고 나서야 꿈에서 깨어나곤 했다.

진영은 얼른 불부터 켰다. 새벽 4시였다.

남편은 그런 진영에게 지친 듯 이젠 무신경하게도 잠만 잘 자고 있었다.

진영은 식은땀을 손으로 훔치며 예사롭지 않은 꿈속의 말이 생각났다.

"다시는 오면 안 돼, 그러면 너의 피가 말라 정말로 죽게 될 거야."

요즘 들어 염라대왕같이 생긴 그 할아버지는 다급한 목소리로 밤마다 강도를 높여 외쳐댔다.

'이젠 정말로 이대로는 못 살겠어. 무슨 방도를 취해야지.'

진영은 남편이 출근하자마자 서울에서 가장 용하다는 무녀를 찾아갔다.

이 무녀는 자신이 섬기는 신 앞에 살아있는 동물들을 산채로 바쳐 힘을 기른다고 알려진 여자였다.

시어머니의 신기를 받았다는 이 무녀는 사시나무 채를 쥐고 심하게 흔들어댔다.

"으으으드드드 으드드드······."

짙은 분에 새까맣게 그린 눈썹, 그리고 핏빛 같은 입술 화장을 보고 진영은 벌써부터 그리 썩 유쾌하지 않은 기운을 느끼고 있었다.

지끈지끈 아파오는 두통도 조금씩 심해져 가고 있었는데, 원래 기가 센 사람과 마주앉아 있으면 상대의 기에 눌려서 그런지 그러한 증세가 나타난다고 진영은 언젠가 친구에게서 들은 적이 있었다.

몇 꺼풀 입혀놓은 듯한 마네킹 같은 그녀의 얼굴에서 땀방울이 맺히기 시작하자 골을 그리듯 땀방울이 분 사이를 비집고 흘러내리기 시작했다.

이제 그녀의 손놀림과 얼굴 표정은 좀 전의 그녀가 아닌 듯이 보였다.

눈알이 반쯤 뒤집히고 온몸은 부들부들 떨고 있었다. 진영은 순간 무서움을 느꼈다.

갑자기 눈앞이 아득해지면서 어떠한 검은 물체가 자신의 목을 죽어라고 졸라대는 것 같았다. 순간 무녀는 사시나무 채를 떨어뜨린 채 '쿵'하고 주저앉아버렸다.

진영을 짓누르던 알 수 없던 기운도 금세 어디론가 사라지고 진영은 땀범벅이 된 얼굴을 소매 끝으로 훔쳐냈다.

"틀렸어!"

새파랗게 질린 무녀는 고개를 가로젓고 있었다.

"아니, 그럼 제 꿈의 정체를 밝혀내지 못했다는 말씀이세요?"

"당신의 이마에는 죽음의 그림자가 잔뜩 씌어져 있어. 하지만 내 힘으론 도저히 그것을 벗길 수 없으니 다른 데 가서 알아볼 수밖에."

진영은 거울 속의 자신의 또 다른 모습을 물끄러미 쳐다보았다. 눈은 휑하니 들어가고 볼은 어느새 광대뼈만 앙상하게 드러낸 채 말라 있었다.

이마는 정말 죽음의 그림자가 덮고 있는 듯 어두운 빛으로 퇴색되어갔다.

"고스트 비즈니스의 점녀를 찾아보게나. 내가 모시고 있는 신보다 훨씬 힘이 센 악질적인 잡귀가 당신의 몸에 붙어 있으니 내 힘으로는 어림도 없네."

진영은 아까 찾아갔던 무녀의 말을 다시 생각해냈다.

'도대체 내가 무슨 잘못이 많아서 이런 일을 당한담……'

시간이 흘러가는 소리가 너무나 크게 진영의 가슴을 죄어왔다.

오늘 밤 또다시 멀고도 먼 저승길을 발이 터지도록 달려갈 것을 생각하니 벌써부터 두려움으로 온몸에 경련이 일어나는 듯했다.

진영은 신문을 뒤적이기 시작했다. 고스트 비즈니스의 전화번호가 한눈에 들어왔다.

　한편 점녀는 오 법사와 함께 진영의 집으로 갔다.
　진영의 집은 들어서면서부터 안 좋은 기운이 느껴질 정도였다.
　점녀는 진영의 얼굴에 물을 내뿜고 그 물이 흩어지는 방향을 따라 점을 치기 시작했다.
　"후우욱! 후우욱!"
　진영의 얼굴은 거센 물줄기로 뒤범벅이 되어갔다.
　점녀의 입김은 위력이 대단했다.
　입김의 강도는 점점 거세져 이제 진영은 점녀의 의도한 바대로 무너져 내리고 있었다.
　점녀는 흔한 무당이 아니었다.
　남편과 아들 하나를 하찮은 잡귀에게 빼앗긴 이후, 그녀는 사악한 요귀들을 또 한 번 죽이는 방법을 터득하기 위해 유명한 도사란 도사는 다 만나보고 그 비법을 전수받은, 그야말로 기이한 사람이었다.
　진영의 의식이 희미해짐에 따라 진영의 얼굴에서 무언가가 슬며시 비집고 나오는 것이 보였다.
　"헉!"
　거기엔 또 다른 진영의 얼굴이 피와 함께 얼룩져 있었다.
　오 법사는 자신의 몸속에 있는 모든 기를 응집시켜 염주 알에 힘을 불어넣고 있었다.
　점녀가 진영의 몸속에 든 요귀를 불러내어 얘기를 하고 있을 때, 즉각 그 요귀를 처단하기 위해서였다.

그러나 점녀는 또 다른 피투성이의 진영의 모습이 나타난 예기치 않은 상황에 일단 입점을 중단하자, 오 법사도 염주 알에 모으고 있던 자신의 기를 거두어들였다.

얼마 후 진영의 의식이 되살아나자 점녀는 진영에게 조금 전의 상황을 얘기해 주었다.

"뭐라구요? 그 악귀가 바로 저 자신이었었다고요? 믿을 수 없어요. 그럼 결국 제가 죽어야만 모든 것이 해결된다는 말이군요."

진영의 이마에는 낮보다 더 어두운 그림자가 짙게 깔리고 있었다. 이제는 아예 죽음이 임박한 사람들에게서나 볼 수 있는 푸른 기마저 감도는 듯했다.

아마도 진영의 내부에서 꿈틀거리고 있는 또 다른 진영의 저주가 점녀로 인하여 요동을 치고 있는 모양이었다.

이제 자신의 존재가 만만찮은 상대에 의해 발각이 되었기 때문에 더욱 안간힘을 쓸 것이다.

"낙담할 것 없습니다. 처음에 내가 짐작한 바 대로가 아니어서 좀 신중을 기한 것뿐이니……."

점녀는 지리산의 환법도사에게서 전생에 관해 알아보는 비법을 익힌 바 있었다.

점녀는 진영의 등에 손을 올리고 초능력을 이용하여 진영의 전생에 관해 알아보았다.

점녀의 눈에 괴로워하며 피아노를 치고 있는 진영의 모습이 보였다.

피아노의 줄이 광적인 진영의 손에 의해 허무하게 끊겨나가는
모습도 보였다.

"음……. 당신은 전생에 자살을 했군. 피아노를 싫어했어.
아니, 피아노 연주가 어느 한계에 도달하자 그 한계를 극복하
지 못하고 광적으로 스스로 목숨을 끊었어, 동맥을 끊어서 말이
야. 무서운 일이군."

"그게 지금의 일과 도대체 어떤 연관이 있습니까?"

진영은 그렇게 반문하고 있었지만 속으로는 몹시 떨고 있었다.
피아노라는 말에 깜짝 놀라면서 집에 있는 피아노를 떠올렸다.
그 피아노는 우연찮은 기회에 진영에게로 온 물건이었다.

남편이 국내의 모 피아노 회사에 다니고 있었는데 사원들의 단
합대회가 있던 날, 남편은 운이 좋아 특상인 흰색 피아노 한 대를
선물로 받았다며 무척 기뻐했었다.

지금 생각해보니 아마도 그 이상한 악몽은 피아노가 거실에 들
어오고 부터였던 것 같았다.

진영은 너무나 해괴한 일이 자신의 눈앞에 펼쳐지고 있다는 사
실에 온몸에 소름이 돋았다.

피아노 교습 선생은 진영의 피아노 솜씨가 처음 치는 사람 같
지 않게 아주 능숙한 것 같다고 곧잘 말하곤 했었는데, 진영 역
시 늘상 피아노 앞에 앉아 곡을 대할 때마다 꼭 자신이 오랫동안
연주해왔던 것 같은 친근감에 의아심을 가진 적이 한두 번이 아
니었다.

전혀 가보지 않았던 낯선 거리를 지나면서, 혹 전혀 보지 못했던 사람을 처음 대하면서 언젠가 꼭 와봤던 거리인양, 혹은 언젠가 꼭 봤던 사람처럼 느껴지는 경우가 사람들에겐 간혹 있다.

그런 현상을 보고 종종 사람들은 우스갯소리로 전생의 한 장면을 기억하고 있어서 그렇다고 말하지 않던가.

진영은 몸서리를 쳤다.

무당이 어려운 귀신이 붙었다고 혀를 내두르던 모습도 생각이 났다. 그게 바로 전생의 진영 자신이었으니 그럴 수밖에 없을 것이다.

시계는 진영의 위급한 상황도 모른 채 여전히 째각거리고 있었다.

그때 전화벨이 울렸다. 남편이었다.

남편은 아주 합리적인 사람이었다.

그래서 진영의 이러한 꿈도 헛된 집착을 많이 하니까 그런 것이라고 단정 지어 버렸다.

"당신이야? 나 오늘 집에 못 들어가게 생겼어. 규석이 마누라가 죽었다지 뭐야. 왜 당신도 잘 알잖아. 그런 줄 알고 문단속 잘하고 자. 또 이상한 꿈에 시달리지 말고."

진영은 통화가 끝나자마자 점녀에게 달려갔다.

"남편의 친구 아내가 죽었다는군요. 오늘 밤 저와 함께 있어 주지 않으시겠어요? 혼자 있기가 너무 무서워서요."

"오늘 밤 그 요귀가 당신을 정말로 해하려고 작정을 했을 거에요. 그 광적인 요귀는 방해꾼을 없애기 위해 미리 남편을 초상집으로 부른 거지요."

"그럼 친구 부인이 죽은 것은 어쩜 그 요물의 짓……."

"그렇소. 아마도 오후 4시……6시 사이에 죽었을 거요. 예로부터 그 시간대를 봉마지시(蓬魔之時)라고 해서 마귀가 나타나는 시간대인데, 이때는 선의 영파는 활동력이 약화되고 악령이 활동을 시작하는 시간이에요. 광기가 발동한 당신의 또 다른 혼인 진영은 그것을 이용했을 것이오."

"그럼, 오늘 밤 저는 어떻게 되는 거죠?"

"걱정하지 마세요. 그 악귀는 꿈을 통해서만 진영 당신을 죽일 수 있습니다. 오늘 밤 꿈속에서 영원히 당신이 이승으로 돌아오지 못하도록 방해를 할 것입니다. 그래서 당신이 꿈속에서 힘들어 할 때 옆에서 깨워 줄 남편마저 초상집으로 가게 한 거고요."

"그럼, 오늘 밤을 뜬눈으로 보내면 되겠군요."

"아니오. 당신이 전생에 광기의 발작으로 스스로 목숨을 끊은 것이 바로 오늘 밤 2시였소.

그 악귀는 그 후로 줄곧 저승에 안주하지 못하고 떠돌아다녀야 했고요. 원래 자살을 한 영은 영계에서도 대접을 받지 못하는 법이오.

자살한 자가 죽어서도 가장 큰 벌을 받는다는 것이 바로 이러한 얘기지요."

"결국 전 전생의 업보와 싸우고 있는 셈이군요."

진영은 두 손으로 얼굴을 싸안은 채 흐느껴 울기 시작했다.

"약해지면 악령이 침범하기가 더 쉽습니다. 마음을 강하게 가지시고 꼭 이겨내겠다는 굳은 신념을 가지십시오."

영들이 강력한 영파를 발휘하는 새벽 1시가 다가오자 오 법사는 다시 염주 알에 온 기를 집중시키고 있었다.

점녀는 진영의 몸에 찰싹 달라붙어 있는 광기 어린 또 다른 진영의 영혼을 불러내기 위하여 주문을 외웠다.

잠시 후 피투성이가 된 진영의 모습이 나타났다.

머리카락을 풀어헤치고 몰골은 해골처럼 말라 두 눈만 휑하니 뜨고 있었다.

"너의 세계로 가라. 어찌 한낱 미물이 된 처지에 육신을 가진 인간을 괴롭힌단 말이냐?"

"저 것의 영을 보낼 거야. 왜 나만 이런 꼴로 저승과 이승 사이를 헤매고 다녀야 하느냔 말이다."

오 법사는 흥분하고 있는 요귀의 심장을 향해 기가 응집된 염주 알을 꽂았다.

"으으윽윽……."

요귀는 광기를 토해냈다.

검붉은 피가 요귀의 입과 목을 타고 끝없이 흘러내렸다.

"이제 편안히 저승으로 갈 수 있을 것입니다.

그 염주 알에는 더럽고 추악한 피를 맑고 깨끗하게 바꾸는 주술이 들어있으니까요."

오 법사는 또 다른 진영의 혼이 그 죗값을 치르고 편안히 갈 수 있도록 가부좌를 튼 채 기도를 하고 있었다.

진영은 어지럽기만 하던 머리가 개운해짐을 느끼며 자기 속의
또 다른 악적인 자아가 빠져나감을 순간 느꼈다.

진영은 흐르는 눈물을 주체하지 못한 채 막 4시로 향하고 있는
시곗바늘을 보며 안도의 한숨을 크게 내쉬었다.

칭기즈칸의 기마전투력

장비홍 회장이 인터넷을 검색하다가 퇴계를 만난 것은 우연이
었다. 1501년에 태어난 퇴계 이황 선생은 조선 중기의 학자이다.

당시 퇴계 선생은 어려운 국력을 이겨내고자 조정에 이런 안건
을 내었단다.

고속도로를 당시에는 신작로라고 하였는데 전국에 동서로
5개의 큰길을 내고 남북으로 2개의 큰길을 낼 것을 주장하였다.

또한 퇴계 선생은 가사를 일으키기 위해 가가호호 2마리의 소
를 키울 것을 조정에 건의하였다.

그러나 내신들은 이 두 가지 제안을 거절하였는데 그 이유는 오
랑캐가 쳐들어오기 쉬운 신작로를 만들면 안 된다는 이유였다.

장 회장은 장리가 타온 원두커피를 음미하며 이 문제를 골똘히
생각하였다.

만약 당시에 퇴계의 건의대로 큰 도로를 냈더라면 토목산업이

발달했을 것이고 토목건설을 위해서는 철강 생산이 이루어졌을 것이다.

"철강! 바로 그거야"

철로, 건설장비만 만드는 것이 아니라 적에게 맞설 수 있는 병기가 필요하리라.

사실 그 무기를 만들 수 있는 실력만 갖추었다면 임진왜란이 어떻게 됐을까.

비단 전쟁이 아니더라도 철기가 발달하면 농사는 기술이 월등히 발달했을 것이고 집안에 소를 키우면서 사료생산이나 저장 그리고 칭기즈칸처럼 말을 타고 말을 부리는 기마전투력이 발달했을 것이다.

오늘의 현실에서 왜 퇴계학이 필요한 것인가?

장비홍 회장은 사색에 잠기었다.

퇴계학이 결국 부국강병의 단초를 제공했던 게 아닐까?

퇴계의 지혜를 이해하지 못한 당시의 관료들은 그만큼 행복한 설계나 길을 몰라 방황했던 것은 아닐까?

중국계 여비서 장리가 찻잔을 내어갔을 때 남태평양에서 한 팀장이 들어오고 있었다.

한국남 팀장은 1969년 1월에 설립한 팔라우 수중 스쿠버장비 생산공장을 진두지휘하고 있다.

"한 팀장, 우리 장풍그룹을 깜짝 놀라게 할 아이디어가 있다고 했지?"

"네, 온 세계를 깜짝 놀라게 할 새 제품을 만들고 있습니다."

"큰 기대는 큰 실망을 낳는 법, 그러나 퇴계의 부국강병 건의를 생각하게 하는군."

"남태평양의 깊은 바다 심해를 투영할 수 있는 시제품 출시가 얼마 안 남았습니다."

"그럼 바다 깊숙이 잠수 돼 있는 타이타닉의 마지막 유물들도 건질 수 있는 기술이 있다는 건가?"

"2차 세계대전 당시 바다에 침몰한 거함이나 보물선 선함이 이제는 장풍의 손아귀에 들어올 날이 머지않았습니다."

"하기야 세계적인 해저 구난기술이 없었다면 그 유명한 타이타닉의 잠자던 과거가 어떻게 만천하에 공개되어 감동을 주었을까?"

"장 회장님 말씀이 맞습니다. 바닷속 탐사기술은 미래가 아닌 가까운 현실로 지구촌 사람들을 먹여 살릴 것 같습니다."

"아, 그 팔라우 바다 특히 락 아일랜드의 풍경은 참 아름답기 그지없어."

"락 아일랜드에 버금가는 비경을 간직한 지역을 우리 해저 팀이 이번에 발견했습니다."

"거기가 어디인가, 혹시 용궁으로 가는 길은 아니던가?"

"아, 회장님도, 용궁이 지금 어디 있습니까?"

인간이 극한의 상황에 몰리면 인간은 두 가지 선택을 하게 된다. 그 한계상황을 포기할 것인가 아니면 도약을 할 것인가 사실 인간에게 절실한 것은 상황 포기보다는 대지를 박차고 일어서는 힘찬 점프 같은 새 도약이 필요한 것이다.

그동안 장풍그룹은 어려운 역경이 올 때마다 시련을 거울로 삼아 오뚝이처럼 일어서지 않았던가!

장풍그룹이 팔라우에 세계적인 수중장비 생산기지를 건설한 것도 어찌 보면 이러한 맥락에서다.

처음에는 거래처에서 반대 의사를 계속 타진하고 있었다.

그 이유는 간단했다.

중국을 비롯한 동남아시아 시장처럼 인력비용과 초기 투자비용이 만만치 않다는 거였다.

세계에서 작은 나라 모로코가 도박 중심의 산업이 발전되었고 거기에 비하면 팔라우는 관광산업과 수산물 수출에 주력하고 있는 셈이다.

그 어려운 반대를 무릅쓰고 장비홍 회장은 남태평양의 외로운 섬 팔라우에 기업의 해외 전진기지를 건설하였던 것이다.

한국남 팀장이 추가 보고를 하고 있었다.

"수중장비 생산은 한국이 미국 다음으로 독보적인 위치에 서게 될 것입니다."

"암 그래야지, 난 어릴 때부터 바다를 늘 동경하며 성장했지."

"바다는 나에게 숨겨놓은 보물찾기와 같은 셈이지. 저 망망대해 깊은 바닷속에는 과연 무엇이 들어 있을까, 늘상 보아오던 바닷고기나 심해식물 말고 그 어떤 깊은 역사의 흔적이 있을 것 같아서 늘 바다를 구상하며 살았지. 이를테면 아틀란티스 전설이나 타이태닉의 슬픔, 그리고 세계대전 중에 사라져 버린 당시의 군용장비나 값진 보물들이 늘 나의 뇌리를 떠나지 않아.”

“아! 회장님의 고향이 동해 바닷가 양양 아닙니까?”

“내 고향을 어떻게 알았나?”

“네 사내 이메일을 검색하다가 끝없이 펼쳐진 바다를 보았죠.”

“그래, 난 그 바다를 동경하다가 언젠가 돈을 많이 벌면 저 깊은 심해로 들어가 보고 싶었지. 바닷속이 정말 궁금한 거야, 특히 소용돌이 알지? 바다 어느 지점에 소용돌이치는 것 말이야. 그거 참 묘한 거야!”

“언젠가 모험가들이 바다 소용돌이를 발견하려다 목숨을 잃은 적이 있지요.”

“신비한 물돌이 현상이지. 분명 수억 년 전 바다는 육지였던 게 상당한 신빙성이 있어. 바닷속에 산이 있고 도로가 있고 늪이 있는 걸 보면 아주 먼 옛날 바다의 융기와 침하가 연거푸 일어나서 육지가 바다가 되었다는 설도 무게가 실리지. 매년 한국에서도 신비의 바닷길이나 보령 무창포 모세의 기적같은 놀라운 일들이 자연의 현상치곤 너무 정확히 맞아 떨어져. 자연은 위대하고 경이로운 것이지.”

“자연보다 위대한 스승이 또 있을까요? 수많은 사람들이 그 한계를 넘으려다 바다의 제물이 되어가는 것을 보아왔죠.”

“그러기에 이번에 제작되는 심해 추진 로켓 장비는 한 치의 오차가 일어나서는 안 돼요.”

“가장 중요한 부속인 심해 추진 프로펠러를 돌리는 축전지의 생산에 달렸다고 해도 과언이 아니지요.”

"맞아! 바다 밑바닥 해저에 닿으려면 긴 시간의 수중여행이 필요해. 그때 필요한 동력을 얻는 게 축전지이지. 이 방수기술을 어느 시기에 만드느냐에 따라서 장풍의 미래는 환히 웃을 수 있는 계기가 되는 거야. 팔라우 곳곳에 설치된 미사일 기지도 알고 보면 이런 룰이 있지."

머뭇거리기에는 인생이 너무 짧다.

현실이라는 벽에 갇혀버린 현대인들에게 가슴 뛰는 새로운 열정을 안겨주고 싶다.

뜨거운 가슴에 희망이라는 문신을 새겨라.

그대 인생의 주인공은 타인이 아니라 자기 자신이다.

주연인 이상 최고의 연기와 최고의 개런티를 받을 수 있는 찬스가 있는 법.

장 회장 사무실에 팔라우 해외팀장 한국남이 떠나고 여비서 장리가 들어왔다.

"회장님 1시간 동안 책 읽을 시간입니다."

회장의 시력이 노화된 뒤부터 여비서 장리가 독서를 대신 도와드리고 있었다.

"저번에 읽었던 마법의 상술 한번 요약해 줄 수 있겠나?"

"아, 회장님. 아직도 기억하고 계셨나요?"

"그럼, 소비자의 소비가 곧 수입으로 연결되는 신개념의 슈퍼마켓 아니던가?"

"성공으로 가는 계단에는 이런 글귀가 씌어 있어요."

'글로벌 인터넷 플랫폼에는 거리와 시간의 장벽을 제거하는 마법의 신호등이 켜져 있다.'

이를테면 우리나라 70년대 시골 5일장과 같은 것이다.

각 동네 촌로나 상인들이 약속된 기일에 시골장으로 모인다.

거기서 새로운 유통이 이루어지고 새로운 사업 파트너를 찾을 수 있다.

이제 시골 장터의 모든 물건이 인터넷바다에 둥둥 떠다니고 있다.

"거참 재미있는 상업 아닌가? 그러나 인터넷 판매왕이 다 되는 것은 아니야. 소비자는 현물을 보기 전에 망설이거든. 특히 중소기업 마트라면 더더욱 망설이게 마련이지."

어려운 위기가 닥쳤을 때 그대는 어디로 날아가는가.

목숨 걸고 위기 극복을 위해 혁신을 지혜롭게 발휘하겠는가.

아니면 게으른 자의 사치를 위해 아이디어를 베개 삼아 긴 잠을 즐기겠는가.

분명 생각 속에 정답이 있다.

생각을 바꾸면 정도가 보인다.

실패를 용납하지 않는 강인한 정신력이 그대의 잠자는 잠재력을 깨우고 혁신과 블루오션의 아일랜드에 정착할 것이다.

"미스 장, 글로벌 인터넷 플랫폼에 관한 글이 꽤 재미있는걸. 모두를 실천할 수는 없어도 어느 일부분만이라도 계획 실행할 수 있다면 그대들은 어느덧 성공 열차를 탈 수 있는 인터넷 플랫폼에 합류할 수 있다는 얘기는 꽤 설득력을 얻는군."

"회장님! 전 직원들에게 성공학 강의가 필요한 것은 바로 이 때문이죠."

"계속 요점을 정리해 줄 수 있을까?"

장리는 성공학 강사라도 되는 듯, 신바람이 나서 글로벌 성공 상권에 관해 얘기하기 시작하였다.

"배 12척으로 적선 330척을 이긴 이순신 장군의 충과 승의 정신이 오늘날 우리에게 시사하는 바가 크죠. 아무리 자본과 인원이 부족하다고 해도 적선 330척을 물리칠 수 있는 절대 노하우가 있는 한 승리를 할 수 있는 기회비용을 가지고 있는 셈이죠, 연초에 어느 대기업 회장도 이런 말을 했죠. 인재 한 명이 백만 명을 먹여 살릴 수 있다는 얘기는 과거의 성공 역사든 현재의 성공 역사든 성공의 열쇠는 분명 있어요. 어디에……. 자신의 마인드에 잠자고 있어요."

"글로벌 마인드가 없이는 절대 글로벌 강자가 될 수 없는 법이지. 적군이 일만 미터까지 날아가는 미사일을 가지고 있는데 아군이 일천 미터 날아가는 미사일을 갖고 있다고 해봐! 그 전쟁의 결과는 어떻게 되겠어."

"회장님, 위기란 모순의 결과이며, 그 모순은 불가능의 장벽에 갇혀 버리죠. 모순 때문에 불가능한 게 아니라 자신의 마음속에 입력된 모순이라는 마찰 때문이죠. 이 마찰을 걷어내고 실천적 성공 마인드라는 윤활유를 부어 주는 게 중요한 변수죠."

"응, 작년에 장풍그룹 기획실에서 회사 제안 공모를 했는데, 당시 수익모델을 찾기 위한 애사심 어린 글들을 보았어. 정말 감동

적이었지. 자기반성과 회사의 성찰을 요구하는 마음에 와 닿는
글들이 많았어!"

"특히 신 고객창출을 위해서 장풍그룹의 영업 전략은 어떻게 할
까라는 의문부호 앞에서 나 자신도 깜짝 놀랐지."
"회장님도 흥미진진할 정도의 놀라운 제안이 궁금하네요."
"우리 회사의 글로벌 네트워크는 크게 4가지로 분류할 수 있지.
좀 생소한 것 같지만 일본에 프랜차이즈를 갖고 있는 지진재난
구조사업팀과 석유시추사업팀 그리고 에버그린 호텔사업팀, 해
저장비 생산팀으로 나눌 수 있지. 이 네 가지 성공전략 최강팀은
곧 우리 장풍그룹이 재계 1순위로 도약 할 수 있다는 희망을 안겨
주고 있지. 열정을 갖고 사막에서 선풍기라도 팔 수 있는 그런 패
기가 우리가 자랑하고 있는 드림팀이라고 봐야 해!"
"아, 그래요. 회장님, 장풍그룹이 자랑하고 있는 드림팀이 있다
면 어떻게 정리할 수 있을까요?"
"지진재난 구조팀에 김경민 상무, 석유사업 시추팀에 이도지
전무, 에버그린 호텔운영팀에 정종만 이사 해저장비 생산팀에 한
국남 지부장 넷이 하나가 되어 새로운 시너지 효과를 내고 있어."
"아이, 회장님 저는 드림팀에 못 끼는 건가요?"
"아, 우리 미스 장은 비서팀을 이끌고 있지 않나!"
이때 어떤 신호음이 들리고 있었다.
장리에게 울린 문자 메시지였다.
장리는 회장실을 빠져나와 문자를 읽었다.

서성수의 문자 메시지였다.

퇴근 후에 하트 투 하트에서 만나자는 연락이었다.

장리가 회사를 빠져나와 하트 투 하트에 왔을 때 서성수는 조용히 음악을 듣고 있었다.

무슨 말을 하려는 것일까. 서성수는 조금도 흐트러짐 없이 자세를 잡고 있다.

"장리, 꽤 오랜만이군."

"그러게요. 그동안 잘 지내셨나요."

"물론, 장리가 늘 내 마음속에서 기도를 하고 있었거든."

"혼자 잘도 추리하시는군요."

"아니야, 장리는 나의 전부이자 미래야."

"괜히 홍당무가 되려고 해요! 우리 언제 여행을 떠나요?"

"그럼 당장 떠날까?"

"서울은 너무 답답해! 확 트인 바닷가에 가고 싶어요."

"서울에서 가까운 서해안 보령 앞바다 어때!"

"좋아요. 그런데 내일 꼭 돌아오기! 회사 출근 때문에……."

"암 돌아와야지, 시작이 있으면 끝이 보이는 법이지."

보령 앞바다에는 초겨울 날씨임에도 여행객들이 많아 보인다. 멀리 보이는 무창포는 갈매기들의 요람인 듯 둥지를 틀며 새로운 잉태를 기다리고 있다.

장리와 서성수는 팔짱을 낀 채 어느 데이트족처럼 바닷가를 산

책하고 있었다.

황폐한 조가비들이 이리저리 물살에 출렁이며 갈팡질팡하고 있다.

"서성수 씨, 요즘 하는 일은 잘 돼요?"

"포토 매니저라는 일이 거의 이미지 작업이니까 오늘처럼 이미지 포착이 아주 중요하죠."

"리터러시란 말이겠죠. 리터러시란 읽고 쓰고 찍는 일을 말하는 것이죠."

"장리도 모르는 게 없다니까!"

"장풍그룹에서도 현지 사진을 인화하고 출력하고 컴퓨터에 이미지 업 시키는 작업을 옆에서 보아 왔거든요."

"포토 메이킹 하는 작업이 얼마나 행복한지 모르죠? 사진은 단순히 찍는 역할만 하는 것이 아니고, 투시하고 느끼고 공감하고 표현하는 새로운 제 4세대 언어이죠."

"혼자 하는 여생이 세상에 단 하나뿐인 자신과의 소중한 대화라고 한다면 사진은 그 소중한 순간을 영원으로 간직하는 효과가 있죠."

"아날로그와 디지털이 알고 보면 그 속성은 다 같은 것이죠. 아날로그가 레코드판이라면 시디는 디지털이라고 할 수 있죠."

"전문 포토 매니저는 아날로그에 디지털의 장점을 입히는 거겠죠?"

"그래요. 완전한 디지털이라도 실제로는 디지털과 아날로그의 결합체라고 봐도 되죠."

"딱딱한 얘기 그만하고 우리 저 모래언덕까지 걸어요."

무창포 앞바다에는 얼마 전 모세의 기적을 많은 사람들이 보고 갔기 때문일까. 수많은 인파의 흔적이 곳곳에 도사리고 있다.

"그 많은 사람들은 어디서 왔다 어디로 휩쓸려 가버린 것일까요."

"사람들은 밀물과 썰물처럼 살았다 죽었다 하는 것이죠."

장일의 두 눈 속에 밤하늘 별들이 박히는 순간 그들은 어느덧 모텔에 와 있었다.

누가 먼저랄 것도 없이 서로가 서로를 요구하고 있는 듯……

오늘 하루의 일들이 만화경 속의 일인 듯 주마등처럼 스쳐 지나간다.

지금부터는 어떤 일이 기다리고 있을까.

407호 모텔 문이 닫히고 사랑의 속삭임만이 방안을 감돌고 있었다.

"이래도 되는지 모르겠어요."

"장리는 성숙한 여인이야, 지금 사랑을 하지 않고 늙어 후회 해 보았자 무슨 소용 있겠어."

"그래도 결혼도 안 한 상황에 당신과 동침을 한다는 게 믿어지지가 않아서요."

"이미 우리 둘의 마음이 하나로 합해졌는데 육체는 그 뒤를 충실히 따를 뿐이지."

어느덧 샤워실 물소리가 요란하게 들린다.

장리가 세속의 옷을 다 벗어 버리고 실오라기 하나 없는 나신의 모습으로 몸을 씻고 있을 때 서성수는 여유롭게 궐련을 피우고 있었다.

장리의 스물다섯의 육체를 보는 것만으로도 서성수는 그 자리에서 마비될 것만 같은 황홀함에 휩싸이고 있었다.

조명등이 희미하게 부끄러운 나신의 모습을 가리자마자 서성수는 들짐승처럼 장리를 애무하기 시작하였다.

순서에 상관없이 장리의 발가락에서부터 머리까지 그의 혀는 쉴 틈이 없다.

그러는 순간 사이사이 장리의 거친 숨이 계속해서 울려 나왔다.

엑스터시의 순간이 다가왔을까. 장리의 몸은 어느 물체를 받아들이듯이 여인의 문을 활짝 열어 버린다.

절정의 순간이 지나가고 다시 허무가 엄습한다. 바다가 보이는 창가에서 둘이는 책장을 넘기고 있다.

좀 으스스한 이야기…….

색계를 범한 반항아의 최후

늦은 오후의 하늘은 잿빛 스웨터를 입은 듯 우중충한 모습을 한 채 약간의 구름 사이로 이 지상의 마지막 햇살 같은 빛 화실을 팔공산 기슭에 쏟고 있었다.

자잘한 관목들이 오늘따라 심하게 흔들리고, 어디선가 들리는 비구니 스님들의 게송 외우는 청량한 목소리가 운집된 사람 사이로 파고들었다.

곧이어 울려 퍼지는 대웅전의 풍경 소리가 더욱 처절함을 안겨 주고 있었다.

"저기 저 돼지들 좀 봐. 꼭 눈을 뜨고 살아있는 것 같지?"

강남일보 기자가 말없이 지켜보고 있는 여기자에게 물었다.

"으스스해요. 저렇게 많은 생명들을 어떻게 하려고 그러는지 무섭군요."

여기자는 채 말을 잇지 못했다.

옆에 서 있던 빛나리풍의 어느 등산객이 말을 거들었다.

이마에서 이제 막 석양의 빛이 발산되고 있다.

"이번엔 정말 지구 종말이 다가오고 있다나요. 작년부터 종말교단의 교주가 예언을 했더랍니다."

벌써 의식이 행해지고 있었다. 광장 가운데로 도열하여 촛불을 들고 있던 붉은 가운의 무리들은 서둘러 원을 그리며 어떤 형상을 연출하고 있었다.

열정과 기쁨으로 제 육신을 태우는 촛불들은 붉은 납사의 어느 형태의 무극에도 꺼질 줄을 몰랐다. 그리곤 허공을 반으로 쪼개더니 다시 반으로 포개었다.

촛불 춤사위는 수많은 인파의 영혼을 곡예한다고 해도 가능할 것이다. 리미트 제로에서 무한대까지 흔들어대는 촛불 춤사위는 치욕스런 세상의 오염된 공기를 다 태워버리려는 듯. 촛불이 마지막 탈 때까지 계속되었다.

이 날 점녀 무당과 예언가 공대인이 참여한 것은 강남일보 헤드 기사를 보고 나서였다.

오는 4월 44일 지구 종말을 예언한 종말 교단이 팔공산에서 산신제를 지낸다. 특히 이 날은 죽은 암퇘지 22마리와 수퇘지 22마리를 허공에 세우는 의식이 벌어지는데, 계룡산을 비롯한 전국 유명산에서 수도한 점술가가 다수 동원될 것으로 보인다……. (후략)

"오늘이 바로 3월 13일 금요일이잖아."

컴퓨터 바이러스 소장 철두가 놀라며 얘기했다.

"아무렴, 컴퓨터가 문젠가? 세상이 멸망한다는데 그 놈의 해커가 나와 봤자지."

"내 백신 프로그램이 올해 안에 완성되는데, 세상 멸망하면 개나발이지 뭐겠어?"

철두가 애끓는 속을 기자에게 얘기하고 있었다.

그러면서도 눈앞에 펼쳐지는 사태에 말을 잇지 못했다.

촛불 의식이 끝나갈 즈음 화살 걸음으로 나타난 빛의 남자가 있었다. 그는 자칭 세상을 구원할 마지막 종말 교주라고 외치고 다닌 자이다.

"비록 하늘이 먹구름에 가렸다 할지라도 영원한 태양은 비추고 있으니 여기 모인 사부대중은 걱정 말라."

말이 끝나기가 무섭게 그는 넙죽 누워있는 삶은 돼지 한 마리를 한 손으로 목덜미를 잡고 높이 쳐들어 보였다.

우지직, 돼지의 물렁뼈가 부러지는 소리가 났다. 이윽고 돼지의 입에서는 아직도 식지 않은 뜨거운 피가 한 움큼 쏟아져 나왔다.

그는 왼손으로 날렵하게 돼지의 혓바닥을 꺼내더니 입으로 가져가 한입에 삼키고 말았다.

피 묻은 교주의 입언저리는 저 식인종들의 피의 살육제를 보는 것만 같았다.

"죽음이 없으면 탄생을 보지 못한다. 지구의 멸망이 있으면 또 다른 회생도 있으리라."

숲을 지나는 바람은 더욱 세차게 큰소리를 내며 불어왔다. 순간적인 섬광을 긋는 일본도를 치켜세우던 교주는 한 손으로 100kg이 넘는 돼지를 칼끝에 올려놓았다.

신비한 영적인 힘이었다. 말없이 죽어있는 돼지지만 칼끝에 반듯이 누워있는 돼지에게서 섬뜩함이 느껴졌다.

그때였다.

"마 교주! 이제 혈육재판은 걷어치우게, 자네의 세상 종말은 다 가올지 모르지만 살아있는 동물을 이렇게 살육한다는 것은 그릇된 일일세!"

"아니, 넌 천궁이 아니냐? 잔칫집에 왔으면 기분 좋게 고기나 먹고 갈 일이지 웬 참견이냐?"

천궁은 무언가를 결심하듯 이글거리는 두 눈을 부릅뜨고 있었다. 마치 분노에 떠는 용이 승천하기 위해 두 눈에 기를 잔뜩 모으는 것처럼 치떴다.

태극기공사 천궁은 마 교주의 강한 힘을 알지 못하는 바는 아니었다.

그렇지만 숨 낮은 사람들을 모아놓고 혹세무민하는 모습을 더이상 볼 수가 없다.

어디선가 비명소리, 음산한 주문을 외는 소리가 들려왔다.

"제물을 바꿔야겠다. 바로 저놈을 제물로 해야겠어."

"세상은 카르마야, 인과의 업보가 없이 대명천지에 어찌 마 교주 같은 사람이 날뛴단 말인가?"

"요놈, 네가 아수라의 세계에 걸려들었어. 네 놈의 그 날름거리는 혓바닥을 순순히 이리 내놓아라."

"아니, 이눔의 자식이, 이걸 받아라."

천궁은 마 교주를 향해 육합문(六合門)의 장풍을 날렸다.

육합문은 바람의 방향을 바꿔대더니 마 교주의 도포를 찢어놓았다.

"마, 마 교주님!"

추종자들은 마 교주를 둘러싸며 묵묵히 천궁을 노려보고 있었다. 무언가 아주 희미한 소리로 추종자들에게 일러주는 마 교주의 음성이 들려왔다.

그것은 마치 공기가 마찰을 일으키는 소리 같았다.

"던져, 던져!"

어디서 나왔는지 추종자들이 던진 사지창이 천궁을 향해 일제히 날아들었다.

사지창을 맞으면 서리 맞은 대추처럼 풀이 죽는다는 사실을 권경(捲涇)에서 읽었던 천궁은 순간 대지를 박차고 허공으로 힘차게 뛰어올랐다.

무서운 속도로 날아오는 사지창은 천궁을 뚫지 못하고 뒤편에서 이를 구경하던 10여 명의 사람들을 순식간에 쓰러뜨렸다.

난장판이 되어버린 산신제장에서 중계방송을 하던 내·외신 TV 기자들은 급히 이 사실을 전국에 알리고 있었다.

영사막에 투영된 그림자처럼 고스트 비즈니스의 오 법사 법당 안에는 기이한 전율이 흐르고 있었다.

"이눔이 결국은 사고를 쳤군."

오 법사는 천천히 고개를 돌려 천신도를 바라보고 있었다.

"옛날 계룡산에서 도를 같이 닦던 학숙이었지."

"그랬었군요."

"참 순진한 청년이었어. 그러나 그는 나에게 자주 얘기하곤 했지. 이 빌어먹을 세상을 개조하려면 자신이 대통령에 출마해 당선되든가, 아니면 세상이 멸망한 후에 자신의 추종자들과 새로운 나라를 건설해야 한다고 밥 먹듯 되뇌곤 했지."

"그가 지금 팔공산에서 피의 살육제를 벌이고 있다니 가소롭군요."

"천신도, 급히 내려 가봐야겠어. 더 이상 사고를 치기 전에……."

한편, 팔공산 기슭에 세워져 있는 돌탑이 순식간에 무너지고 있었다. 천궁의 장풍이 서너 층까지 돌탑을 무너뜨린 것이다.

그 어느 지점에서 강남일보 기자는 작은 돌멩이를 하나 집어 들며 내뱉었다.

'단연, 특종이야. 이 시대 최고의 장풍을 만난 거야.'

"선배, 뭘 그렇게 골똘히 생각하고 있어?"

"아냐, 산중을 걷는 산 사람들의 안전을 빌기 위해 하나 둘 쌓아 놓았던 나그네들의 돌무덤을 포크레인 같은 힘으로 단숨에 밀어 버리다니……. 넌 크리스천이잖아."

"그래서?"

"이건 우상숭배나 기적이 아냐. 수련을 통한 기공술로, 또는 태극의 조화를 응용한 장풍일 뿐이야. 무공(武功)은 외체에, 기공(

氣功)은 내체에 작용해 산천을 깨울 수 있는 태풍이 일어나는 거지."

"산다는 것이 허무해. 저기 돌무덤의 부서짐처럼 인간도 어느 순간 산산이 부서져 버리니 말이야."

"글쟁이가 뭘 걱정해. 우리는 특종만 쓰면 되는 거라고."

"선배, 마 교주에 대해 나와 있는 자료 있어?"

"조금은."

"보나마나 사이비겠지만 내게 알려줄 수 있어?"

"이건 나만 알고 있는 건데……."

"건수 올리면 한턱 낼게."

"지난해 시한부 종말론을 내세웠다가 교세가 약간 주춤했지만 그를 따르는 신도 수가 10만이 넘어. 그는 불경과 성경, 그리고 코란을 혼합한 교리로 스스로 하나님, 메시아, 생미륵, 정 도령이라고 칭하면서 자신을 믿으면 천국행 티켓을 준다고 그랬지, 아마."

"천국 가는데 돈이 있어야 간다니. 아이, 속상해."

"세상에는 더욱 절대적인 가치가 있는 것이 많을진대 지구종말론에 자신을 맡기다니……."

마 교주는 기자가 모르는 섬뜩한 구석이 있었다.

그의 아지트인 팔공산 동굴은 6·25 때 아군이 파놓은 공습기지인데 전쟁이 끝나자 그는 거기서 종말론의 시나리오를 완성했으며, 최근에는 열성적인 추종자들과 피의 살육을 계속 해왔다.

경찰이 두려워서인지 그들은 절대로 정상적인 사람은 잡아오지 않았다.

그들이 주로 산신의 제물로 쓰는 인육은 심야에 술이 취해 의식이 없는 사람, 정신질환으로 제 집을 뛰쳐나온 사람, 또는 가출한 병자들이었다. 신상에 두려움이 없는 사람을 골라서 그는 산 채로 인육제를 지내왔던 것이다. 이러한 피의 살육제를 누설한 신도는 가차 없이 인간 제물이 되가는 것도 당연했다.

광장에 모인 사람들은 캄캄한 미로에 있는 것처럼 웅성거렸다.
"여러분, 바로 저 교주는 사이비입니다. 저놈을 그냥 놔두어서는 안 됩니다."

사(似)와 비(非), 그 말에 시민들은 교주의 말은 아랑곳없이 동요하기 시작했다.

사태가 이렇게 흐르는 데도 내로라하는 무당들은 그들이 들고 있는 날카로운 선지창 끝에 넙죽 누워있는 돼지를 들어 올려 칼 침대에 눕혀놓았다.

안타까운 과학적 갈등이 있었다. 바람도 이리 부는데 그 무거운 돼지를 어떻게 칼 끝에 세운단 말인가?

그 순간에 지나가는 바람이 자석처럼 변하기라도 했단 말인가?

점녀가 꽃 부채를 들고 산신을 부르고 있는 사이, 점잖게 지켜보던 대구의 유지들은 하나둘 품속에서 빳빳한 지폐 한 장씩을 꺼내서는 돼지 옆에 있던 쌀 막걸리 통에 지폐를 적시더니 이내 서 있는 돼지의 몸에 딱딱 붙였다. 자신과 가족의 소원성취를 위해서인지 정성으로 붙이고 있다.

어두움이 오고 있지만 깊고 푸른 하늘은 붉은 낙조로 유영하고 있었다.

"참, 대단한 일이야. 피타고라스도 저런 공식을 내진 못 했을 거라고."

"암, 어찌 인간의 힘으로 돼지를 칼 끝에 세운단 말인가?"

"서울에서는 작두무당이 날카로운 작두 위에서 만신 춤을 춘대나."

"원, 믿어야 될지, 말아야 될지. 이 시대 지식인들이 설명하기에는 미흡해."

황폐하게 지친 몰골을 하고 있던 마 교주의 주위에는 어느덧 우슈로 몸이 단련된 청년들이 에워싸고 있었다.

그들의 대련자세는 싸움닭이 홰를 치거나, 성난 독수리가 매섭게 쏘아보는 형상으로 살의를 느끼게 하는 자세였다.

"천궁! 명심해라. 오늘은 너의 제삿날이다. 요 미꾸라지 같은 놈."

"오늘의 초대는 저주받은 초대로군, 손님에게 너무 무례하지 않나."

"천만에."

방어벽이 더욱 강해져 천궁이 쏘아대던 장풍은 다시 되돌아 오고 있었다.

장풍이 돌아오면서 잔가지가 부러지고 흙먼지 등이 뿌옇게 날아들었다.

이때였다.

천궁은 착각권을 연거푸 날렸다.

발을 쓰는 척하면서 손을 쓰고, 손을 쓰는 척하면서 발을 쓰며 무서운 속도로 반복하자 우슈로 무장된 추종자들이 벌떼처럼 달려들었다.

위기일발, 바위들이 잔돌로 부서지며 발 밑에 나뒹굴었다.

" 이 잡것들아, 그 따위 장난질 고만하고 저리 비켜!"

이윽고 마귀 형상으로 변해가던 마 교주는 자신의 눈에만 보인다는 투명한 그물을 던졌다.

날카로운 가시가 돋친 그물에 한번 갇혔다 하면 빠져 나오기가 힘들 것 같았다.

카-아-악

무서운 능력, 사악한 기운이 힘에 부쳐 있던 천궁을 그만 잡아버렸다.

"이 사탄의 앞잡이들아, 두고 보자."

"얘들아, 이 자를 천 년 동굴에 가둬라."

"예."

천 년 동굴 안에는 독거미, 앞 못 보는 박쥐떼, 예리한 전갈 등 온갖 지신들이 살고 있다.

'아, 나의 태극권도 허사로구나. 중국의 우슈를 익혔다니, 마 교주 이놈, 보통 잡사가 아니구나.'

천궁은 앉아서 태극패를 꺼내 들고 중심부를 세차게 눌러 댔다.

누군가 태극패를 갖고 있다면 자신의 위치를 알려주고 싶었기 때문이다.

태극패는 현대판 삐삐인 셈인데, 양·음의 자극이 있는 것이라면 어디든지 태극패의 위력을 발휘할 수 있다.

한편 요상한 전법으로 천궁을 사로잡은 마 교주는 푸른 가운을 휘날리며 산신제의 마지막 순서를 치르려 준비하고 있었다.

"이제 여러분! 오늘의 마지막 시연으로 여기 살아있는 영과 교접할 여성 한 분을 모시겠습니다."

사탄의 종교의식 중에는 흔히 섹스로 영적인 결합을 시도하는 것들이 많았다.

기공방사,

즉 자신이 모은 기의 축적을 여인의 옥문에 쏟아 붙는 것을 말한다.

마치 바닷속에 추락하는 해처럼 마 교주는 한 여인의 바다에 추락하여 현세의 진리를 확인하고 싶었던 것이다.

주먹을 불끈 쥐고 근육 팔을 높이 쳐들어봤지만 그 어느 여성도 자원치 않았다.

추종자들은 마치 시위 주동자처럼 오만한 어떤 여자를 지목하기 시작했다. 그런데 하필이면 바로 여기자였다.

"마왕의 생각을 거절하지 마시오. 신이 점지한 분하고 합궁을 바라오."

"뭐라고요? 이 날강도 같으니라고. 힘없는 여자를 성으로 지배하려는 남자는 더욱 용서 못해."

"오늘은 굴복해야 하오."

"이 손 못 놔! 선배, 어디 있어요? 좀 도와줘요."

그러나 선배 기자는 보이지 않았다.

우슈로 단련된 건장한 청년들에게 강제로 끌려가는 여기자의 반항으로 스커트는 반쯤이나 흘러내려 하얗게 드러난 허벅지가 달빛에 반짝거렸다.

　가냘프고 힘없는 스펀지 같은 여자의 허리를 저들은 그렇게 주고받았다.

　마왕의 요기는 마침내 여기자의 옷가지를 모두 벗겨내고 마지막 찰나의 함정에 자신을 몰입하기 직전에 어디선가 들려오는 풍경소리가 있었다.

　'아니, 이것은 사람은 들을 수 없고 수호영급에 드는 무리들만 들을 수 있다는 그 소리 아닌가?'

　자신의 귀를 의심하는 사이 검은 하늘에 대낮같이 밝아지는 야명주를 밝히고 오 법사는 부적 네 장을 마 교주의 등창에 아주 재빨리 붙여 버렸다.

　실로 순간적인 일이었다.

　동방명인, 서방진인, 남방신인, 북방도인의 위패가 그려져 있는 사방부적을 맞으면 웬만한 잡귀는 그 자리에서 허깨비처럼 마비되는 법이다.

　"아니, 너는 오 법사, 100년 이상 수련을 해야만 사용할 수 있다는 사방부적을 갖고 다니다니……."

　"가소롭군, 고작 한다는 짓이 돼지새끼 잡아놓고 계집질이라니."

　그때 말이 끝나기가 무섭게 팔 네 개가 갑자기 뒤에서 튀어나와 오 법사를 틀어잡았다.

　우선 오 법사의 기를 멈추게 한 다음 사방부적을 다시 떼어내

오 법사 등에다 붙이려 했던 것이다.

"으악!"

어느새 그들의 손아귀에서 벗어난 오 법사의 초자연적인 힘이 영 능력으로 변해 두 사내를 번쩍 들어 절벽 아래로 힘껏 던져 버렸다.

혈자리가 으스러지는 소리가 처참하게 들렸다.

그러나 마왕은 삼십육계로 산 위를 정신없이 뛰어가고 있었다.

자동차 속도를 초과하는 축지법으로 괴상한 비명소리를 내며 동굴을 향해 달아나고 있었다.

이때를 놓칠 수 없었던 오 법사는 허공술로써 공중에 유영하며, 십육나한의 영을 부르는 초혼 주문을 외웠다.

"네놈이 바로 오늘 제삿날이다. 너로 인해서 무참히 희생된 영혼을 위로하련다."

상현달이 산 비스듬히 떠올라 마왕의 형체가 동굴로 들어서는 순간이었다.

"자, 지상에서의 마지막 사탕이다. 받아먹어라."

백팔 염주 알이 오 법사의 손에서 마왕을 향해 날아갈 때 염주 알은 마치 쇠구슬처럼 단단히 냉각되어 있었다.

염주 알은 마왕의 구멍을 모두 막아버렸다. 입, 코, 눈……, 모든 구멍에서는 김이 모락모락 나는 듯했다.

마 교주는 7백 미터의 낭떠러지로 떨어지며 최후를 맞이했다.

"잘 가라. 저승에서는 평범하게 태어나거라."

어디선가 간간이 헬기와 사이렌 소리가 들려왔다.

여기자가 경찰에 신고한 것이다.

마왕의 시체를 찾기 위해 동원된 병력이었지만 아무도 그를 발견하지 못했다.

이튿날, 오 법사는 천 도사와 함께 계곡 아래를 수색하기로 했다.

"법사님, 이 근처에 멧돼지 우리가 있을까요?"

"그건 왜?"

"분명히 시체가 거기에 있을 거예요."

"저 8부 능선에서 멧돼지 떼들이 출현한다는 소문을 들었어."

천 도사의 생각은 맞았다.

멧돼지 새끼들이 무언가 열심히 뜯고 있는 고깃덩어리가 마 교주의 시신임이 분명했다.

색계를 범한 반항아의 최후는 참으로 비참했다.

지옥의 구렁텅이에서 마 교주의 육신은 돼지의 무리들에 의해 낭자하게 뜯겨져 살점이 이리저리 나뒹굴고 있었다.

육신마저 빨리 사라져라. 너는 우리의 영계를 어지럽히고 천륜과 인륜을 찢어버렸으니 이제 영원히 지옥의 가시 방에서 악행을 참회하여라.

경
제
삼
국
지

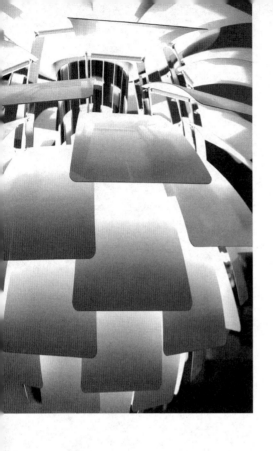

∶

산처럼 살라, 물처럼 경영하라
봉황새를 그리려 하나 꿩이 되어 버렸네
칭찬은 바이어도 춤추게 한다

경제삼국지

산처럼 살라, 물처럼 경영하라

그대가 존재하는 세상의 굴레 속에서 그대에게 관심을 갖게 하려면 그대는 희망과 눈물을 동시에 안고 있는 사람이 되어야 한다.

희망이 없는 사람에게 투자자는 없을 것이며, 눈물이 없는 사람에게 동정이 생기지 않기 때문이다.

세상이 그대를 울게 할지라도
그대는 세상을 웃게 하라.
거기에 인생의 대 법칙이 있다.
그 속에 인생의 승부가 숨어 있는 것이다.

2007년 새해 새 아침 유비준 회장은 유람그룹의 새로운 구상을 위해 생각의 나래를 펴고 있다.

'이제 더 이상 방어형태의 경영을 할 이유가 없어, 경영 조직을

새롭게 하면서 조직을 재정비하고 현대의 디지털 시대에 맞추어
야 해!'

그는 우선 이도상 전무를 불렀다.

유람그룹이 50살이 될 때까지 그는 숨은 주역으로서 조직을 이
만큼 성장시킨 주역이기도 하다.

유비준 회장과의 깊은 인연으로 노사관계를 넘어 원숙한 경지
에까지 이른 인물이다.

"회장님의 새해 건투를 빌고 있습니다."

"암, 이 전무에게도 늘 행운의 여신이 따라 다니기를……."

"새해부터는 유람그룹의 경영체제를 중앙 집권적인 형태에서
지방 분권적인 또는 해외 분권적인 사업 형태로 바꿔 나가고 싶
소."

"좋은 말씀입니다. 타 기업 성장모델을 봐도 그룹 회장은 총재
나 총수로 예우하고 계열사별로 회장체제나 책임경영을 하고 있
습니다."

"새해에도 패션의류, 선박건조, 신발제조 인터넷 방송국 네 가
지 사업에 총력을 기울일 생각이오. 패션 분야는 세계적인 모델
을 초청. 서울에서 패션쇼를 개최. 기존의 브랜드를 압박할 것이
오. 신발제조 분야는 신발 밑창에 착용감과 보행에 편리하도록
특수 스프링을 넣을 것이오."

이도상 전무의 손에는 어느 여인의 나신 포스터가 들려있다.

검은 머리를 휘날리며 두 손을 번쩍 들고 있는 제법 요염한 여
인이었다.

휘날리는 머리카락 끝에는 사랑을 원하는 핑크빛 리본이 만발하고 있다.

탱탱한 젖가슴에는 두 점이 정답게 제 위치에서 누군가를 기다리고 있다.

"이 전무, 사진발은 좋은데 여인의 몸을 감고 있는 뱀은 무엇을 상징하는 것이오?"

"네, 뱀은 사탄의 상징이죠. 순결한 여인을 파멸로 이끌 악마나 마구니라고 봐야 합니다."

"마구니라니."

"이를테면 산업스파이나 거금을 갈취하는 꽃뱀이라고나 할까요."

"아무튼 이 사진이 시사하는 바가 커."

"그 옆에 타오르는 연꽃 세 송이는 세상의 혼탁을 여과시킬 구도자와 같은 것이죠."

"구도자라면 바로 나 같은 사람 말인가?"

"회장님도 농담을 하시네요."

"바로 그거야. 우리 모두는 연꽃을 닮아야 해!"

"불교의 상징이기도 하죠."

"진흙 속에 핀 연꽃이야말로 우리 회사를 구할 구원투수가 될 수 있는 게야."

"그래서 말인데요."

"뜸들이지 말고 어서 얘기해!"

"2007년도 패션의류에 연꽃 문양을 넣는 건 어떨까요?"

"굿 아이디어, 굿 맨."

유 회장은 새로운 희망에 들떠 있었다.

이도상 전무의 연꽃 트랜드 아이디어를 받는 순간 희열에 차 있었다.

마치 도를 깨달은 수행승의 법열에 찬 기쁨으로……

"올해 유행할 트랜드는 바로 그거야. 연꽃 트랜드"

"회장님께서 승낙해 주시니 올해 사업은 승승장구할 것입니다."

"이 전무 머리도 식힐 겸 나 비서와 연천이나 같이 감세. 다녀오는 길에 가든에서 저녁도 같이 하고……."

"네, 회장님 차 대기하겠습니다."

운전수 민 기사가 볼보를 대기해 놓았을 때 오후 3시가 가까워져 오고 있었다.

"민 기사 100km를 넘으면 안돼, 현기증이 나거든."

"아, 회장님도 제가 있잖아요."

패션모델 출신 나 비서는 회장의 분위기를 맞추려고 재롱 아닌 재롱을 준비하고 있었다.

볼보차가 한강대교를 지나 올림픽대로를 시원스럽게 달리고 있다.

나 비서가 회장의 뒷자리에서 어깨를 주무르는 동안 이 전무는 운전수 옆자리에서 묵묵히 계절의 변화를 관찰하고 있다.

한참을 갔을까. 전통찻집에서 차를 마시면서 현관에 걸린 '민족문화 원어농촌'이라는 서예액자가 눈에 들어왔다.

"참 오랜만에 듣는 좋은 문구야. 하늘과 자연을 사랑하는 그 모든 원천이 농촌이라는 뜻이지."

저 멀리 보이는 한탄강 너머로 감잎으로 물들인 오후의 안개가 자욱하게 피어오르고 있다.

사람의 흔적보다는 안갯속에서 존재를 알리는 자연의 신비가 무척 감명 깊게 다가오고 있었다.

"회장님, 뭘 그리 골똘히 생각하세요?"

"저 흐르는 계곡물이 예사로 들리지 않는구먼, 저 소리는 세월을 싣고 달리는 소리지. 안 그런가?"

"네 소박한 인심이며, 물소리는 그 옛날 우리의 선조 모습이기도 하죠."

"당시에는 우리 회사에서 만드는 기능성 신발 비슷한 게 유행이었지. 서민에게 짚신이 있다면 조금 여유있는 사람에겐 가죽신이 있었지. 나막신도 나무로 만든 신이 있는가 하면 새끼 대나무를 꼬아 만든 신발도 있었지."

"아, 회장님도 유년 시절에 비슷한 신발을 신으셨나요?"

"내가 어렸을 적엔 검정 고무신이 유행이었지, 어른들은 흰 고무신, 그런 게 주로 유행이었지."

"그러다 비라도 오면 어떻게 했을까요?"

"비가 오면 노상 철벅철벅 했지. 도무지 양말이라는 걸 신고 다닐 수가 없었어. 허나 특이한 것은 당시에 비를 피하려고 종이우산이 있었는데, 지금의 일회용 우산보다도 더 수명은 오래갔지."

"왜냐하면 빗물이 흘러내리도록 기름을 발라 놨었거든."

티 타임이 끝나자 민 기사가 모는 볼보차는 일행 셋을 태우고 한탄강 근처까지 달리기 시작하였다.

군부대 팻말이 듬성듬성 보이기는 하였으나 사람의 그림자는 찾기 힘들다.

가끔 쉬어가는 새들이 흙에서 어린이 대신 장난을 치고 있는 게 아닌가!

세상의 소리는 다 지나가고 한탄강 변에는 자연의 소리만이 가득 찼다.

인간의 소리는 강물 소리에 묻혀 어디론가 떠가고 있다.

저 언덕 산에는 산짐승들이 노니는 등 신갈나무, 갈참나무숲이 제법 우거져 있다.

유비준 회장이 명상에 빠져드는 시간. 나 비서와 이도상 전무 그리고 운전수 민 기사는 먼 강을 향해 돌 던지기를 하고 있다.

나 비서가 넓적한 돌을 집어 들더니 수면 위를 향해 세차게 던졌다. 두 번의 파고가 일어났다.

이윽고 이 전무 차례, 있는 힘을 다해 물보라를 일으키더니 네 번의 파고를 일으키고 돌은 수면 아래로 곤두박질쳤다.

민 기사가 한번 도전을 하려는 듯 왼손으로 세차게 물위를 가르더니 다섯 번의 작은 파동을 일으켰다.

"물치기라면 자신 있지, 나도 한번 해보겠수다."

"회장님, 몸 생각하시어 서서히 하세요."

"이건 힘도 중요하지만 돌의 선택이 아주 중요해. 물 위를 새처럼 날 수 있는 가볍고 날쌘 재료를 들어야해!"

산처럼 살라
물처럼 살라

힘차게 수면 위를 비상하는 작은 조약돌은 셀 수 없이 수면 위에 작은 파장을 일으켰다.

한 10여 회를 뛰었을까? 곁에 있던 세 사람이 황급히 두 눈을 크게 뜨고 있었다.

한탄강 수면 위로 10여 회 파장이 일자 모두들 환호하였다.

"원더풀, 베리 굿."

수십 개의 전봇대들이 군사도열을 하듯 길게 늘어서 있다.

하늘에는 푸른 구름 사이를 먹구름이 덮치려는 듯 조금씩 압박하고 있다.

마치 부실기업이 우량기업을 압박하여 끝내는 침식시키는 것처럼.

"지금 세상은 낡은 것은 환골탈태 시키고 새로운 것은 업데이트하는 시간이 필요한 시기야."

"예, 회장님."

"이순신의 좌우명에 생즉사사즉생이 있지 않았던가. 젖 먹던 힘을 다해 최선을 다했을 때 무너질 것 같은 기업은 오뚝이처럼 번쩍 일어나는 거지."

"회장님, 얼마 전에 읽어 드렸던 다산 선생 얘기가 떠오르는군요."

"아, 그 양반은 참 대단해, 18년 고행의 유배 생활을 거치면서 500권에 이르는 방대한 저서를 발간한 한국 지식계에 불가사의야!"

"정치, 경제, 사회, 문화, 행정, 군사, 천문지리 이 모두를 통합 지식 속에 접속한 고성능 컴퓨터라고 해야 옳지 않겠나?"

"아마 컴퓨터에도 그리 방대한 지식은 소개하기 힘들 것입니다."

"다산 선생은 고전 지식을 21세기 경영 속에 이미 응결해놓고 해동하기만을 기다리고 있었던거지."

"그분이야 말로 무한 경영인이요. 미래 경영인이라고 할 수 있죠."

"지식경영의 로드 맵이 분명히 있어. 유람그룹에서 찾아야 할 게 바로 그거야. 본질을 놓치지 않으면서 핵심을 읽을 줄 아는 선진 경영기법이 필요한 시기야."

한탄강 수면 위로 하얀 눈이 내리고 있다.

나 비서는 외로운 회장의 손을 따스하게 감아쥔다.

눈발이 거세지자 민 기사는 서둘러 서울로 돌아갈 채비를 한다.

서울로 상경하는 신작로에 흰 눈이 내리고 있다.

세상의 지저분한 모습을 단숨에 숨길 마법의 가루.

사무실에 도착하자 홍콩 지사장 허만호가 새해 인사차 대기하고 있었다.

"마침 잘 왔어."

"네, 회장님께 신년구상도 보고 할 겸 왔습니다."

"새해에는 구룡반도나 마카오에서 세계적인 패션쇼를 준비하게, 홍콩은 쇼핑의 도시 아닌가. 홍콩에서 유행을 타면 아시아는 물론 세계적인 브랜드로 성장할 수 있거든!"

"사느냐 죽느냐는 멈출 수 없는 과제이죠."

"암, 활주로를 달리는 보잉 747기를 봐! 몇 분 안에 활주로에서 허공으로 도약하는 기종이야! 만약 몇 분 안에 비약하지 못한다면 추락이나 다시 착륙을 준비해야 하지. 이것이 바로 초일류 기업이 되는 길이야. 한 번 발진하면 상승곡선을 그려야 제대로 굴러가는 거야."

"회장님의 신년 말씀대로 새로운 인식을 가지고 상승의 노하우를 찾아보겠습니다."

"암, 추락하지 않는 발진 기술이 자네에게 필요해."

"유람그룹의 슬로건이 미래를 개척하는 휴먼 사회 아닙니까?"

"알기는 아는구먼. 다음 주 출국하는 대로 일일보고 잊지 말게."

유람그룹 총수가 태어난 해는 공교롭게도 일본이 역사적인 미국 진주만을 공격하던 때였다.

1941년 12월 8일에는 지상의 패권을 자랑하던 일본이 강국 미국을 침공하고자 대동아 전쟁에 돌입하였던 시기. 이런 와중에도 유비준의 부친은 소도읍지에서 장사에 열중하고 있었다.

전라도 영광에 가서는 유명한 굴비를 도매로 사오고 강원도에 가서는 오징어와 멸치류를 신선하게 공급. 그는 서울 교두보를 일찍 확보한 장사의 달인이었다.

아버지는 살아생전에 항상 해주시던 얘기가 있다.

"난 절대 쓰러질 수는 없어. 오뚝이처럼 일어나는 불사조란 말이야."

정말 유 회장의 부친은 전쟁의 와중에서도 장사를 스스로 농사

짓듯 꾸준히 키웠던 것이다.

이런 영향을 받아서일까.

유비준은 어릴 때부터 무엇을 만들면 꼭 팔아야 직성이 풀리는 성깔이 있었다.

허만호 지사장이 홍콩으로 떠난 뒤 영자 신문을 들춰보고 있다.

"회장님, 국제전화입니다."

"여보, 오랜만이오."

"그러게요."

일본 교토에 살고 있는 부인은 아이들을 다 키우고 친정 사업을 돕고 있었다.

"모레쯤 한국에 갈까 합니다."

"그래요. 향수병을 치료하는 데는 고국 땅 밟은 것보다 더 좋은 치료 약이 또 있을까!"

교토 동선방산에 눈발이 날리고 있다.

길쭉길쭉 뻗은 스기나무 사이로 흰 눈이 옷을 입히듯 스기나무의 몸통을 감아 돈다.

부인이 살고 있는 동선방 기슭은 아주 조용한 산간 촌이다.

친정에는 대대로 도자기를 구워 팬시 사업, 조경 사업 쪽에 무게를 두고 장인 정신으로 살아가고 있었다.

50여 가구의 동선방 도예촌에는 일본 전역에 보급하는 여러 형상의 도자기들이 나열되어 있다.

부인은 도예디자인 쪽에 심혈을 기울였는데 학창시절에 배워

놓았던 예술적 감각이 그에게는 여간 도움이 되는 게 아니었다.

훗날 그가 남편이 경영하는 유람그룹의 캐릭터와 CI 디자인에 발군의 노력을 경주한 것은 퍽이나 다행한 일이었다.

부인이 미술스케치를 하는 곳은 주로 동선방산이었다.

산 위에서 보면 옛 고도 교토가 평화로운 마을이 되어 각인이 되는 것은 얼마나 행복한 추억이던가.

유년시절에 동선방 골목길 피자 가게에서 먹던 장작 화덕에 구운 피자 맛은, 그의 오빠와 조각 피자를 입에 넣고 미래를 꿈꾸던 그때의 시절은 다 어디로 갔을까?

그가 가끔 회상을 잠길 적에는 산새들이 주위에서 합창을 하고 있다.

부인이 서울에 도착하자 내심 유 회장은 기쁜 마음을 주체하지 못했다.

"아시아 리더가 되기 위해선 상해의 푸동 지구나 아랍 주요국을 밴치 마킹할 필요가 있어."

"역시 당신은 꿈속이나 현실이나 오로지 기업 얘기군요. 현재의 IT 반도체 분야에서 다음 세대로 넘어갈 때 막대한 수익원을 찾아야 해요."

"맞는 말이오. 한국의 기업마다 미래 수익원을 확보하기 위해 신규 브랜드 발굴이나 새로운 제품 발명을 서두르고 있어. 만약 여기서 경주에 뒤지면 영원한 갭이 발생할 수도 있지."

"한국기업이 우왕좌왕한다면 중국의 대규모 저가공략이나 인도의 첨단 디지털산업에 한국은 밀릴 수도 있지요. 만약 리스크를 감안하지 않은 채 신규 사업에만 투자한다면 불을 보듯 뻔한 거죠."

"정치적 규제나 독과점 실태도 중요하지만 기업들이 마음 놓고 투자할 수 있는 신 나는 일터 만들기도 중요한 요소가 아닌가?"

"제가 아는 어느 회사는 신규 사업을 한답시고 게임사업만 몰두하다가 국민들의 여론에 발목이 잡혀 기업이 도산위기까지 간 적도 있지요."

"자, 딱딱한 기업 얘기 그만하고 우리가 자주 가던 한강 변의 레스토랑에서 저녁이나 합시다."

레스토랑 구석에 놓인 서가에서 원혼곡의 표제를 보고는 유 회장은 단숨에 읽기 시작한다.

산처럼 살라 물처럼 경영하라

봉황새를 그리려 하나
꿩이 되어 버렸네

"**봉**황새를 그리려 하나 꿩이 되고, 머리는 있으나 꼬리가 없는 격이야."

"무슨 오묘한 얘기를 하려고 그러십니까?"

"그때 연화를 죽이면서까지 제 분을 모르는 망나니 얘기야. 지금도 연화의 원혼이 곳곳에 맺히고 있다네. 최근에는 Y대 여학생이 고속도로에서 뺑소니차에 치인 사건이 생겼는데, 요즘도 그 자리에서는 종종 교통사고가 일어나고 있다지?"

"그렇습죠, 세상에 나와 양심의 가책을 느낀 일을 하지 않았다면 밤에 귀신이 찾아와 문을 두드려도 두렵지 않은 법이죠."

"하하하, 이제 천신도가 풍월을 다 외우고, 세상 오래 살고 볼 일이야."

"아까 입맛 본 연화 아씨 얘기 좀 해주세요."

고스트 비즈니스의 건물은 오늘따라 을씨년스럽게 세상의 풍상을 다 덮어 쓰고 있는 듯, 정삼각형의 피라미드 건물에 주인장 오법사와 그를 따르는 천신도가 앉아 있었다.

둔갑사는 곰방 담배를 하나 꽂아 물고 지난 얘기를 꺼내기 시작했다.

옛날 어느 고을 사또에게 아리따운 딸이 한 명 있었다. 무남독녀인 딸을 사또 내외는 금지옥엽처럼 키웠다. 딸의 이름은 연화였는데, 어느덧 나이가 열여섯이 되었다.

연화는 마음씨도 고운 데다 글공부도 많이 해 사또 내외에게는 앞으로 어떤 신랑감을 연화의 짝으로 맺어줘야 할 지 그게 고민이었다.

연화는 어느 날 대청마루에 서서 밖을 내다보다가 저 앞 산등성이를 혼자 걸어가고 있는 한 소년을 보았다. 뭐 별로 신기할 일도 아니었지만 날마다 늘 같은 시각에 소년이 산등성이를 지나가는 것을 보고 항상 집 안에서만 살아야 하는 연화로서는 호기심이 생겼다.

그래서 아랫사람을 시켜 그 소년을 데려오도록 했다.

다음 날 하인들은 시키는 대로 지나가는 산등성이를 지키고 있다가 소년을 데려왔다.

연화는 소년을 방으로 들어오게 한 뒤 누나처럼 다정스럽게 몇 살이며 어디에 사는 누구인지를 물었다.

소년의 나이는 열 살이며 사는 곳은 이곳에서 더 깊숙이 들어간 산골에서 화전을 일구며 살아가는 부모와 함께 사는데, 연화가 사는 고을에까지 글공부 배우러 서당에 다닌다고 했다.

소년은 산골 아이답지 않게 아주 똑똑하고 명랑하게 연화가 묻는 말에 곧잘 얘기를 했다.

그 다음 날부터 소년은 서당 공부가 끝나면 연화에게 놀러 와서 서당에서 공부한 얘기며, 동무들 얘기, 또 자신이 살고 있는 산골 마을 얘기 등을 연화에게 들려주었다.

연화는 소년이 들려주는 얘기가 재미있고 신기하기만 했다.

그래서 늘 소년이 돌아올 시간이면 아랫사람에게 미리 대문을 열어놓게 한 다음 자신이 맛있는 다과를 마련해 놓고 소년을 기다렸다. 형제가 없이 외롭게 자란 연화는 소년을 꼭 친동생처럼 여기며 잘 대해주었다.

고을의 유 진사 아들이 그걸 알게 되었다.

그는 우연히 연화를 본 순간 한눈에 반해버린 사람이었다.

그래서 매파를 보내 청혼을 했지만 글공부에는 별 뜻이 없고 벌써부터 기생집에나 드나드는 그의 행실을 아는지라 사또는 당연히 거절을 했다. 이에 앙심을 품은 그는 기회를 엿보고 있다가 소년이 날마다 같은 시간대면 연화의 집으로 들어가는 것을 보았다. 이를 이상히 여긴 그는 소년이 날마다 연화와 같이 노닐다 온다는 것을 알아냈다.

연화를 차지하고 싶은 욕정이 불처럼 인 유 진사 아들은 소년이 오기 전에 그가 먼저 연화의 방에 몰래 들어갔다.

그러나 낯선 남자가 들어서는 걸 보고 연화가 소리를 지르자 엉겁결에 과일을 깎기 위해 방 안에 놔두었던 과도로 연화를 찔러 죽이고 말았다. 그리고 겁이 덜컥 난 그는 도망을 치고 말았다.

금지옥엽처럼 키운 딸을 잃은 사또 내외의 슬픔은 이만저만이 아니었다.

범인을 찾기 위한 갖은 수를 다 썼다. 소년이 그 시간대면 늘 연화와 같이 얘기를 나누며 놀았다는 말을 듣고 소년을 데려와 심문했지만 어떤 혐의점도 없었다.

그러다 세월이 흘러 사또 내외는 원통하게 죽은 딸의 범인도 잡지 못하고 다른 임지로 떠나게 되었다. 문제는 그다음부터 일어났다.

신관 사또가 부임해서 첫날밤을 못 넘기고 그만 비명횡사했다. 두 번째, 세 번째 사또도 모두들 똑같이 그렇게 됐다.

그러자 소문이 무성하게 돌았다.

밤에 사또가 머무는 침소에 소복 차림을 한 처녀 귀신이 나타나 모두 겁에 질려 그렇게 된다는 거였다. 그런 소문에도 불구하고 후임자로 고을에 부임해 오겠다는 사또가 있었다.

관각의 사람들은 신관 사또의 무모한 행동에 속으로들 혀를 끌끌 차며 초상 치를 준비나 하자고들 속닥였다.

드디어 밤이 되어 사또는 모두 물러가게 한 뒤 침소에 들었다. 사또는 잠을 청한 척하면서 긴장된 마음으로 귀신을 기다렸다.

이윽고 야심한 시각이 되었을 때 갑자기 방 안의 촛불이 꺼지며 머리를 길게 풀고 소복 입은 처녀 귀신이 홀연히 사또 앞에 나타나는 거였다.

　사또는 놀랐지만 이미 마음의 준비를 단단히 한 터라 정신을 가다듬고 물었다.

　"네가 분명 귀신일진대, 귀신이라면 당연히 이승을 떠나야 하는 법, 무슨 원한으로 밤마다 관가에 나타나 생사람을 다치게 하느냐?"

　그러자 처녀 귀신은 사또에게 머리를 조아리며 조용히 말했다.

　"드디어 제가 용맹하신 사또를 만나 저의 원한을 풀려나 봅니다. 저는 전관 사또 이학연의 딸 연화라고 하온데 고을의 한 남자의 칼에 찔려 억울하게 죽었사옵니다. 그러니 사또께서 저의 이 원한을 풀어 주십사 하고 찾아온 것입니다."

　"어떻게 그 범인을 찾을 수 있겠느냐?"

　"내일 아침이 되면 아실 수 있을 겁니다."

　그리고 처녀는 절을 한 뒤 나타날 때처럼 소리 없이 사라졌다.

　다음 날 아침, 또 초상 치룰 얘기를 나누고 있던 관가의 사람들은 사또가 별일 없이 방에서 나오는 걸 보고 놀라워했다.

　사또가 세수를 하려는데 난데없이 가운데 구멍이 하나 뚫린 웬 버들잎 하나가 대야에 떨어졌다.

　근처에 버드나무도 없고 또 바람 한 점도 불지 않아 사또는 이를 기이하게 여겼다.

　'이건 분명 어젯밤에 나타난 연화라는 처녀가 떨어뜨린 게 틀림없어. 그런데 구멍 뚫린 버들잎이라……'

그걸 들여다보며 한참 생각에 잠겨 있던 사또가 드디어 "옳지."
하며 소리를 쳤다.

'버들 유, 한 가지 공, 잎사귀 엽, 유공엽. 바로 이 사람이 범인
일 것이다.'

사또는 즉시 아랫사람에게 이 고을에 유공엽이라는 사람이 살
고 있는지 물었다. 유 진사의 아들이라고 답하자 당장 붙잡아 오
라고 명령을 했다.

붙잡혀 온 유공엽은 처음엔 엉뚱한 사람 잡지 말라며 발뺌하다
가 사또의 추상같은 심문에 그만 실토를 했다.

그날 밤 연화는 다시 나타나 자신의 원한을 풀어준 사또에게 감
사의 절을 한 뒤 그 후 다시는 나타나지 않았다.

"그러니까 범인은 연화의 원혼에 죄를 실토하고 처형됐다는 얘
기군요."

"굼벵이가 매미로 변화하는 것도 하나의 둔갑이랄 수 있지. 그
때 사또 앞에 떨어진 구멍 난 버들잎 하나도 자연의 오묘한 둔갑
이지."

인생의 변화는 무한히 둔갑하는 것이다. 그 둔갑의 시기를 놓치
면 겨울에 여름철 옷을 입고 있는 꼴이다.

결국 세상의 이변을 과학적으로 증명을 못 한다면 둔갑증명을
해야만 밝혀질 수가 있는 것이다.

칭찬은 바이어도
춤추게 한다

관몽그룹 기획조정실로 하노이에서 메일 한 통이 전달되었다.
베트남의 2대 도시하면 하노이와 호찌민인데 하노이는 제1 도
시로 베트남의 수도이기도 하다.

한국기업이 가장 많이 진출한 지역이며 아시아의 새로운 발전
지역으로 중동의 두바이, 중국의 푸둥지구 그리고 베트남의 하
노이를 꼽는다.

제이크님께
메일을 주셔서 대단히 감사합니다.
선생님께서 가이후이 화랑의 전시회 개최에 관심을 가지고 계
시다는 말씀을 들으니 매우 기쁩니다.
우리 화랑에서 선생님의 작품전시회를 갖도록 도와드릴 수 있
기를 바라며 만족스런 전시회가 될 수 있도록 노력할 것입니다.

가까운 날에 선생님을 뵙기를 바라며 안부를 드리면서…….

- 란 -

란의 편지에 관몽그룹 비서실 주야는 이제 일이 순조롭게 된다는 것을 피부로 느끼고 있다.

관우 회장님의 문화 이데아는 다음 말로 귀착된다.

칭기즈칸이 수많은 나라를 정복하고도 쉽게 패망한 것은 문화예술이 없었기 때문이다.

관우는 란의 이메일을 읽고 칭기즈칸과 문화에 관해 곰곰이 생각하였다.

칭기즈칸의 유년시절, 병정놀이와 부족의 전통 의례를 보면서 한 부족으로서 결속력과 소속감을 보았었는데 인근 부족국가를 정복하고서 연결되지 못한 전통문화 때문에 군사들의 사기는 떨어지고 재충전의 시간도 보장하지 못했다.

그 결과 급속히 허약해진 용병술에 쉽게 패망국가의 길로 접어들고 말았다.

관 회장에게 문화는 무엇일까?

그룹차원에서 임 선생을 시켜 브로드웨이에서 올릴 춘향이 대본에 열을 올리고 있었다.

명성황후의 바람을 타고 제2의 도약을 약속할 뮤지컬 춘향이에 그는 정성을 쏟고 있었다.

주야는 비서실에서 미리 배포할 보도 자료를 손질하고 있다.

"그래 주야가 만든 보도 자료가 궁금한데?"

"그렇지 않아도 내일쯤이면 초고가 나오거든요."

"이번에 문화사업의 존폐를 알 수 있는 좋은 기회야."

"네, 임 작가와 타협을 하면서 다듬고 있습니다."

"암, 그래야지. 지식이란 공유하라고 있는 것이지. 도둑놈처럼 소유하라고 있는 것이 아니야. 임 작가를 조심하게. 지식을 훔치는 하이에나 같은 놈이야. 임 작가란 근본부터가 잘못된 태생이야! 신이 버린 망나니라고 할 수 있지! 남이 하는 것을 엿듣고 뒷거래나 암거래를 하면서 수입을 도모하는 아주 질 낮은 아마추어 작가라고 할 수도 있지. 언젠가 시내에서 데모를 하는데 그 녀석이 전단지 초안을 잡았는데 글쎄 반미와 친미, 진보와 개혁도 분간 못 하는 무식한 청년이더라고!"

주야의 표정이 무언가를 알았다는 듯이 머리를 조아렸다.

"그래서 춘향이 뮤지컬도 그 녀석 혼자 쓰게 내버려 두어서는 안 돼!"

"알고 있어요."

"임 작가에게는 이런 대목만 집필하게 해, 어차피 공동 집필이니까."

"어떤 대목을 시킬까요?"

"변학도가 춘향이를 꼬이려는 갖은 사기 행각이나 변태 요절 또는 동네 부녀자를 음탕하는 장면을 쓰라고 하면 잘 쓸 거야."

"알고 보니 회장님은 먼 산을 보고 있는 것 같군요."

"암, 산을 볼 때는 나무 몇 그루 보는 것 보다는 산 전체를 보는 것도 좋은 방법이야."

"네, 소인들은 나무 서너 그루 보고 산을 전부 느낀 모양, 으스

대고 있으니 한심하죠!"

"용산에 세계 세 번째로 높은 빌딩이 들어선다지. 한국인의 기술과 기상은 참 대단하지. 우리 민족의 부지런한 천성은 우리나라가 이만큼 번성하게 된 초석이 되었지."

"내년에 완공되는 두바이 빌딩과 모스크바 빌딩 다음으로 높다고 하죠."

"빌딩의 높이는 그 나라의 건축기술을 나타내기도 하지. 초고층 빌딩은 건축의 백미라고나 할까."

관 회장이 주야를 데리고 마닐라 베이에 온 것은 단순히 사랑의 도피만은 아니었다.

주야는 늘 그림자처럼 관 회장을 보필하지만 마닐라 베이에서의 대화는 충격적이었다.

"주야가 내 아기를 낳아준다면 회사지분의 50퍼센트를 줄 수 있어."

갑자기 말문을 잃은 듯 멀리 마닐라 해변을 응시하고 있다.

잔잔한 물결이 대낮의 더위를 모두 감싸 안은 듯 수면은 그렇게 고요를 즐기고 있었다.

수면의 고요와는 달리 마닐라 해변에서의 광기 어린 외침은 바다의 모습조차도 여러 조명의 사이키에 따라 다양하게 내비치고 있다.

젊은이들의 양지인 셈이다.

대낮 일광에 시달린 젊은이들의 해방구가 마닐라 베이인 셈이다.

약 10여 개의 무대에서 내뿜는 열기는 새벽까지 식을 줄을 모른다. 그중에서도 가장 눈에 띄는 것은 난쟁이들의 퍼포먼스 댄스이다.

자신들의 순서가 돌아올 때까지 종업원으로 일하다가 일약 무대에 오르게 되는데, 그 무대는 한국에서도 찾기 힘든 공연이었다.

공동체적인 그룹 댄스와 음악에 실은 그들만의 몸짓은 정상인들에게 신선한 충격으로 다가오기에 충분했다.

마닐라 베이에서의 거리문화는 공연밴드와 향유하는 관객들이 즉석에서 그들만의 내면의 교감을 하는 자리이다.

마치 도시의 열기에 닫힌 마인드에서 열린 마인드로의 전환이라고나 할까.

마음껏 환희의 에너지를 분출하는 사이 주야와 관 회장은 벌써 센추리 호텔에 다다르고 있었다.

에어컨이 주인을 기다리듯 세차게 자신의 에너지를 발산하고 있다.

느슨한 주야의 브래지어 끈을 풀었던 관 회장은 미친 승냥이처럼 달려들었다.

두 무덤의 젖가슴을 쉬지 않고 파고들었다.

유년시절 어미의 젖가슴에 고개를 파묻고 행복에 겨워하던 그때의 관 회장은 아니리라.

"오늘이 며칠인가요?"

"날짜는 왜?"

"불안해서 그런단 말이에요."

"Don't worry, be happy. 불안은 마닐라 바다에 다 실어 보내. 오늘은 불안을 행복으로 만드는 밤이야."

멀리서 들려오는 밤의 고요를 깨는 밴드들의 소리가 주야의 숨소리와 어울려 콘트라베이스를 만들고 있다.

"대단한 젊음이에요. 특히 여인의 복장을 한 게이의 모습은 측은 보다는 자유로운 삶의 단면임에는 분명해요."

주야의 마지막 숨소리가 가빠지더니 관 회장의 온몸에서 화산 분출 같은 뜨거운 용액이 마침내 흘러나왔다.

깊은 정사가 끝난 뒤 주야는 필리핀 신문 스크랩을 하고 있었다.

"아침 일찍부터 좋은 습관이야."

"서울에 있었다면 영어 공부할 시간입니다."

"하지만 여기서는 그럴 수 없으니 트레블 잡지와 영자판 신문을 스크랩하고 있지요."

"나도 언젠가 바이어에게 이런 말을 들은 적이 있어. 세계의 일류국가를 리드하는 CEO에게 아주 좋은 말 같아. 그 첫 번째가 산에 산림이 잘 조성되어 있어야 하고, 두 번째가 어린이를 위한 장난감이 잘 발달되어 있어야 하며, 세 번째가 책을 만드는 인쇄소와 서점이 잘 발달되어 있어야 하고, 네 번째가 이 모두를 정리하는 기록과 역사가 있어야 한다는 것."

"정말 좋은 말 같아요. 인류의 모든 역사를 기록하는 것은 역시 책이죠."

"인류의 평균 수명이 100세도 못 되어 고목처럼 쓰러지지만 책이야말로 그 수십 배의 생명력으로 세상의 역사가들을 갈아치우고 있어."

"그 역사가마저도 어차피 기록물로 남아야 되니까요."

"아무리 신생 기업이라 할지라도 역사성이 충분한 기업의 경험 데이터는 돈으로 살 수가 없어. 그것은 무형의 자산이라고 할 수 있어.

'이번에는 좀 더 영어를 많이 구사해야지.'

마닐라에 도착한 기업인들이 가장 많이 애로를 느끼는 것이 영어 대화이다.

아시아에서 영어를 석권한 나라가 필리핀 아닌가.

수많은 어학원이 밀집되어 영어의 각축장이 되어가고 있다.

닥터 김이 안내한 곳이 오래된 리조트인데 금세라도 화산의 용암이 분출되는 것처럼 산의 상층부는 구름으로 덮여있다.

마치 베일에 싸인 신비의 비밀을 많이 간직하고 있는 것처럼……

"이 집이 불과 몇십 년의 세월이 흘렀건만 인생의 참다운 비애를 느끼게 하기에 충분하죠."

"이렇게 화려한 집에서 비애라뇨."

"사실은 이 집이 미스 필리핀 출신의 아름다운 여인의 집이었습니다. 지금은 할머니가 되어 병상에 누워 있지만."

"아, 그렇군요. 어쩐지 사진속의 인물이 참 미인이라 생각되었었는데……."

"미스 알로알로 출신으로 부자한테 시집을 가서 자녀를 낳고 살았었는데 남편은 먼저 죽고, 자녀들은 외국에 가서 살고, 행복이 어디론가 모두 달아나 버렸어요."

"영원한 행복이 과연 존재할까요?"

"한국에서는 수천억대 상속녀가 번뇌에 휩싸인 채 자살을 하는 걸 보면 결국 행복이 물질보다는 정신에 먼저 깃들어 있는 것 같습니다. 이쪽으로 내려가면 선녀들의 온천욕 공간이 나오지요."

"베리 나이스, 대단한 입지 조건을 갖추었어요."

"리조트 안에 온천과 슬라이드 그리고 레스토랑까지 갖추고 있으니 리모델링만 하면 경제적인 승산이 생기고 말걸요."

관 회장은 레스토랑에서 『붉은 꽃의 최후』를 마저 읽기 시작한다.

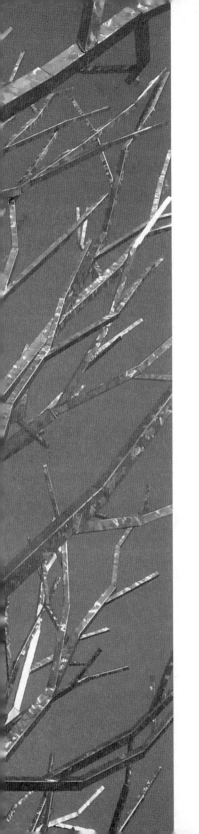

둔갑궁의 오 법사
사막에서 피어난 끈질긴 선인장
태양 아래 음양의 근본을 이루다

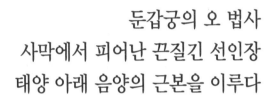

경제 삼국지

둔갑궁의 오 법사

소왕산은 예로부터 하얀 신선이 살고 있다는 전설이 면면히 이어져 내려오는 신비한 명산이다.

때는 1920년대,

붉은 꽃이 활짝 핀 계절이면 달빛 아래 신선이 내려와 노닌다는 소백계곡에 세속의 탈을 쓴 사내가 있었는데, 그는 자칭, 타칭 천자(天子)라고 부르라 했다.

전설을 잉태한 산의 형상은 신들의 무덤처럼 길고 높게 드리워져 있다.

그 옆에 이상한 건물이 하나 있는데, 소왕봉에 우뚝 지어진 누각이었다.

밤이면 신선과 함께 노닌다는 천자는 이 누각에서 세상을 지배할 궁리를 짜고 있었다.

'머지않아 세상의 모든 대소사가 내 손에서 놀아나리라. 그때가

오면 세상의 모든 신들이 나를 떠받들게 될 거야.'

천자는 천하를 절대 통치로써 지배할 완벽한 시나리오를 완성하고 있었다.

'그 어떤 용들이 나의 절대 군림을 탐할 수 있다는 말인가?'

천자는 자신이 마치 살아 있는 신이며, 지존의 절대자인 양 붉은 꽃을 하늘에 휙 던졌다.

붉은 꽃은 허공에 산산이 흩어져 이파리 하나하나에 깊은 전율을 안고 세상의 계곡으로 날아가고 있다.

소백 정상의 메마른 초원 위로 무성하게 자란 수풀들이 스산한 산바람에 칼을 맞은 검객처럼 이리저리 흔들리고 있다.

그 밑으로 펼쳐진 긴 강도 소백의 젖줄을 따라 유유히 흐르며 세상의 흥망성쇠를 아는 듯 모르는 듯 무심히 흐르는데…….

수많은 세월 동안 연마된 바위 틈새에서 촌부의 맥박 소리가 들렸다. 그리고 퇴색한 다리 위로 지나는 사람들의 행렬이 이어지고 있었다.

그들은 바로 소백봉의 천자를 뵈러 가는 중.

"그분이면 우리 집의 이사 날짜를 잡아줄 수가 있을 걸세."

"암, 그분은 도인이라서 내 딸의 혼인날도 알아맞힐 수 있을 걸세."

그들은 틈만 나면 신통한 천자 얘기로 주말마다 입방아를 찧었다.

천 년의 세월이 흐르는 동안 소왕봉의 기괴한 바위의 형상들은 만인의 모습을 띤 채 요괴처럼 딱 버티고 서 있었다.

"나에게는 영생불멸의 기운이 있습니다. 내 기운을 섭취하는 자는 영생의 기쁨과 행복을 보장받을 것이오."

천자의 언변이 한 토막씩 끝날 때마다 만세와 박수로써 화답하며 시간 가는 줄을 몰랐다.

"여러분, 이제 우리가 역사의 수레바퀴를 돌릴 때가 왔습니다. 혼탁한 세상을 정화하기 위해 내 한목숨 기꺼이 바치겠다는 사람은 앞에 놓인 종이에 서명을 하기 바랍니다."

호령하는 두령이 무서웠음인지, 아니면 칼을 두르고 사방에서 있는 사존의 힘이 두려워서인지 그들은 서명을 주저하지 않았다. 심지어 어린아이들까지도 손에 인주를 묻혀 서명하고 있었다.

세상 제패의 대 야망을 성취하려면 천자에게는 우선 그를 따르는 수많은 조직원이 필요했던 것이다.

천하의 모든 풋내기 무인들이 그들을 피하는 것도 그들의 단결된 검술과 천자의 심령술 때문이었는지도 몰랐다.

소왕봉에 궁전을 짓기까지 이름 모를 해골들이 원한에 사로잡혀 복수의 날만 기다리고 있다.

"유능한 제자들이여, 이제 여러분은 더 이상 세상의 그림자가 아니며, 천하제일 천자의 가족이니라."

한 달, 두 달……. 해가 갈수록 정신 강령은 강도를 높여갔다.

그런데 어느 날 사건이 터졌다. 달마 선사란 분이 이 소식을 듣고 찾아온 것이다.

그는 선승이면서 세속 공부를 하는 중에 소림무공을 연마한 신승이었다.

소백은 크게 술렁거렸다. 천자와 달마의 정면 대결은 불을 보듯 뻔하기 때문이었다.

세상이 어지러울 때, 이토록 혹세무민하는 자가 나타나고, 또 이를 제압하려는 자가 나타나 피의 전쟁을 벌이다가는 반짝 별처럼 아까운 영웅마저 함께 사라지고 말 것이다. 참으로 안타까운 노릇이다.

"네가 달만가, 준만가 하는 놈이냐?"

대뜸 사조는 엄포를 놓기 시작했다. 그들은 소위 공동일인자의 무공을 소유한 살인마였다. 이들을 제압하지 않으면 천자를 꺾을 수 없다.

"무림계에 절대 사수들이 많지만, 너희처럼 돼먹지 않은 놈들은 처음 보는구나."

"넌, 어느 동굴에서 도를 닦았기에 이리도 반숙이 됐느냐?"

"그 따위 망언을 듣자고 찾아온 게 아니다. 너희가 만든다던 천장교를 심판하러 왔다."

"빨리 사죄하지 않으면 이 칼이 너의 목을 베어 저 성문에 걸어 놓게 하리라."

"너희가 지존은 아닐진대, 목숨이 아깝거든 길을 터라."

"흥."

"얏!"

소백준령에 바람과 구름이 이리저리 흔들리고 있다.

불가의 최고 선승이지만 그들을 혼내주지 않는다면 수많은 중생이 희생될 게 분명했다.

"바로 오늘이 천장교의 제삿날이다."

"아니, 이 땡중이."

태산을 짓누를 듯한 둔중한 살기가 흘렀다.

별안간 사존의 얼굴에 격동의 빛이 흐르더니 일제히 검을 뽑아, 약속이라도 한 듯이 동서남북 검법으로 달마를 찔렀다. 그 순간 달마의 모습은 어디론지 사라지고 없었다.

그토록 예리한 칼 놀림에도 달마는 은둔술로 몸을 숨겼던 것이다.

해가 있을 때 그림자 속에 자신을 숨기는 은둔술은 달마가 20년 동안 수련해서 터득한 비술이었다.

"아니. 이눔이."

"오데로 갔노?"

"하늘로 솟았나?"

"땅으로 꺼졌나?"

제각기 한 마디씩 하면서 이들은 사방으로 등을 돌린 채 주위를 지키기 시작했다.

사주 경계만 하면 그 어느 적이라도 전부 포착되기 때문이다.

태양 아래에서 혈맹을 다지던 그들이지만 죽음만은 두려웠던 모양이다.

어느 절세 영웅이라도 한 번의 목숨을 쉬 버리지 않는 것은 강호의 정의로운 그 무엇을 기다리기 위함인지도 모른다. 이제 사

존이 철관을 품속에서 끄집어내어 이리저리 허공에 대고 살기를
바라고 있었다.

그때였다.

마른 하늘에 번개가 치더니 달마는 그 번개가 치는 사이 목에 걸
고 있던 염주 알을 뽑아 사존의 한쪽 눈에 던졌다.

네 알의 염주는 번개의 전기를 얻어 무서운 속도로 그들의 한
쪽 눈에 박혔다.

"으흐흑……."

"내 눈알."

진짜 눈 깜짝할 순간이었다.

염주 네 알이 그들의 눈에 박히는 순간 검은 피가 빗물처럼 주
르르 흘러내렸다.

"외눈 검객들이여, 오늘은 이만 간다. 부처님께서 살생을 금기
하셨기 때문에 목숨만은 살려주겠다. 그리고 전해라. 내일 정오
에 직접 천자를 찾아가겠다고."

사존은 떨면서도 말을 가로막았다.

"죽여라. 비굴하게 살고 싶지는 않구나."

그러나 이미 달마는 축지법으로 사라지고 난 뒤였다. 흐르는 물
살보다 빠르고 작은 바람보다 빠른 기세였다.

천장교의 신봉자들은 백 일 동안 천자문을 외우고 백 일 동안
철야기도하여, 선녀나 천사가 보이든지 관음이나 사자 등의 헛
것이 보일 때까지 어느 심령의 시간으로의 여행을 계속하는 거

였다.

이 짓을 이틀 동안 계속해서 허상이 보이면 이를 개안(開眼)이라 하고, 연이어 두 달 동안 천자염송을 외우기 시작하면 눈앞에 옥황상제가 어른거린다 하여 이를 승안(承眼)이라 하였다.

만약에 2년 동안 쉬지 않고 불철주야 천자염송을 외운다면, 자신도 모르는 허깨비 춤을 추어대는데, 이게 계속되면 광신상태가 되는 전신(輾身)이라 했다.

미치광이 천자는 역사 속의 연산군처럼 히스테리 증후군을 갖고 있었나 보다.

자신과 함께 2년을 심복하면 장생불사하고, 살아있는 채로 지옥과 천국을 마음대로 출입한다고 입버릇처럼 되뇌었던 것이다.

"2년이면 이 땅을 천자국으로 만들 수 있어. 그러려면 인간들의 정신무장이 필요해."

천자는 파안대소하며 봉황새 타고 세상천지를 나는 꿈을 저 아래 소왕계곡을 바라보면서 꾸어왔던 것이다.

억겁의 세월을 집어삼킨 소왕암의 모습이 어느 영웅의 충절의 넋을 머금었음인지, 한 자루 칼에 퇴색한 몰골이 바위벽에 새겨져 있는 듯했다.

사존은 아뢰었다.

"그 놈의 땡초는 보통이 아닌 듯싶습니다."

"천자가 있는 소왕실을 그 어느 놈이 넘본단 말인가?"

그의 얼굴에는 가소롭다는 듯이 자신만만한 득의의 미소가 스치고 지나갔다.

"너희들은 어떠한 사태의 돌발에도 신속히 무기를 뽑을 수 있는 기술이 부족해."

침묵이 흘렀다.

천자의 붉은 옷자락이 흩날리고, 장삼자락은 구름처럼 둥둥 떠 있다. 그리고 입에 문 붉은 꽃 한 송이, 그 꽃은 세상의 물을 먹지 않고 사람의 피를 먹고 성장하는 나무에 자란다고 한다.

세상의 어느 붉은 장미보다도 더 붉은 원초적인 꽃나무로, 천자는 이 꽃을 입에 물고, 늘 피 냄새를 맡아왔다.

"너희들은 이제 목숨을 버릴 때가 되었다."

"피의 맹세를 어찌 잊겠습니까?"

"그럼 지금 떠나라. 당장 가서 그 놈의 목을 떼어 가지고 와라. 그 땡초의 목을 궁문에 걸어 놓으리라."

천자의 포효 같은 이 말에 거역하는 자가 없었다.

"땡초가 불귀의 계곡에서 아들과 함께 죽은 자를 위한 천도제를 지내고 있다고 한다. 잘하면 아들까지 사로잡을 수 있을 거야."

순간 사존의 얼굴에 한 가닥 공포의 그림자가 엄습하기 시작했다.

불귀의 계곡에서 살아 돌아온 자가 거의 없었기 때문이다.

"사나이는 죽어야 할 때와 살아야 할 때를 구별할 줄 아는 법, 어서 철탄을 갖고 떠나라."

'아니, 철탄이라면 천자만이 사용하는 극비의 무기 아닌가요?'

"내 무림의 하늘을 지키고, 세상을 평정하기 위해서 사존에게 하사하노라. 그 어느 허공술에도 통하지 않는 무기야.

허공에 숨어 형상은 보이지 않아도 철탄은 360도 반경에 급소를 찌를 만한 위력을 갖고 있다. 정의로운 검으로 안 되면 철탄을 좌우 사방에 까버려."

"네, 천자를 위해서라면 그 어떤 놈도 처단하겠습니다."

살인조 사존이 달마를 잡으러 가는 사이, 소왕궁전에는 두 가지 파티가 벌어지고 있었다.

그 하나는 춘전(春殿)으로 남녀 신도가 적나라한 혼음을 하고 있는 현대판 섹스 궁전이었고, 또 하나는 추전(秋殿)으로 천재에게 불만을 갖는 세력들을 피비린내 나는 고문을 가한 후 급기야는 사형까지 시키는 것이었다.

수많은 인파는 춘전 속에서 세상의 환락을 다 누리며, 목숨이라도 바꿀 것처럼 성의 엑스터시를 향해서 정염의 불꽃을 태우고 있다.

"오늘 내 배필은 천하절색 양귀비일세."

"에끼, 이사람. 난 망했네. 할머니하고 운우를 나누게 됐으니."

천자는 남자 여자 모두 성적인 공범자를 만듦으로써 자신의 이론을 도무지 빠져나가지 못하게 만들고 있다.

일주일마다 바뀌는 자신의 합궁 상대는 남신도, 여신도 사이에 쳐지는 붉은 천을 사이에 두고 아무도 모르는 순서에 의해 그 날의 피 갈이는 시작된다.

"여러분, 이제야 내 말을 이해하겠습니까?

이제 여러분은 모두가 부부이며 형제입니다. 이제 세상의 유토피아는 시작되고 있습니다."

그러나 반대파들은 여지없이 추전으로 보내지곤 했다. 거기에는 피에 굶주린 죽음의 사자들이 살육파티를 벌이고 있었다.

"오늘은 어떤 배교자야? 아니, 넌 이마에 피도 마르지 않은 처녀 아니냐?"

그들의 일차 고문은 사흘 동안 먹을 것을 주지 않고 우물 안에 가두어 놓는 일인데, 만약 이 사흘 안에 배교자가 뉘우치면 강제 노역장으로 돌려보내지만, 끝내 천장교를 배반하면 그들은 살 껍질이 벗겨진 채로 피를 말려 죽이는 원시적인 방법을 택했다.

그들은 인간의 살갗이 사흘 낮 밤을 굶겨야 잘 벗겨진다는 경험을 갖고 있었다.

그렇게 해서 나온 인간의 가죽은 춘전에 깔린 양탄자 구실을 했고, 배교자들이 흘린 피는 붉은 화초에 주는 액체 역할을 했으니, 이러한 처참한 모습이 되지 않기 위해서는 무조건 천장교의 계율을 따라야만 했다.

사느냐 죽느냐 도박을 해야만 하는 천자의 계율은 곧 다가올 세상 함락의 용두 같다.

"노인이여, 날 위해 시나 한 수 읊어줄 수 있겠나?"

목이 쉰 듯 탁송의 목소리는 소왕봉 계곡을 빠져 나오는 살인마의 메아리인 듯 괴기스럽기까지 했다.

"영웅의 눈물은
떨어지는 낙엽의 운명을
슬퍼함이 아니오.

오늘밤 달빛의 찬란함은
천자의 낙원을 비춤이여,
뜨겁게 달아오르는 춘전 앞에서
내 목숨 하나 아깝지 않으니

천자여! 만세, 만만세.
하늘로 날아오르는 봉새처럼
구만리를 날아가네."

"어젯밤 춘전에 갔다 오더니만 그 나이에 밝히기는……."
여기저기 궁전 구석에는 가야금 타는 소리, 거문고, 피리 부는
소리가 들렸다.
천자는 무서운 음모를 이러한 예능 활동을 통해 숨기고 있었다.

한편, 무사 사존은 철탄을 품에 안은 채 달마의 움막에 다다르
고 있었다. 달마는 이미 혜안으로 살기의 충천함을 느끼고 있다.
"아들아, 하나밖에 없는 사랑하는 아들아. 내가 돌아오지 않거
든 이 서책을 들고 오 법사를 찾아가거라. 내가 할 말은 이 책 속
에 전부 서술해 놓았다."

"어쩌시려고요?"

"사내는 운명의 결단을 단호히 받아들이는 법, 천자의 무리들이 오고 있구나."

"아버지, 제가 돕겠어요."

"아니다. 넌 아직 무림의 세계로 나올 때가 아니야. 세상의 순리는 언젠가 네가 이 아비의 원수를 갚아 주도록 할 것이야."

"흐흑."

"애야, 울지 말거라. 밖에서 무슨 일이 일어나더라도 절대로 나와서는 안 되느니라."

소년의 울음이 엄마를 잃은 것처럼 구슬프게 울려 나올 때쯤, 사존의 발걸음은 둔중하게 문 앞에 멈추어져 있었다.

순간, 방문을 확 열어젖힌 달마는 있는 힘을 다해 흑풍을 날렸다.

파-파-팍

사존의 도포가 찢어질 듯 펄럭이면서 상상을 초월할 정도의 위력적인 바람이 불어왔다.

"좀 더 가까이 다가오라. 악마의 무리들을 내 땅 속에 묻고 죽으마."

드디어 사존의 차가운 음성이 산자락에 울려 퍼졌다.

"너희들은 네 쌍둥이냐, 우째 그리 모습이 똑같으냐?"

"천자가 우리의 얼굴을 이렇게 맞춰 놓았다. 우리가 형제인지는 아무도 모른다. 자, 잔말 말고 칼을 받아라."

더욱 짙은 살기와 긴장이 금세라도 싸늘한 비명이 나올 것만 같았다.

“오늘 너희들은 천자를 대신해서 죽어갈 것이다.”

“네 목을 갖기 전에는 한 발짝도 움직이지 않을 것이다.”

“이 애꾸 놈들, 마지막 한쪽 눈도 없애주겠다.”

“아얏!”

달마는 풀어헤쳐진 염주를 다시 사존을 향해 힘껏 던졌다.

하지만 염주는 그대로 두루루 굴러 내리고 말았다.

그들의 눈에는 이미 구리테 보안경이 끼워져 있었기 때문이다.

“아니, 눈가리개는 어디서 났느냐?”

“알 것 없다. 신도중에 미국에서 건너온 선교자가 있는데, 그들의 눈에서 광채를 발견했도다.”

사존은 음흉스런 미소를 흘렸다.

보름달은 소왕봉에 걸려 이들을 바라만 본 채 아무 말이 없었다.

달마의 마의 장풍이 수포로 돌아가자 사존은 번개처럼 뛰어오르더니 파천검법을 휘둘러댔다.

그들은 전력을 다해 무서운 돌풍처럼 대들었다.

파천검법이란 칼에 전류가 통한 듯 섬광처럼 단숨에 상대를 해치는 권법이었다.

그들이 사나운 야수처럼 대들었을 때 달마는 인도산 괴리목으로 다듬어진 그의 지팡이로 사존 검을 이리저리 막고 있다.

천지가 진동하듯 외침소리가 끊임없이 이어지고 있었다.

달빛마저 무참히 빛을 잃어갈 즈음, 사존은 달마의 삼대 기혈을 향해 철탄을 딱 던졌다.

아무리 도인이라도 천기대혈, 영기대혈, 정기대혈을 막히게 한다면 일순간 기는 산만하게 흩어지고 말게 되는 것이다.

"이 땡초야, 너의 세 군데 기가 모두 막히고 있다. 순순히 목을 내 놓아라."

"기왕 죽는다 해도 너희의 손에는 죽고 싶지 않다."

순간 사존은 상기된 눈빛으로 서로의 공격을 암시하더니 이제는 있는 대로 철탄을 던졌다.

팍-팍-팍-팍

작렬하는 철탄이 달마에게 한꺼번에 쏟아지자 달마는 재빠르게 허공술로써 공중에서 유영하면서 젖 먹던 힘을 다해 내공과 외공, 철골의 장풍으로 다시 철탄을 거꾸로 날렸다.

낙화유수 되어 쓰러지는 사존의 육신은 벌레 먹은 감잎처럼 구멍이 펑펑 뚫리면서 무참히 죽어가고 있었다.

그러나 운명의 시간은 계속되었다.

뒤따라왔던 지자는 처절하게도 화살을 연거푸 쏘아댔으며, 사존을 죽이고 방심하고 있던 달마는 급소를 맞고 숨을 헐떡거렸다.

"아……아니, 넌 누구냐?"

"흐흐, 싸움은 경계를 늦추지 않는 법, 난 사존의 뒤를 몰래 뒤따라왔지. 내가 누구냐, 바로 이 세상의 존자가 될 천자의 동생이다."

"그럼 네가 천장교의 2위 서열이란 놈이냐?"

"잘 가거라. 이 봉황새 타고 구천으로 떠나가거라."

핑-핑

연이어 죽음을 부르는 봉황이 그려진 독화살이 살인적인 최후의 일침을 가하고 말았다.

'아, 아버지. 일어나세요. 어서 힘을 내세요.'

달마선승의 아들 달인은 가까운 숲 속에서 아비의 최후를 보고 있었다.

'비겁한 무사! 숨어서 기습하다니. 너를 영원히 잊지 않으마.'

달인은 숨을 죽이며 붉은 하늘만을 연거푸 쳐다보고 있다.

"불쌍한 땡초, 춘전에서 여색이나 탐하지 않고……. 오늘 무참히 사라지는구나."

"너의 원수를 귀신이 돼서라도 꼭 갚고야 말겠다. 달인아!"

"달인, 달인이라고?"

달마는 아들 달인을 마지막으로 부르며 낙양에 숨을 거두고 말았다.

무공수위가 선승의 대가라는 달마가 잠시 긴장을 늦추는 사이 첩자 같은 지자에게 쓰러지고 말았으니, 역사는 이를 두고 일세 영웅을 흐르는 바람 같다고 표현했던가?

질풍노도의 무인의 길이란 참혹한 비바람이 휩쓸고 간 폐허처럼 보잘것없어 보인다.

지자가 달마의 시체를 준마에 태우고 소왕봉을 향해 떠나가고, 달마의 외아들 달인은 달빛에 어리는 아비의 지팡이를 주워들었다.

그리고는 그날 밤중으로 오 법사가 거처한다는 둔갑궁으로 향하기 시작했다.

피 묻은 칼, 가슴에 천(天)자가 아로새겨진 사존의 시신 위로 붉은 피가 씻겨 내려갔다.

잠시 후 천둥 번개가 괴성을 내며 세상의 애통함을 대신하여 울부짖고 있다.

하늘마저도 선인의 죽음을 조문하는 듯 비바람이 그칠 무렵, 지자는 달마의 시신을 천자에게 내밀었다.

"아우여, 큰일 했도다. 그런데 사존은 왜 안 보이느냐?"

"저 세상으로 떠났습니다."

"아. 달마의 황천길을 사존이 따라가다니……."

"어려울 게 없습니다. 사존을 늘려 이번에는 팔존을 만들어 보위하겠습니다."

"즉시 춘전으로 가서 변강쇠 네 명과 웅녀 네 명을 선출하여 그들로 하여금 나의 호위를 맡도록 하라."

"달마의 시신은 어떻게 할까요?"

"성궁문 앞에 갖다 걸도록 해라."

하늘도 애통해 하는 듯이 장대비는 쉬지 않고 억수같이 퍼부어댔다.

비바람 속에 꺾이고 부러지는 들풀들의 운명처럼 달마는 그렇게 힘없이 성문 앞에 축 늘어져 있다.

피에 굶주린 늑대처럼 천자는 추전에서 고통과 고문의 꽃을 계속 피워 나갔다.

"어느 놈이고 나를 배교한 자는 처형하리라. 빌어먹을, 저 놈의 벼락이 하필이면……."

악랄하기 이를 데 없는 천자에게 하늘도 노여움을 풀 수 없었는지 세찬 비를 퍼붓는다.

와르르-쾅-쾅

기습적인 벼락이 천자의 성에 사납게 몰아치고 있다.

"분명 예삿일이 아니야."

"산신령께서 노하신 게 틀림없어."

춘전에서 남녀 합궁으로 교성을 지르고 있던 사람들은 후다닥 옷을 껴입고 급히 밖을 쳐다보기 시작했다.

여인의 하얀 둔부 사이로 사내의 정기가 아직은 식지 않은 채였다.

쾌락을 찬미하는 자들에게 하늘은 천벌을 내리는 것일까?

천자는 자신의 눈을 의심하며 두려움을 감추지 못했다.

전지전능하던 자신도 인간이기에 신의 노여움을 어찌할 수가 없었다.

"높은 경지에 오른 선승을 죽였으니 저주받아 마땅하지."

"달마의 시신을 양지바른 데다가 묻어 두고 원혼을 달래 주어야지, 원."

신도들의 바람은 병든 환상 같은 거였다.

장대비가 세상의 천기누설을 다 씻어버리려는 듯 108일 동안이나 계속 되었다.

주먹을 불끈 쥐고 아버지 달마가 가르쳐준 대로 서책과 인도산 지팡이만 들고 오 법사의 둔갑궁을 찾은 아들 달인은 청학동 총각 한풀과 함께 생불(生佛)의 자세를 배우고 있다.

"자신이 부처가 되지 않으면 세상의 진위를 가릴 수 없는 법. 진리는 하류로 내려갈수록 더 넓어지는 물의 흐름과도 같다. 인간의 삶도 강물과 같으니라."

"아버님의 피 맺힌 한을 갚을 수 있도록 진기 비법을 가르쳐 주십시오."

"전쟁은 때가 있는 법. 오늘부터 흐르는 냇물, 흐르는 구름, 흐르는 고기 떼, 이 모든 흐름을 관찰하도록 해라."

'흐르는 물체라……'

청학동 총각 한풀과 달인은 친구처럼 깊은 우정을 쌓으며 세상의 이치와 천장교를 무너뜨리는 묘책을 떠올리고 있었다.

"한풀, 흐르는 세월은 천자도 무너뜨릴 수 없겠지?"

"암, 세월의 화살은 진시황도 막지 못해. 그가 신선이 되지 않고서야."

"신선, 그 신선은 어디에 살고 있는데?"

"바로 저기."

거대한 산 전체를 바라보는 두 소년의 존재의 화답은 세상의 가면을 벗겨 보자는 깨달음에서 하루하루를 보내고 있다.

세월은 파발마처럼 역사의 정거장으로 쉴 새 없이 달려가고, 달인은 어느새 건장한 청년이 되어가고 있었다.

망아지에서 야생마로, 다시 준마가 되어간 듯이 달인의 변화는 사계절의 통로를 따라 하나의 완벽한 수행자가 되어가고 있다.

그는 둔갑궁에서 잠시도 거르지 않고 오 법사로부터 그림자 속에 자신을 감추는 '은둔술'.

천기. 영기. 정기의 '삼대 기혈'을 이용하는 법.

오체투지로 '생사바퀴'를 돌리는 법.

아기 같은 유연한 몸으로 대련하는 '진향법'.

천체의 운행을 살피는 '자강술'.

산 다람쥐를 다루듯이 공격하는 '공수기도'.

베를 짜는 아낙네처럼 공격하는 '일지선'.

빛을 허공에 띄우는 '야명주'.

잠든 자의 꿈을 알 수 있는 '동몽주'.

죽은 영들을 일깨우는 '초혼 주문' 등을 완벽하게 배워나갔다.

쾅-쾅-쾅

곳곳에서 일본인들이 우리나라의 명산에 쇠말뚝을 박는 소리가 잠자는 산의 정적을 깨우고 있었다.

"제기랄, 허구한 날 말뚝 박는 소리라니. 오냐, 두고 보자. 우리 조선인들이 그 말뚝 다시 뽑아 너희들의 심장에 꽂아 버릴 테니……."

달인은 흥분으로 안색이 굳어졌다.

"달인! 용기를 내요."

맑은 햇살을 머금은 듯이 한풀과의 순수한 우정은 서로의 대련 상대로 더욱 깊어만 갔다.

"그래, 너희들은 전생에 형제임에 분명해."

"언제 나오셨습니까?"

"아, 저놈들의 쇠말뚝 박는 소리, 산신이 괴로워하는 소리 때문에 조용히 명상을 할 수가 있어야지."

오 법사는 눈살을 찌푸리며 투덜거리고 있었다.

"법사님, 이제 떠나야겠어요."

"인! 나랑 같이 가."

달인과 한풀은 큰 눈망울을 굴리며 오 법사에게 여쭈었다.

"달인, 그곳은 아무 때나 가는 게 아니야."

"어느 때가 실제의 시간이온지요?"

"으음……. 어쩌면 천자는 지금 일인(日人)들과 짜고 민중들을 세뇌시키며, 그들의 피를 팔아먹고 살 거야. 조금만 더 기다려라."

"그 흡혈귀 같은 원수 놈, 악마."

오뉴월에도 서리가 내린다는 말처럼 달인의 한 서린 외침은 오 법사와 한풀까지도 얼어붙게 만들었다.

"달인, 잘 들어라. 그는 천둥과 번개를 무서워하지. 번개가 치는 날은 특히 춘전과 추전에서 수많은 신도들이 공포에 떨며, 천자 대신 하늘에 대고 파천황을 부르고 있지. 그들은 아직도 너의 부친인 달마의 영혼이 구천을 떠돌고 있다고 믿기 때문이야."

'아, 아버님. 소자가 목숨을 바쳐 천자를 저승으로 보내겠습니다.'

달인은 꾹 입술을 깨물었다.

한 시대의 풍운선객 달인은 태양이 지치면 비가 몰려오리라는 생각으로 염원하고 있다.

"비가 오고 천둥 번개가 몰려올 때, 그 번개를 천자의 가슴에 박을 수만 있다면 천자는 검은 숯덩이로 변할 거야."

"아, 천기의 운행을 어떻게 변화시킨단 말씀입니까?"

"세상에서 너만이 그 일을 할 수 있다. 네 아비가 최후를 맞이한 날도 비바람이 불고 번개가 치는 날이었지. 그래서 아비의 원한령이 비바람이 불던 날 같이 따라올지."

기연이다.

번개의 운행이 죽은 아버지의 원한령이 되어 살아있는 자식이 이것을 이용해 놈을 처단할 수 있다고 생각하니 달인은 용솟음치는 힘을 억제하지 못했다.

"붉은 개미 떼들이 산 위로 오르는 것을 보니까, 내일은 큰 비가 몰려올 거야."

"한풀, 죽어서라도 다시 만나자."

"아니야, 너는 죽지 않을 거야."

둘은 굳게 의형제임을 다짐하면서 손을 움켜쥐었다.

어둠이 가고 새벽이 오고 있었다.

황금 덩어리 같은 태양이 뱀의 혀처럼 날름거리기 시작한다.

"달인아, 이걸 받아라. 이건 달마가 내게 맡겨 논 태극패이니라. 자세히 들여다보면 음양의 기를 부를 수 있는 가운데 단추가 하나 있다. 번개가 세상을 진동할 때 번개를 이끌고 이것을 천자의 가슴에 던져. 그 순간 번개는 파열음을 내며 천자를 한줌 재로 만들어 버릴 거야."

"이 은혜 결초보은 하겠습니다."

말이 끝나기가 무섭게 하늘은 천지 창조의 그날처럼 잿빛 구름을 몰고 비바람을 대지로 사정없이 날려 보내고 있었다.

"때가 왔구나. 즉시 떠나겠습니다."

"인! 같이 가자."

"좋아 어서 말에 올라 타거라."

달인과 한풀은 비바람을 뚫고 소왕산으로 질풍처럼 달려갔다.

'하늘의 신이시여,

아버님이시여,

우리를 굽어 살피소서!'

달인은 말을 타면서도 줄곧 아버지를 부르는 초혼 주문을 외우고 있었다.

눈에는 천하 개쌍놈 천자를 죽이겠다는 일념으로 불똥이 튀고, 이마에는 땀방울이 빗방울과 섞여 쉴 새 없이 주르륵 흘러 내렸다.

'천지여! 진노하라. 죽음의 심판을 시작하라.'

소왕궁에 이르자 달인은 또 한 번 놀라고 말았다. 정문에 우뚝 매달아 놓은 해골이 아버지 것임에 분명했기 때문이었다.

'으흐흑! 각오해라, 천자놈.'

달인은 속으로 분을 삭이며 궁문을 열고 천자가 있는 내실까지 한달음에 들어갔다.

"넌 누구냐? 천하가 진동하고 있거늘 조용히 기도나 하지, 무엄하게."

천자의 동생 지자가 나섰다.

천자는 생사의 관문을 닫은 채 어느 여인과 운우의 정을 나누고 있었는데, 번개처럼 들이닥친 두 사내의 외침에 깜짝 놀라서 급히 방문을 열고 나왔다.

산천을 부수어 버릴 것 같은 굉음, 죽은 자의 뼈골이 드러날 것만 같은 심한 비바람이 한파처럼 엄습했다.

무거운 침묵이 잠시 흘렀다.

"달마를 기억하겠지? 내가 바로 그의 아들이다."

"아니, 선승 달마에게 저런 아들이 있었다니."

두 사람의 안색은 백지장처럼 창백해지기 시작했다.

"오늘은 네 생명을 저당 잡으러 왔다."

"뭐라고? 얘들아, 저놈을 당장 죽여라."

어디서 뛰어 나왔는지 팔존이 구리칼을 들고 청동 검법으로 달려들었다.

달인과 한풀은 경공술로 팔존을 순식간에 박차고 나섰다.

"으으윽!"

내공, 외공이 초경지에 오르지 않고는 흉내조차 낼 수 없는 고도의 기법이었다.

마치 두 마리 용이 하늘을 향해 승천하는 것 같았다.

이윽고 천자와 지자가 무서운 철탄으로 공격하려고 품을 더듬는 순간, 하늘에서 연기처럼 흡수된 번개가 하얀 섬광을 내며 오

락가락하고 있을 때, 달인은 순간적으로 태극패를 천자의 가슴 팍에 던졌다.

무너지는 성곽소리가 굉음처럼 사방을 진동했다.

천자의 신음은 어느덧 한 줌의 재로 변해가고 있었다.

마치 가슴팍에 품었던 마치 붉은 꽃잎이 검붉은 피를 토해내듯이…….

"하늘이 도우셨다."

"아직은 일러."

옆에서 놀라움에 사시나무처럼 떨던 지자는 달마에게 그랬던 것처럼 모든 혈과 기로써 달인의 급소를 찔렀다.

순간 옆에 있던 한풀은 연속동작의 태극권으로 오장육부를 찔렀다.

"악."

동물소리와 함께 지자도 이윽고 숨을 거두었다.

"달인, 이제 됐어. 어서 여기를 피하자. 성이 무너지려고해."

천하를 태울 듯이 번갯불이 소왕궁을 갈가리 찢어놓고 있었다.

"어서 피하자."

달인은 준마를 이끌고 성문 앞에 놓여있는 아비의 해골을 품에 안은 채 황급히 소왕궁을 빠져나왔다.

"이제 어디로 갈 거야?"

"일단은 아버지를 양지바른 곳에 묻어드리고 생각해보겠어."

"나하고 같이 청학동으로 가자."

"오 법사님은 어떡하고?"

"그분은 소왕봉에 일인들이 박은 쇠말뚝을 뽑은 다음에 청학동으로 오신다고 그랬어."

하늘은 업보의 영문을 아는지 모르는지 맑게 개어 있었다.

성스러운 대기의 파동이 두 사람의 볼 사이로 살며시 스쳐 지나갔다.

경제삼국지

사막에서 피어난
끈질긴 선인장

말라테 베이유 맨션 현지에서 긴급 회신이 왔다.

관몽그룹이 내수 경제가 어려워지자 필리핀 마닐라 근교에 투자한 콘도 분양에 차질이 생긴 것이다. 필리핀은 외국인에게 한하여 50세 이상 은퇴비자 제도를 만들어 콘도나 아파트 등을 개인소유로 살 수 있는 법적 제도를 최근에 공표한 바 있다.

그러나 관몽그룹이 분양하다가 실패로 끝난 말라테 베이유 맨션은 단독택지로서 그 필지가 필리핀 주택법에 어긋난다는 회신이다.

단독이나 빌딩 매입은 외국인 개인은 어려우며 법인화시켜서 사야만 가능한 것.

"우 전무 어디 있나? 상황이 어찌 된 거야?"

관 회장은 어안이 벙벙하여 어찌할 바를 몰랐다. 비서실에 주야가 차를 따르다가 관 회장을 물끄러미 쳐다봤다.

"지금 골프장에서 오시고 있는 중이랍니다. 새벽 라운딩을 끝내고 오던 중 아침 트레픽에 걸렸나 봐요."

"그래? 지금이 어느 때인데 골프 질이야!"

"글쎄요. 웬만해서는 평일 날 골프는 안 가시는데."

"그 양반. 신세가 좋구먼. 싱가포르에서 대학 설립하려다 잠시 귀국하더니 금세를 못 참아 골프를 치러 갔구먼."

주야의 볼이 화끈거렸다. 독신에 무자식에 관 회장을 넘보는 건 주야의 운명인지도 모른다. 서른 살 주야의 땡땡한 가슴이 제법 탐스런 가을 사과처럼 야무지게 제자리를 지키고 있다.

언젠가 관 회장이 주야의 사과를 따려 했을 때 주야는 머뭇거렸다. 이 사람이 분명 내 운명의 남자란 말인가……. 그때 우 전무가 회장실 문을 열고 들어왔다.

"회장님 늦어서 죄송합니다."

"뭐야! 이 인간아 어디 갔다 이제 오노"

가을바람이 세상의 모든 것을 황량하게 바꾸어 놓는다.

세상의 모든 구조물 위로 조락한 낙엽이 깔린다. 여름내 무성한 낙엽의 일행이 어디서 왔는지 힘없이 뒹굴고 있다.

우 전무가 회장실 문을 열자 관 회장이 골프채를 휘두르며 공포감을 자아내고 있다.

"어떤 놈이든 회사를 망하게 하는 놈은 그냥 둘 수가 없어. 이 골프채로 크게 스윙을 할 거야"

"예. 회장님, 늦어서 죄송합니다."

"놀라지 마시오, 그냥 골프 연습하는 것이니까……."

관몽그룹 관 회장은 2년쯤 전에도 거래처 사람이 약속을 어긴다고 골프채를 휘둘러 상대에게 전치 3주의 상처를 입힌 적이 있다. 성격이 때로는 용광로처럼 불처럼 일어나다가 이슬비처럼 적셔버리기도 한다.

"마닐라는 아주 케어풀한 지역이야. 조심하지 않으면 함정에 빠지기 일쑤야, 함정이라는 것이 사업가에게는 치명적인 독약이 될 수가 있어. 한번 갇히면 빠져나오기가 쉬운 일이 아니야. 마치 맹수가 함정에 빠져 탈출하려고 허우적거리다가 제 힘이 빠지면 스스로 눈을 감고 죽어가는 모습과 다를 게 없어. 사업이란 맹수와 같아 제법 먹이를 잘도 물어오지만 한번 덫에 걸리면 세상의 종말이 될 수도 있는 거야. 마닐라에 투자하려면 마닐라의 정보를 디테일하게 알 필요가 있어."

"네 회장님, 저의 시스템에 문제가 있었습니다. 현지 브로커가 개입된 흔적도 있고요."

관 회장이 잠자리에 든 것은 자정이 훨씬 넘어서였다.

여름이 지났건만 여름에 내리다 만 빗방울일까? 창밖에는 빗물이 주룩주룩 떨어졌다.

똑똑 노크하는 소리가 들렸다. 마사지 걸이었다.

에스라인을 갖춘 마사지 걸은 전문 프로답게 발가락부터 안마를 시작하였는데 발가락 늘리기, 발바닥 구르기, 발바닥 때리기,

발만 가지고도 족히 30분을 주무르는 것 같았다.

"아가씨는 언제부터 마사지를 시작하게 됐나?"

"19살 때부터일까요. 암튼 대학에 실패한 후에 아는 언니 소개로 이 업계에 발을 들여 놓았는데 이렇게 망가져 버렸네요."

"뭐 직업에 귀천이 있나. 그 분야에 만족하고 행복하면 그게 인생의 즐거움 아니겠는가?"

"아저씨는 뭐하시는 분이세요?"

"알아 맞춰봐."

"글쎄요……. 처음 뵙게 되었을 때 꼭 사채업자나 기업사냥꾼 같은 느낌이 들었는데요."

"비슷하게 맞추었어. 때로는 사채업이라는 금융 파이낸스도 해야 하고 기업사냥꾼이라는 M&A도 해야 하고 여러 가지 일을 혼용하면서 시너지 효과를 내야 하지."

"맞네요, 사장님. 하나의 우물만 파가지고는 성공 못 하는거 맞죠? 여러 직업 그중에서도 투 잡이 요즘 유행이더군요."

"장사하는 사람들은 두 가지 기능이 다 필요해. 비가 올 때는 우산 장사를 해야 하고 비가 그치면 신발 장사를 해야 하고 이 두 가지 잡을 갖고 있다면 망할 이유는 없겠지."

"참 실속 있는 아이디어에요."

에스라인이 관 회장의 허벅지를 안마했을 때는 관 회장은 이미 20대 젊은이들처럼 바지에 텐트를 치기 시작한다.

텐트 안에는 굵은 버섯이 활짝 문을 열기만을 기다리고 있다.

관 회장은 미래의 유통 라인에 깊은 관심을 갖고 있다.

전 세계 메이커들이 경제 전쟁에서 승리할 수 있는 것은 경제 사이클의 마지막 단계인 소비자를 만날 수 있는 유통 매장에서의 쇼핑단계일 것이다.

"아이티 기술을 바탕으로 똑똑한 매장을 만들어야 해. 이를테면 지금의 매장에서 일일이 바코드를 찍어 상품결제를 하던 단계에서 무선인식 판독기를 부착, 제품을 고르는 순간 종합 단말기로 연결, 개인 신용장에서 매월 결제를 하는 방식이지."

"결국은 유통 매장의 판매원이 필요 없는 시대가 올 수도 있겠는데요."

"그럼 미래의 유통은 개인의 프라이버시를 최대로 존중하는 개인 만족시대가 될 것이야. 공공의 이익은 물론 일정비율로 보장되어야 하는 것이지. 그렇게 되면 인력 감축효과는 물론 요즘 매장을 가끔씩 점검하는 사태도 방지 할 수 있는 일석이조의 효과가 있는 것이지."

"회장님께서 말씀하신 무선 센서나 무선 판독기는 현재 일본에서 시범적으로 실시하고 있더라고요. 똑똑한 무선 판독기 덕분에 상품의 재고와 관리 배달 AS등이 일목요연하게 이루어지고 있더라고요."

"암, 미래의 픽쳐 스토어는 누가 먼저 상품에 아이티 기술을 접목하느냐에 따라 달라지겠지. 미래 스토어가 백화점까지 진출한다 해도 대규모 인력감축은 물론 거기서 남는 이익발생을 다시 고객에게 돌려주는 상승효과가 있지."

낙엽이 깔리는 고궁 거리를 걷고 있다.

바스락거리는 소리가 세월의 가락으로 들린다.

유람그룹 유비준 회장이 일본에서 귀국한 장지수 여사를 대동하고 창덕궁을 찾은 것은 오후의 햇살이 하루를 마감하려는 준비를 하고 있는 중이었다.

"부인께서는 도예디자인에 관심이 많다고 들었습니다."

"뭐, 취미로 좀 하고 있습니다만 미술을 이해한다는 것은 내 인생에 뭐랄까 퍽 즐거운 나레이션이라고 해야 하겠지요."

"미술이 좀 어렵지는 않나요? 초등학교 때 사생대회가 겁이 날 때가 많았어요."

"미술을 어렵게 만드는 고정관념이 뇌 한쪽을 점령하고 있기 때문이죠, 미술은 일반인과 멀리 떨어져 있다는 생각을 버리시고 우리의 생활의 한 부분이라고 생각하면 더욱 쉬운 일이 아니겠어요."

"맞아요, 미술품 없는 가정이 없을 정도로 이제는 미술이 우리의 시야를 즐겁게 하죠."

"예술의 최종목표는 행복한 즐거움이 아닐까요? 이를테면 기업의 최종목표가 이윤추구인 것처럼 말이죠."

"기업이 이윤을 추구하여 결국은 사회 환원을 하지 못하면 그 사회는 행복해 질 수가 없어요."

"미술을 행복하게 감상하기 위해서는 작품의 주제를 파악하는 습성이 필요해요, 작품의 소재와 구도의 배치가 그림의 안정과 평화는 보장할 수 있는가 하고 말입니다."

"미술 감상에도 평화는 필요한 소재인가요?"

"네, 평화는 모든 예술의 근본이니까요. 인간의 해골을 걸어 넣고 생명예술이니, 죽음예술이니 뇌까려 보았자 그것은 정신병자 취급받기 일쑤예요. 예술의 소재는 무한하지만 평화를 깨뜨리고 공포감을 주는 예술은 퍼포먼스도 시각예술도 아닌 미친 자들의 낭만일 뿐이죠."

제품 구입의 고려요인과 기업의 브랜드와 이미지가 구매에 미치는 영향은 테일러 시스템과 수송계획법에서 알아볼 수 있다.

경제삼국지라고 일컫는 요즘의 기업환경에서 부가가치의 중요성은 그 어느 때보다도 중요하게 다루어진다.

조직이 일정 기간 동안 사업 가치를 창출하고 생산성을 일으킬 때 여기서 발생되는 요인을 부가가치라고 하며 이는 노동생산성의 일종이기도 하다.

여기서 우리는 테일러의 과학적 기업 관리법에 관해 다시 한 번 일깨워 보는 것도 좋다고 하겠다.

테일러즘의 기본 원리는 과업관리에 의한 차별적 성과급제를 도입하여 인간의 능률을 끌어 올리는데 그 이유가 있겠다.

작고하신 모 기업인의 무노동 무임금과도 일맥 통한다.

노동하지 않는 자 임금이 없다는 생각은 자본주의 시대에 틀린 말은 아니다.

테일러는 다음을 기초로 하여 노동자를 대했다.

공정한 하루의 과업량을 결정하여, 작업 및 작업조건을 표준화

시키고 일정 약속의 성과를 넘길 시에는 성과급을 지급하고 노동자의 손실이 발생하거나. 업무의 실패로 인한 사고는 다시 산출된 근거에 의해 적은 임금을 지급함을 원칙으로 한다.

이는 최근의 경영 보고서에도 나오는 얘기지만 자신의 업무에 숙련된 기술과 노하우가 항상 있어야 한다는 얘기다.

그런 사고방식만이 복잡한 현대의 기업 환경에 적합한 일정이 아닌가 한다.

테일러 자신이 미국 필라델피아에서 근검절약하는 부모님 밑에서 어린 시절을 보냈다.

좋은 시절이 왔건만 그는 학업보다는 18세의 나이로 조그만 기계 공장의 직원으로 취직. 열심히 사업수완을 늘려간다.

인간이 결국 기계라는 사실을 아는 순간 오히려 생산성이 떨어진다는 함정은 또 하나의 논리에 봉착된다.

인간과 인간의 만남은 우연일 수도 있고 악연일 수도 있다.

그러나 자의든 타의든 인간과의 만남은 남, 녀가 따로 없고, 그 만남은 행복으로 끝나는 경우가 있고 불행한 결론으로 상처를 입기도 한다.

'내게는 너무나도 가벼운 그녀'에서의 할과 로즈마리 그리고 상담가가 펼치는 인간 삼국지는 경제 삼국지 만큼이나 재미있다.

우선 도입부의 찬란한 계절에 걸맞게 젊음을 맘껏 발산할 것만 같은 젊은이들의 만남은 싱그럽기만 하다. 그렇게 할과 로즈마리의 만남은 운명처럼 다가왔던 것이다.

우리는 살아가면서 정녕 사랑하는 것을 놓쳐버리는 경우가 많은데, 할은 용기 있게 로즈마리에게 접근한다. 바쁜 친구들, 속도를 자랑이라도 하듯 빠르게 전개되는 세상의 풍경 속에서 할은 자신을 이해하고 자신을 감싸안아줄 로즈마리를 평생 정인으로 생각한다.

그러나 운명의 장난은 예외 없이 두 사람 사이에 끼어들어 그들을 시험하기 시작한다.

상담가의 변신과도 같은 운명적인 변화의 힘이 둘을 잠시 멀어지게 하는데, 이때 사랑은 마음으로부터 오는가, 육체로부터 오는가 망설이게 된다.

서로의 참음과 그리움의 연속으로 뚱녀로 다시 할 앞에 나타난 로즈마리는 모든 걸 단념하고 길을 떠나려 한다.

그 길은 다시는 돌아올 수 없는 길이기에 할은 어느덧 세상의 깨달음으로 로즈마리를 운명적으로 다시 만나게 된다.

만남과 헤어짐 그리고 다시 만남 그리고 이어지는 평생의 약속, 그들은 이제 진정한 사랑이 육체로부터 오는 것이 아닌 마음으로부터 온다는 사실을 체득하고 다시 먼 길을 함께 떠난다.

그리고 다시 일상으로 돌아올 것이다.

운명적 만남은 피할 수 없는 아름다운 일기였다고 그들은 적을 것이다.

이토록 영롱한 새해의 햇살을 만난 적이 있는가!

다소 가파른 언덕에 위치한 펜션에서는 사랑의 꽃이 피고 있다.

연인과 함께 올 수 있는 아늑한 보금자리……

맑고 깨끗한 공기를 가르며 관몽그룹 관 회장은 일본계 미모의 여인 주야의 호흡을 탐하고 있었다.

그의 트레이드마크라고 할 수 있는 붉은 상의를 입었으며 하얀 바지를 입고 있다.

"주야는 언제 봐도 매력을 발산하는 장미와 같은 존재야."

"회장님은 사막에서 피어난 끈질긴 선인장입니다."

"암, 사막에서 생존할 수 있다면, 이 땅에서 경쟁사인 장풍그룹을 능가할 수 있는 비술이 있다는 얘기 아닌가!"

"회장님, 전에 기획했던 뮤지컬 춘향전은 잘 돼가는가요?"

"집필 작가인 임 선생이 하고 있는데, 그 친구 믿을 수가 있어야지! 양아치 같은 놈이야!"

"그 사람 그러면서 되게 잘난 척하고 다니는데 언제 골탕 한번 먹이고 싶더라고요. 나와 네가 결국 인간관계 기본 아닌가요?"

"남, 녀의 사랑도 결국 둘에서 출발하는 것은 아닐까? 주야 이리로 와봐, 오늘은 나의 이브가 되어 줘."

"아이…… 회장님도……"

주야의 흰 바지가 벗겨지는 데는 그리 오랜 시간이 걸리지 않았다. 마치 그물을 통과하는 바람처럼, 그렇게 관 회장은 주야의 몸속을 파고들었다.

솜털 같은 주야의 비너스 언덕에 강풍이 분다.

관 회장의 젊음이 깊숙이 함몰되었을 때 주야의 입에서는 야릇한 신음이 멈추지 않았다.

마닐라의 계절은 서울의 영하기온에 시샘이라도 하듯 제법 뜨거운 햇살이 내리쬐고 있다.

파라난다 소녀의 집을 방문했을 때, 시간은 정오의 초침을 향해 열심히 내달리고 있다.

그녀의 집은 케손이라고 했는데, 가족 몇 분이 한군데 모여 살고 있다.

"왜 마닐라에 살고 있지?"

관 회장의 질문에 수줍은 미소를 띄는 파라난다.

"케손은 마닐라에서 4시간 걸리죠. 트래픽에 걸리지 않으면 3시간 반이면 되는데, 사실 케손 고향에는 쇼핑몰도 없고 금융시설도 부족하죠."

"그래도 마닐라보다는 공기도 좋고, 살기도 여유가 있잖아."

"사실은 초등학교 교사직이라도 받으려고 기다리고 있어요."

파라난다는 마닐라에서 4년제 대학을 나온 엘리트였다.

그녀의 브라더는 한국 김해에 근로자로 와본 경험이 있다고 하였다. 빅 브라더는 사우디아라비아에서 근로를 하다가 최근 귀국을 하였다고 하였다.

관 회장이 파라난다를 알게 된 것도 기업의 최종목표는 소비자이고, 더구나 아시아 상권을 살펴보기 위해서인데 파라난다에게서 메트로 마닐라를 중심으로 지역경제에까지 시민들은 무얼 생각할까 하고 궁리를 하고 있다.

빈부격차가 한국보다 심한 마닐라에서는 결국 중산층 공략보다는 서민층과 부유층 두 부류의 아이템만 있으면 된다.

  그만큼 심각한 현상이 부의 격차이며, 빈민이 일생동안 이 사실을 극복하려면 거의 불가능에 가깝다고 봐야 한다.

  파라난다는 어떻게 빈민층을 탈출할 수 있었을까!

  스산하게 불어 젖히는 봄바람을 사이에 두고 관 회장은 최근 세미나에서 받아본 항공시스템을 검토하고 있었다.

  문제
  하나의 정보시스템을 사례로 선정하여 분석해 보시오.

  답변
  개요 – 어떤 기업의 모델이나 접근 가능한 프로그램을 하나의 시스템으로 간주하여 사례를 분석한다. 이는 단계별 분석을 하는 경우도 있지만 전체 총량에 접근하여 수직별 분석을 하는 방법도 있다. 문제 해결 방법으로는 문제를 일차적으로 규명하고, 다음은 가설을 형성한 다음 그다음에 관찰 및 실험을 하여 객관성을 높이는 반면 즉시 결과에 이르는 해석을 내놓아야 한다. 물론 마지막 단계는 자신만이 이끌어 낼 수 있는 결론을 도출해야 할 것이다. 이 방법만이 최선의 답을 요구할 수 있으며 다음 단계로의 효과적 행동으로 변환이 가능하다.

  사례 – 항공시스템의 예를 들어 보자. 이는 소비자가 가장 편리한 시간에 가장 편리한 장소에서 항공편 예약 및 취소를 할 수 있다. 물론 여러 사정상 비서나 여행사 항공사에서 이 업무를 대행 할 수는 있으나. 근본적인 접근 목적은 어느 방법으로나 마찬가지이다.

첫 번째로 우리는 항공사의 인포메이션 시스템에 접속을 시도할 것이다.

그 후 각 매뉴얼에 따라 소프트웨어 시스템, 또는 하드웨어 시스템을 발견할 지도 모른다. 이는 인프라 과정에서 나타날 수 있는 흔한 일로 놀라워할 필요는 없다.

다음 단계는 티켓 네트워크로의 이동 그리고 레저베이션 이 과정이 끝나면 곧장 아웃 포트로 내리지 말고 항공사의 각종 데이터를 살펴보는 것도 좋겠다.

이를테면 항공상의 안전 유무, 항공상의 풍속과 온도 변화 등도 재미있는 데이터일 것이다.

항공시스템의 가장 큰 장점은 오래전부터 소프트웨어가 아주 일상화되었다는 사실이다. 이는 타 업종에 비해서 시스템적 사고가 아주 극명하게 드러나는 네트워크를 갖고 있다고 봐도 무방할 것이다.

또한 여기서 중요한 것이 항공관제 시스템인데 이 또한 컴퓨터 하드웨어에 깊이 저장된 약속데이터인 것이다.

물론 예외는 있다.

안개주의보, 태풍주의보에 항공 관제시스템이 전면 무용지물이 되었을 경우 이때는 물론 비행기도 이착륙이 금지될 것이다. 이상에서 본 바와 같이 항공시스템은 한 치의 오차도 없는 완벽 시스템을 위주로 네트워크화 되어있다.

한마디로 조직화된 통합적 기계시스템인 것이다.

관 회장은 딱딱한 경영진 문서를 잠시 덮고 『불귀의 혼』을 읽기 시작한다.

태양 아래 음양의
근본을 이루다

오늘은 대천 장날이다. 박 여인은 집에서 기르던 송아지만한 개를 장에 내다 팔아야 하기 때문에 아침부터 서둘렀다. 비록 말 못하는 짐승이지만 같이 몇 년을 한 집에서 살면서 정이 들어 사람과 헤어지는 것만큼이나 마음이 아팠지만 당장 돈을 만들기 위해선 어쩔 수 없었다.

광주에서 고등학교를 다니는 아들 녀석이 반에서 자기만 수업료를 아직 못 내고 있다며 재촉을 해왔기 때문이다.

동네 사람들한테 빌려볼까 하고 이집저집 몇 집을 찾아가 사정을 해봤지만 모두들 돌아오는 대천 장날에 비료를 사야한다느니, 농기계를 손질해야 한다느니 하면서 어렵다는 얼굴들을 했다.

그들이 돈 놔두고 안 빌려줄 인심들이 아니란 걸 박 여인은 잘 알았다.

박 여인은 빈손으로 되돌아오면서 새삼 작년 늦가을에 훌쩍 떠나버린 남편이 원망스러웠다. 그가 먼저 세상만 떠나지 않았어도 이렇게 구차하게 남한테 돈 꾸러 다닐 신세까지는 되지 않았을 생각에 더욱 그랬다.

남편은 지난 가을, 들에서 농사일을 끝내고 집에 돌아와 저녁을 먹은 뒤 가슴이 답답하다며 연신 가슴을 주먹으로 두드리길래 저녁 먹은 게 체한 줄 알고 박 여인은 이웃집에 소화제를 얻으러 갔다. 그런데 박 여인이 몇 집을 돌아 어렵사리 약을 구해왔을 때는 그는 이미 이 세상 사람이 아니었다. 그야말로 마른하늘에 날벼락이었다.

일밖에 모르던 성실한 남편이 떠나자 금방 살림에 표시가 났다.

군에 있는 큰아들은 당장 돈 쓸 일이 없다지만 광주에서 학교 다니고 있는 작은 아들은 주일마다 집에 내려와서 가져가는 돈이 수월찮았다. 이번 2차분 수업료도 진작부터 얘기했지만 집에 내려올 때마다 늘 다음 주로 미룬 게 벌써 한 달이 넘어버렸다.

이제 더 이상 미뤄서는 안 될 것 같았기에 박 여인은 할 수 없이 집에서 기르고 있는 개 해피를 팔기로 했다.

두 아들은 개가 용맹스럽고 영리하다며 '맥아더'라 불렀지만 박 여인은 그냥 친근감 있는 해피로 불렀다.

해피는 박 여인이 친정 오빠한테서 새끼 때 가져온 셰퍼드종으로, 조금 자라자 동네 개들 중에서 당해낼 개가 없을 정도로 용맹스럽고 영리했고 더구나 과부 혼자 사는 집에 해피는 든든한 보호자가 되어 주기도 했다.

　밤에 흑심을 품고 몰래 담을 넘어오다가 해피한테 물려 혼쭐이 난 남정네도 있었다. 그래서 해피는 두 아들이 없는 집에 든든한 의지가 되어 주었다.

　해피는 자신이 팔려간다는 걸 눈치챘는지 박 여인이 아침밥을 갖다 주어도 그릇에 입을 대지 않고 한없이 슬픈 얼굴만 하고 있다.

　그걸 보자 박 여인은 가슴이 아팠다.

　주인한테 충성을 다하는 개를 돈 때문에 팔아야 하다니, 두 아들도 해피가 팔린 걸 알면 다시 찾아오라 떼쓸 것 같았다.

　박 여인은 해피가 더 좋은 주인 만나 잘 먹고 잘 살길 바라는 마음으로 해피를 데리고 대천 장엘 갔다. 개가 워낙 크고 용맹스럽게 보이는 지라, 장터 내의 많은 개장수가 서로 자기가 사겠다고 우기는 거였다.

　박 여인은 값을 제일 많이 쳐주는 김순희라는 여자에게 해피를 팔았다. 그 여자에게 전에 기르던 개를 한두 번인가 판적도 있고, 또 값을 다른 개장수들보다 더 후하게 쳐주었기 때문에 해피한테는 미안했지만 얼른 팔 수 있었다.

　그날 밤, 박 여인은 개 값으로 받은 돈을 장롱 이불 속에 감추어 두고 잠이 들었다. 그런데 막 스르르 잠이 들었을까, 꿈속에 죽은 남편이 나타났다.

　"아니, 당신. 돈을 지키지 않고 잠이나 자고 있으면 어떻게 하오?"

　박 여인은 깜짝 놀라서 잠에서 깨어나 얼른 장롱 이불 속에 손을 넣어봤지만, 돈은 그대로 있었다.

자신이 죽은 남편 생각을 많이 한데다 돈을 잘 간수해야겠다는 생각이 현몽으로 나타나는가 보다 생각했다. 그래서 안심을 하고 다시 잠이 들었다.

얼마 후 얼핏 잠이 들었는가 싶었는데 먼젓번처럼 남편이 꿈속에 나타났다. 그리고 똑같은 말을 하는 거였다.

"아니, 당신. 돈을 지키지 않고 잠이나 자고 있으면 어떻게 하오?"

박 여인은 너무 깜짝 놀라 이불 속에 얼른 손을 넣어보니 돈이 그대로 있었다. 그래서 이번에도 그냥 꿈이려니 생각하고 다시 잠을 청했다.

또 얼마나 잠이 들었을까, 이번에도 역시 남편이 꿈속에 나타나 먼젓번과 같은 말을 하는 거였다. 다르다면 생전에는 화를 잘 안 내던 사람이 세 번째로 꿈속에 나타났을 때는 조금 화가 나 있었다. 그래서 박 여인은 이번에도 역시 꿈이려니 생각하면서 이불에 손을 넣어보니 아차, 돈이 없었다. 그래서 헐레벌떡 토방으로 나오니 토방 가 벽 쪽에 차려진 남편의 상방 밑에 웬 소복 입은 여자가 머리를 풀고 앉아 있는 게 아닌가.

박 여인은 너무나 무서워 맨발로 뛰어가 이웃집 사람에게 얘기를 해서 몇 명의 남자들이 박 여인의 집으로 모여들었다.

"예삿일이 아닐세."

"밤마다 나타나는 하얀 소복 여인은 누구란 말인가?"

"이 집에 귀신이 든 게 분명해."

"원귀를 쫓아내야만 이 마을도 평안할 걸세."

마을에 와 있던 점녀는 꽃부채를 들고 점을 쳐보았다.

낮에 양심의 가책을 느낄 일을 하지 않았다면, 밤에 귀신이 찾아와도 두렵지 않은 법이다.

"잃어버린 개 값에 상스러운 생각이 드는구려."

"오! 해피야."

박 여인은 그간의 어려운 사정을 다 털어놓았다.

무당 점녀는 박 여인의 사방 문 앞에 오 법사가 경면 주사로 쓴 부적 4궤를 붙였다.

동방명인, 하늘과 땅은 무릇 기로써 융화하여 초목을 싹 틔우니,

서방진인, 우주만물의 생명이 일체를 이루는 창진인에게서 일어나니,

남방신인, 남쪽하늘에 일곱 빛깔의 무지개가 신선을 부르는 듯,

북방도인, 태양 아래 음양의 근본을 이루리라.

그리고는 점녀는 채령술로 이 집의 기운과 해피의 문제를 들여다보기 시작한다.

시간과 공간을 초월해서 자신이 그 물체 속에 들어가 한 치 앞을 꿰뚫어 보고 있었다.

"으으으……."

신음하는 박 여인은 붉은 침을 내뱉으며 실토하기 시작한다.

"여보. 내가 잘못했소. 당신의 영령이 해피 속에 들어와 그리도 날 지켜줬는데 그걸 모르고……. 이제 해피를 다시 찾으러 가

겠소."

박 여인의 방에서는 희뿌연 먼짓가루가 피어오르더니 벽면에 해피의 모습이 잔영처럼 흔들거렸다.

"오늘 밤, 이곳에 또 소복 여인이 나타날 것이오. 어떤 일이 일어나도 방문을 열어서는 안 되오."

축시가 다가왔을 무렵, 족적을 남기지 않는 하얀 눈을 맞은 것 같은 소복 여인이 나타났을 때, 점녀는 흙과 물과 불로 만든 희뿌연 가루를 그녀에게 사정없이 던졌다. 그리고 막 마당을 내려서려는 귀신을, 아니 사람을 붙잡고 보니 바로 박 여인의 개 해피를 산 개장수 김순희였다. 그 여자는 박 여인이 혼자 사는 줄 알고 자신이 박 여인에게 개 값으로 건네준 돈을 다시 훔친 것이다.

그런데 박 여인이 금방 깨어나 토방으로 나오는 바람에 박 여인의 남편 상방 밑으로 숨어들어가 귀신 행세를 한 것이다.

점녀와 동네 사람들은 개장수 김순희를 개 목걸이에 달아 개처럼 동네를 한 바퀴를 끌고 다니다 경찰에 넘겼다.

며칠 후 해피는 아무도 몰래 다시 돌아와 새벽에 크게 울부짖으며 온 동네를 깨우고 있었다.

05

⋮

광야의 인간이 유토피아를 만나다
태양이 저수지에 잠기던 날
강렬한 전차의 행군을 보았는가

경제삼국지

광야의 인간이
유토피아를 만나다

개나리가 맘껏 뽐내다가 말없이 지더니 이제 붉은 장미가 방긋이 고개를 내민다. 함부로 만질 수 없는 요염함. 중국의 서태후나 측천황후 또는 양귀비에 비교해야 하나, 여인의 아름다운 자태는 시간이 적이다.

시간만큼 이들을 위협할 군사는 없는 것이다.

관몽그룹 관우 회장도 계열사 사장단에서 보낸 시간과 조직에 관한 보고서를 읽고 있다.

조직이란 시간을 지배하는 것이다. 시간 속에서 경쟁하는 인간들의 군상을 해부하는 데는 시간보다 더 좋은 것은 없다.

조직속의 조직원들은 인간의 욕구와 갈등을 해소할 그 무엇을 찾고 있다. 일탈의 계획을 그들은 상사 모르게 추진할 수도 있다. 그것이 바로 인간의 행동 유형별 분류라고 해도 무방할 것이다.

그러면 인간과의 갈등구조를 어떻게 풀어야 할까. 경청이다. 배려다. 요즘 한창 뜨는 과제 아닌가? 경청을 해야 상대의 심중을 읽을 수 있다. 그리고 거기에 배려가 있어야만 자신을 상대에게 오래도록 기억시킬 수 있다.

경청과 배려의 기본원리는 커뮤니케이션 이론에서 찾아볼 수 있다.

바로 그것이 상생을 위한 액션프로그램이다.

개인 대 개인, 단체 대 단체, 그룹 대 그룹, 그 모든 존재의 이면에 상생의 잣대가 없다면 이 세상은 사막에서 영원히 물을 만날 수 없는 낙타와도 같은 것이다.

관우 회장이 보고서를 덮었을 때 어느덧 주야는 곁에서 차를 준비하고 있었다.

중국에서 들여온 향기 좋은 재스민차였다.

재스민차 향기가 좁은 공간을 향기로운 분위기로 유도하고 있다. 주야는 어느덧 성숙한 여인의 살 냄새를 풍기며 다가오고 있다. 모니터에서는 관 회장이 즐겨보던 퍼포먼스가 상영되고 있다. 밀려드는 잔잔한 파도 소리. 이윽고 들리는 흙 피리 소리 리듬에 맞추어 여인과 두 남자의 퍼포먼스는 절정을 향해 춤사위를 나부끼고 있다. 그때다. 한 사내가 종이배를 들고 여인의 나부를 향해 춤사위를 펼치기 시작했다.

여인은 그 종이배를 받아들이려는 듯 허벅지를 벌린 뒤 종이배를 자신의 둔부 위에 올렸다. 여인과 배는 무슨 상관관계였을까!

이윽고 또 다른 사내는 작은 종이배를 들고 여인의 젖무덤가로 향하고 있다. 작은 배는 출렁거렸다. 비록 세미누드 형태의 퍼포먼스이지만 젊음이 불타오르는 3명의 육신이 마치 현실세계에서 도피된 광야의 인간처럼 그들은 일상의 틀을 깨고 새로운 모럴을 창조하고 있다.

한 무더기 자막이 오르고 있다.

성은 조물주께서 인간에게 부여한 생명창조의 생식능력이고 동시에 합당한 남녀의 완벽한 퍼포먼스다.

조물주께서 성의 궁극적인 목적을 달성하기 위해 남녀의 가슴 속에 오묘한 갈망을 심으셨고 상대로 하여금 강한 재스민 향기처럼 남녀 특유의 매력을 품게 하셨다. 생명은 하나의 우주이며, 영원히 갈망할 유토피아이다. 이 유토피아는 성문을 꼭 통과하여야만 도달할 수 있다.

자막이 꺼지자 관 회장은 주야를 힘껏 껴안았다.

오랫동안 잠자던 사자의 포효답게 관 회장의 몸 구석구석에는 강인한 생명의 씨가 분출을 기다리고 있다.

관 회장이 주야의 입을 막는 순간 주야는 신음소리를 내며 탄드라의 절정을 향해 가고 있다. 아니 카마수트라라고 해도 맞을 것이다.

서른 살 불타오르는 농익은 여인의 체취에 관 회장은 서서히 빠져들고 있다.

마치 수렁에 서서히 빠져드는 순간처럼 관 회장의 몸은 이제 하나의 집중을 향해 몰입하고 있다.

몰입의 순간. 주야의 가슴속에서 흘러나오는 교태음은 조그만 방안을 흥분의 순간으로 만들어 놓는다.

순간에서 순간으로 이동되는 클라이맥스는 이제 절정의 그 순간만을 남겨 둔 채 마지막 파이널 피스톤 운동은 계속되었다.

침대의 출렁거림이 더욱 세차게 요동치며 길지만 짧은 흥분의 카타르시스를 향해 전속력으로 내달리고 있다.

생의 마지막 순간까지 인간은 유토피아를 찾아 자신을 몰입한다.

그 대상이 재물을 통해서였건, 이성을 통해서였건. 그 어느 동반자를 만나더라도 인간은 죽기 전에 유토피아를 만나고 싶어 한다.

주야가 벌떡 일어나 후사위를 취하는 순간 관 회장은 마지막 평가를 내렸다.

"이제 피니시 할 차례야."

관 회장은 자신을 조절할 줄 아는 신사였다.

어느 순간 전속력으로 달리다가 어느 지점에서는 슬로우 약진 그리고 마지막 피니시에서는 최고의 속도, 주야의 굉음이 온 방안을 울리는 순간 관 회장의 몸 전체에서는 활화산이 분출하듯 뜨거운 용암이 분출하기 시작한다. 생명의 시원!

뿌연 황사가 거리를 에워싸고 있다.

황사 속에서 살아남은 수많은 식물이 조금 있으면 바람 따라 춤을 출 것이다.

관몽그룹 기조실 안에서 정 상무는 프레젠테이션을 위해 보고서에 마지막 손질을 하고 있다.

글로벌 변화를 촉진시키는 요인 가운데 환율 변동과 정치적 위험 그리고 문화적 차이를 논의할 수 있다. 시시각각 변하는 환율 변동은 국내외 펀드매니저를 긴장시키는 요인이기도 하다. 또한 정치적 위험은 그것이 내란이든 외환이든 큰 변화임에는 틀림이 없다.

정치와 경제 논리 중 정치가 상위 개념이기 때문에 정치가 안정되어야 글로벌 네트워크가 형성되는 것이다.

문화적 차이에서도 크게 다르지 않다.

문화의 이질감 보다는 문화의 동질감이 결국은 글로벌 변화를 능동적으로 대처할 수 있는 것이다. 최근 인터넷 비즈니스 환경이 에코 시티 분위기로 옮아가고 있다.

친환경을 염두에 두지 않은 인터넷 경쟁 사회에서는 그 무엇도 승자라고 볼 수 없다. 우루과이 라운드나 WTO, GATT, FTA 모든 국제적 협상 테이블에서는 어김없이 친환경 요소가 크게 작용하고 있다. 이는 친환경만이 국제적 지지를 얻을 것이며 이것만이 인간을 행복하게 하는 요소이기 때문이다. 더불어 앞으로 다가올 인터넷 비즈니스는 하드웨어와 소프트웨어가 결합된 에코 비즈니스로의 변화가 화두가 될 것이다.

인터넷 비즈니스는 살아있는 유기체다.

해외시장 진출에 있어서도 정치적 위험요소는 곳곳에 도사리고 있다. 이러한 가치사슬의 요소를 발견할 때 세계시장에서의 상품 점유율 또한 높을 것이다.

한편 장풍그룹의 기조실은 바쁘게 움직이고 있다.

석유시추 사업권을 놓고 상대전술을 분석하는 회의가 한창이다. 장풍그룹 장비홍 회장은 그 시간 장리를 데리고 경기도 여주 도자기 축제에 가 있었다.

한국 도자기 예술의 메카로 경기도 이천, 여주 그리고 광주를 꼽는데 이 세 군데를 도자기 삼국지라고 칭하기도 한다.

이천에 있는 설봉공원에 흰색 텐트 200여 개가 흡사 전쟁을 대비하는 몽골군 막사처럼 자못 의미심장하다.

"한해 600만 명이 방문한다고 하니까 대단한 축제 아닌가요."

"그럼, 경제 삼국지하고 닮았어. 이천이 위나라, 여주가 오나라, 광주가 촉나라, 이천이 선두를 달리고 있다면 그 뒤를 바짝 추격하는 새로운 맹주 여주, 그리고 조선 도자기의 적통을 내세우는 광주……. 이들 세 지역이 도요 트라이앵글을 형성하고 있어.

"참 볼만한데요."

"그럼, 예술도 경쟁이야, 창의성도 경쟁이 저변에 깔려 있어야 나오는 법이지, 생활자기 중심이 여주 이천이라면, 조선 시대 장인을 잇는 전통도자기는 광주라고 할 수 있지!"

"언젠가 뉴스에서 보았던 99억짜리 도자기가 이 지역에서 나왔다니 대단한 지역 같아요."

"자, 그럼 공방에 한번 가볼까!"

공방에는 물레가 돌고 있다.

반죽된 흙이 일정한 점토가 되면 물레에 올려지고 장인은 손으로 도자기의 형틀을 완성해나간다.

장 회장이 도자기를 살피고 있는 동안 서울에서 급한 전화가 울렸다.

김 상무에게서 온 전화였다.

"회장님, 큰일 났습니다."

"마, 호들갑 떨지 말고 침착하게 얘기해라."

김 상무는 부들부들 떨고 있었다. 목소리는 잡혀 온 고기처럼 힘이 없었다.

"회장님, 마침내 그놈이 사고를 쳤습니다."

"그놈이면 심 변호사 그 잡놈이 사고를 쳤다고?"

"예감이 안 좋다 했는데 신문사 보도국에서 뭐 양심선언을 한다고 합니다."

"그래, 내가 뭐라고 했나. 부인하고 이혼하고 신경이 예민하니 서로들 잘 지내라고 했잖은가."

운전수가 차를 운전하는 순간에도 장 회장은 수첩에 적힌 피터 드러커의 교훈을 다시 음미하고 있다.

〈비즈니스의 목적은 고객을 창출하고 그들을 섬기는 것이다.

계획을 실행에 옮기지 않는다면 단지 좋은 의도일 뿐이다. 단순함을 위해 복잡한 사항을 줄이면 명확한 질문과 행동을 취할 길이 보인다. CEO는 비용이 드는 기업 내부와 그것이 발생하는 결과인 기업 외부를 잘 연결해야 한다. 경영의 목적은 사람들이 성과를 내어 능력을 발휘하게 하는 데 있다.〉

"회장님 무슨 생각에 빠지신 것 같아요."

장리는 장 회장의 어깨에 푹 기대고 있다.

장리는 중국계 여비서로 청춘 싱글로 장 회장을 흠모하고 있다. 언제든지 마음과 몸을 열려고 하지만 장 회장은 항상 자신의 빗장을 쉽게 열지 않는다. 그런 장 회장이 오늘만큼은 예외인 듯 밀려오는 장리의 육체를 모른 채 할 수는 없었다.

가로수 잎이 푸름을 더욱 짙게 하는 여름날 오후이다.

녹음이 우거질수록 계절의 절정은 더욱 피톤치드를 발산하는가 보다.

서울로 오는 승용차 안에서 장비홍 회장은 장리를 깊이 포옹하고 있다. 스물여덟의 풋풋함이 창밖의 신록처럼 성숙함을 더해갔다.

운전석과 블랙커튼이 쳐 있기 때문에 뒷좌석에서 무슨 일이 일어나는지를 도통 알 수는 없다. 차는 조용한 속도로 달구어진 아스팔트 길을 위풍당당하게 지나갔다.

"회장님 요즘 외로우셨나 보다."

"도무지 일 때문에 여인 생각할 틈이 있어야 말이지."

"저 말고 다른 여인을 생각하시나요."

"아니 꼭 그렇다는 게 아니라."

장리의 깊은 속살이 드러나자 붉은 천이 장리의 검은 숲을 덮고 있었다. 여인의 철옹성으로 들어가려면 반드시 통과해야 하는 검은 숲, 거기에는 그 여인의 애정과 음모가 함께 자라고 있다.

장 회장이 장리의 육신을 벗겼을 때는 벌써 해는 오후로 치닫고 있었다. 하얀 맨살 위로 사내의 묵중한 체중이 깔리자 장리의 입에서는 거친 호흡이 연신 이어졌다.

장 회장이 여인의 절정에 깊이 함몰되어 있을 때는 천국에 온 것처럼 무척 행복해 보였다.

장리 또한 여비서로서 사랑하는 여인으로서 너무나 행복한 시절을 맛보듯 장 회장을 일순간에 받아들였다.

긴 호흡과 짧은 호흡이 연신 이어지고 30여 분간의 베틀게임을 즐기듯 두 남녀는 하나의 세계로 가고 있다.

황홀한 둘만의 공간에 접착제 같은 액체가 마침내 흘러나왔다.

삼국지 넓은 들판의 관우가 장검을 휘두르는 것처럼, 관몽그룹의 관 회장은 일단 사업 프로젝트가 결정되면 특유의 뚝심으로 밀어붙이기를 좋아한다.

단지 그에게 약점이 있다면 그룹의 미래를 이끌어갈 2세를 아직 결정하지 못했다는 사실이다.

그러면서 그는 50여 년 전의 처녀 이야기를 정 상무에게 하고 있었다.

"오래전에 어느 동네에 예쁜 처녀가 살고 있었는데 그는 그만 당시 유행병처럼 번진 폐렴에 걸리고 말았었지. 수줍음을 많이 타던 그 처녀는 병이 심해질 때까지 병원을 가지 않고 있다가 몸에 병이 심하게 퍼졌을 때에야 의사를 찾았는데, 처녀는 또 한 번 망설이고 말았지. 주사를 맞기 위해 엉덩이를 내려야 하는데 처녀로서는 감히 정조 관념 때문에 내리지 못하고 있었던 거지."

"안타까운 얘기이지만 참 재미있는데요."

"처녀가 남자에게 흰 살을 보인다는 것도 이해 못 할 일이지만, 그 수줍음 때문에 의사치료를 거부한다는 것도 납득이 가지 않았지, 할 수 없이 의사는 처녀의 엉덩이에 주사를 놓는 대신 허벅지에 놓기로 하고 겨우 치마를 올리는 순간 처녀의 몸에서 폐렴이 상당히 진행되었다는 사실도 알아냈지, 폐렴으로 죽어 가면서도 자신의 실체의 모습을 파악을 못 했던 것이지."

"점점 흥미로워지는데요."

"정 상무, 남은 죽기 아니면 살기인데 익사이팅하다니……."

"비극적인 일이지만 그만 처녀는 시름시름 앓다가 죽고 말았지, 참 서글픈 일화이지……. 처녀의 폐렴이야기에서 우리는 중요한 것을 깨닫게 되지. 지금 우리가 살고 있는 이 사회가, 몸담고 있는 회사가, 사랑하는 가족이 중병을 앓고 있으면서 치료시기를 놓쳐 헤어나지 못하는 수렁으로 빠지지는 않는지 점검해야만 하는 거지."

"그렇습니다. 부끄러운 치부보다도 그림자처럼 다가오는 위험한 병을 알아차리고 제 시기에 처방을 했어야 했는데……."

"바로 그거야, 우리 관몽그룹도 예외는 아니야. 언제 어두운 현실이 될지도 모르거든, 기업의 병은 곧 도산으로 이어지는 경우를 많이 보아왔지. 병이 생기면 가능한 한 빨리 손을 써야 해, 늦으면 모든 것이 수포로 돌아갈 수도 있으니까. 어느 땐가 일본의 모 식품회사가 도산한 적이 있었지. 품질은 곧 생명이고 기업의 자금원이 되는 거지! 그런데 문제의 그 식품회사가 오래된 변형 유전자 콩을 사용해 제품을 만들었는데 그만 그 사실이 일본 전역에 미디어를 통해서 알려지고 소비자들은 그 사실에 불매운동으로 이어갔고, 시민단체들은 급기야 청문회까지 열어 식품회사는 거대한 위자료까지 떠안고 결국 부도까지 이어진 거야!"

"기업의 핵심은 신뢰이고, 거기서 나온 제품은 신뢰를 바탕으로 한 청정하고 건강한 제품이 되어야 하겠죠."

"그런 의미에서 마닐라에 출장 간 우 전무는 요즘 어떻게 돌아간대?"

우 전무가 머무는 곳은 나이아 투 센터니얼 공항에서 30여 분 떨어진 호텔이다.

간간이 뿌려진 빗방울 사이로 기다란 야자수 가지가 너울거리며 아이 머리 만한 열매를 붙들고 있다.

로빈손 마트가 거리의 사람들을 불러 모으고 있다. 기온이 높은 관계로 사람들은 실내 생활을 즐기며 고즈넉한 오후를 만끽하고 있다.

누군가를 기다리는 듯 우 전무는 시계를 만지작거렸다. 오후 3

시를 조금 넘자 중년 사내와 20대 여인이 찾아왔다.

그들은 기다렸다는 듯이 두툼한 서류 뭉치를 내밀었다.

영어 어학원 캠퍼스 설립서류였다. 교포인 그가 처음 소개한 지역이 마닐라 외곽의 이리스트 캠퍼스 부근에 있다.

"제이크 씨! 만나서 반가워요."

"생각보다 젊으신데 비결이라도 있나요?"

"여기는 열대지방이라 더위를 피하는 게 피부를 보호하는 일이고 노화를 억제하는 일이기도 합니다."

"어떻게요."

"매일 망고 주스와 파인애플 주스를 마시고 있어요, 신이 내린 천연 치료제인 셈이지요."

"그래서 피부가 윤기가 있으시네요."

"제이크 씨가 말하는 영어 사관학교는 전망이 밝은가요?"

"물론 관몽그룹의 문화 사업은 좋은 아이디어로 획기적인 일이기도 합니다. 그간 소규모 중소 어학원이 난립하다 보니까 제대로 된 영어 교육은 이루어지지 않았다 싶어요."

"맞아요! 그래서 이 분야에 조예가 깊은 제이크 씨를 찾게 된 것이지요. 그런데 같이 오신 아가씨는 누구신가요."

"한때는 잘나가는 미스 마닐라 출신인데 지금은 제 옆에서 비서로 근무하고 있죠, 세라, 인사드려."

세라는 보통여인과는 다르게 팔등신 몸매를 과시하고 있다.

세라는 마닐라 베이 푸른 바다를 닮았다.

눈동자 주위의 푸른 동공은 누구라도 맑게 투영하듯 빛나고 있었다. 얼굴은 약간 각이 졌지만 대체로 부담 없는 마스크였다.

필리핀은 미국과 스페인 일본식민지를 지낸 탓에 간혹 서구형 마스크가 눈에 띈다.

세라의 손놀림이 예사롭지 않다.

우 전무는 제이크 씨가 떠난 후 세라의 마사지를 기대하는 듯 하다.

"전무님, 제가 좀 보디 마사지를 할 수 있는데."

"그래요, 한번 몸을 맡겨도 될까요?"

"눈을 감고 명상 음악에 몸을 맡기세요, 그리고 자연 속으로 여행을 떠나요, 온몸을 릴렉스 하면서 속세의 탁한 기운을 빼는 겁니다."

"거참, 흥미롭군."

"이곳은 보디 마사지스쿨이 있어요. 전문적으로 2년간 교육을 하죠."

"한국은 체면상 사실 어렵거든, 처녀가 온몸을 만지작거린다는 것도 그렇고."

"Black of the luxury에 빠질 시간이에요."

세라의 두 손은 바쁘지 않게 서서히 우 전무의 보디로 흘러가고 있다. 마치 중년의 외로운 바다를 배 한 척이 지나가듯 유유히 흘러가고 있다.

고급 호텔 로열 클럽에 와서 황태자가 되는 듯 우 전무는 깊은 여행을 떠나고 있다. 새롭게 인생을 시작할 무렵의 세나.

미니록 리조트는 자연과 함께하는 인간의 행복을 그대로 담고
있다. 리조트 하우스 저편에서는 야자에 감싼 고기를 구워대느라
냄새가 섬 주위를 안개처럼 감싼다.

세라는 어깨가 드러난 원피스를 입었는데 젖가슴 부위로 무지
개 무늬가 한층 섹시함을 드러내고 있다.

우 전무는 기업을 하다 지친 머리를 고요하고 한적한 프라이빗
리조트에서 풀곤 한다.

리조트 안에서 우 전무는 뭔가 열심히 그리고 있었다.

"무슨 그림을 전공했나 보죠."

"아니, 심심해서 원주민의 생활을 칠판에 그리고 있어요. 세라
씨의 모습도 담아내려고 하죠!."

"전 지금 무슨 생각을 하는지 아세요?"

"궁금한데요."

"시간이 멈춰버린 세상의 일상을 공상하고 있어요."

"시간이 멈춘다면 우리 모두 머지않아 원시의 모습으로 돌아
갈지도 모르죠. 그 세계에는 복잡한 현실이나 무서운 전쟁 같은
것은 없겠죠."

"물고기 피딩해서 끌어올린 잭피쉬 좋아하세요?"

"네, 니모라는 물고기만 빼고요. 니모는 사람 모습을 약간 닮
았거든요."

미니록 리조트 야자수 사이로 석양이 몰려왔을 때 우 전무는 세
라의 입술을 먼저 훔치고 있었다.

세라는 한 마리의 애완동물처럼 우 전무의 품속에서 가녀린 숨을 쉬고 있었다. 이윽고 우 전무가 세라의 원피스를 내렸다.

『태양의 추락』을 만난 건 우 전무에게 행운이었다.

경제삼국지

태양이 저수지에 잠기던 날

"**복**수야, 오늘은 밖에 나가 놀지 마라. 엊저녁 꿈자리가 어째 이상한 것이……."

아침밥을 다 비운 김팔 씨의 밥그릇에 숭늉을 따르며 그의 아내가 말했다.

"여편네가 아침부터 방정맞은 소리나 하고 자빠졌네."

묵사발 깨지는 듯 김팔 씨의 목소리가 여지없이 그의 아내의 말꼬리를 낚아채버렸다.

"당신은 괜히 알도 모름스로 그라요?"

안 그래도 툭 튀어나온 입이 금방이라도 부어터질 듯 다 죽어 가는 소리로 그의 아내가 대꾸했다.

"시끄러워!"

다시 한 번 김팔 씨가 단박에 무찔러버렸다. 그리고는 밥그릇의 물을 입 안 가득 털어 넣어 한 번 삼킨 다음 방문 밖으로 나왔다. 더 앉아있다간 아무것도 아닌 일에 열만 올라가고 입만 깔깔해질 뿐이다.

남산골에서 뚝 떨어져 나온 해는 식전부터 한증탕의 열기로 뿜어져 나온다. 염병할 놈의 날씨, 정말 어쩌자고 날마다 날이 이럴까.

몇 달이 다 가도록 비라고는 꼬락서니도 안 비추었다. 목성 좋은 아나운서들은 연신 몇십 년 만의 가뭄이라고 떠들어 댔다.

그러나 그뿐이었다.

어느 누구도 바싹바싹 타들어 가는 대지의 갈증을 해결해 주지는 못했다. 하기야 인력으로 할 수 있는 일이라면 모두들 그렇게 이구동성으로 난리법석만 떨고 있을까.

인간이 달나라에 착륙했네, 가만히 앉아서도 단추 하나만 누르면 이 지구 덩어리가 전부 잿더미로 변해버리는 시대라지만 자연현상의 하나인 가뭄엔 아직 인간의 힘이 못 미치고 있었다.

혹 모르겠다. 먼 미래에 가면 인간과 과학기술이 더욱 발달되고, 가뭄 들 때 비 내리게 하는 것쯤이야 쉽게 해결할 수 있을지…….

그나저나 농사일이 큰 걱정이었다. 동네 저수지의 물도 이미 동이 나버렸고, 물기를 잃은 논바닥은 푸석푸석한데다 지진이라도 한바탕 일어난 것처럼 쩍쩍 갈라져 가고 있었다. 이러다가 올 벼농사는 씨 한 톨도 못 건지고 전부 고스러져 버릴 것이다.

집에 불이 나도 빈대 죽는 것 생각하면 아깝지 않다는 식으로 비라도 억수로 쏟아져 논이 떠내려간대도 차라리 그게 더 시원할 성싶은 것이 요즘의 심정이다.

위 호주머니에서 담배 한 대를 꺼내 피워 물었다.

폐로 깊숙이 빨려 들어온 연기가 속에서 울렁거리고 답답했다. 몇 모금 빨다가 마당 한가운데로 휙 던져버렸다.

절로 한숨이 흘러나왔다.

부엌에서 딸그락거리며 그릇 부딪히는 소리가 귓가에 찰싹 달라붙었다.

하루의 시작부터 무겁게 내려앉고 있었다.

언제 나왔는지 복수가 기둥나무 옆에 앉아서 발을 대롱거리며 마당 귀퉁이 감나무 아래 누워 새김질하고 있는 소를 빠끔히 쳐다보고 있다.

"밥 다 먹었냐?"

건성으로 그렇게 물었지만 거기엔 아버지로서의 어떤 따스함이 담겨 있다. 녀석은 밥상머리에서 제 어미에게 한 소리 했다고 그런지 뾰로통한 표정으로 딴전만 피웠다.

"녀석, 저도 꼬추 좀 컸다고."

김팔 씨는 아들놈이 무척이나 사랑스럽고 소중했다. 자식이라고 탈탈 털어봐야 복수 하나뿐이라서 그랬고, 그나마 뒤늦게 얻은 자식이라 더욱 그랬다.

아내가 처음 태기가 있다고 했을 때 김팔 씨는 선뜻 믿기지 않았다. 그도 그럴 것이 결혼한 지 6년이나 흘렀고, 그 전에 이미 그는 의사로부터 생식능력이 없다는 판정을 받은 것이다.

일찍 도회지에 나가 여기저기 굴러다니다 대가리의 피도 마르기 전에 배운 것이 돈 한 푼 벌면 싸구려 계집애들과 노닥거리는 것이었는데, 그러다가 결국 몹쓸 병에 걸린 것이다.

그런데 아내가 임신을 한 것이다. 처음엔 아내에 대한 의심의 눈길을 던졌지만 어느 누구보다도 아내가 부정한 짓을 할 위인이 못 된다는 것은 그가 더 잘 알고 있었다.

올챙이배처럼 툭 볼가져 나온 아내의 배는 나날이 고무풍선처럼 부풀어 올랐다.

꿈이 아니고 현실이었다.

손바닥 뒤집혀지듯 그의 마음이 변한 것도 그때부터였다. 툭하면 트집을 잡고 아내에게 손찌검을 하던 그의 손버릇도 싹 가셔 버렸다.

복수가 태어나던 날, 애기를 받아준 친척뻘 되는 아짐으로부터 아들이라는 소릴 듣고 얼마나 좋았던가, 기분이 붕붕 떠서 하늘로 날을 것만 같았다. 자신에겐 딸이라도 과분한 처사인데 아들이라니 더욱 좋았다.

얼마나 힘이 들었던지 서리 맞은 배추처럼 축 처진 아내의 손을 잡고 김팔 씨는 하염없이 사람이 되는 기분이었다. 그 조그만 자신의 정자 하나가 저렇게 커서 사람의 형체를 이루어 놓다니, 그 저 모든 게 신비스럽고 경이로웠다.

그날로 동네에서 조금 떨어진 재각으로 뛰어갔다.

원래 점 같은 건 나약한 인간들이나 믿는 것이라고 골수에 박혀

져서 미신이니 어쩌니 손가락질하고 도리질하던 그가 칠성님 앞에 무릎 꿇고 한없는 축원을 올렸다.

김팔 씨는 단골네에게 이름 하나 지어줄 것을 부탁드렸다. 귀한 자식인 만큼 이름도 이왕이면 아들을 점지해 준 칠성님한테서 받고 싶었다. 단골네는 칠성님의 뜻이라면서 아들 이름을 복 '복'자에 명 길을 '수' 해서 복수(福壽)라 지어주었다.

복수. 그는 복수를 칠성님께 팔았다. 칠성님의 따뜻한 보살핌으로 아들을 지켜주었으면 하는 마음에서였다.

그때부터 김팔 씨는 칠성님에 대한 공양을 결코 소홀히 하지 않았다. 시주도 많이 하고, 대 명절이나 공들여야 할 날일 때는 한 번도 빠지지 않고 참석을 했다. 또 겨울마다 장작 한 짐씩 해서 땔감으로 쓰라고 절에 갖다 주었다.

앞으로 나에게 주어진 삶은 복수를 위해 살리라, 그는 그렇게 다짐하고 또 다짐했다.

칠성님의 보살핌 덕분인지, 그의 열성 덕분인지 복수는 하루가 다르게 무럭무럭 잘 자라났다.

장난감이 방 안 가득했고, 어디 외출해서 돌아올 땐 과자며 과일이며 한 아름씩 사들고 왔다. 그런 김팔 씨를 보고 쓸데없는 곳에 돈만 쓴다고 아내가 투덜거렸지만 한쪽 귀로 흘려버렸다.

정말이지 아들에 대한 그의 정성은 대단했다. 어디 갈 땐 항상 데리고 다녔고, 자신은 덜 먹고 덜 쓰더라도 아들을 위해서는 결코 돈을 아끼지 않았다.

동네 사람들이 자식을 너무 예뻐하면 귀신이 샘낸다고, 그래서 명이 짧아진다고 했지만 그는 입 있다고 못 하는 소리가 없네, 하며 대수롭지 않게 웃어넘겨 버렸다.

복수는 커가면서 생김새도 여간 예쁘지 않았다.
"꼭 어렸을 때의 자네 얼굴을 판 박았구먼."
어른들이 한 마디씩 할 때면 그는 어깨가 절로 들썩거렸다.
그러고 보면 김팔 씨 자신의 얼굴도 밉상은 아닌가 보다. 총각 때 그의 얼굴 하나만 보고 따르던 여자들도 많았던 걸 보면. 복수에게 조금 불만이라면 너무 순해 빠진 게 탈이었다.
얼굴은 자신을 닮았다고 하지만 성질은 제 어밀 닮았는지 똘똘한 면보다는 계집애처럼 수줍음을 잘 탔다. 그래도 복수가 꺼들거리고 다니다가, 역시 제 애비 아들 아니냐고 할까봐, 동네 사람들로부터 손가락질 받는 것보다야 백 배 나았다. 동네 일이라면 미꾸라지 빠져나가듯 쏙쏙 잘 피해 버린 그가 동네에서 대사 치르거나 울력 있을 땐 제일 먼저 달려들었다.
네가 그래 본들 얼마나 갈 거냐, 하며 쑥덕거리던 사람들도 차츰 김팔 씨에게 호의를 보였다. 그리고 복수의 돌이 되던 해 마을 이장으로 뽑아줌으로써 그를 다시 한 번 감동케 했다. 이 모든 변화는 복수가 생긴 후부터였다.
아내가 물기 어린 손을 탈탈 뿌리며 부엌에서 나왔다. 아직도 얼굴은 찡찡해 있었다.
어젯밤 무슨 꿈을 꾸었는지 몰라도 방금 전 걱정스런 표정으로 말을 꺼냈다가 김팔 씨에게 면박을 받고 나서 제 딴에는 무척 속이 상했나 보다.

그를 힐끔 곁눈으로 훔쳐보더니 쭈뼛거리는 것이 무슨 말을 할 것 같은데 그냥 장독대로 가더니 독 뚜껑들을 벗겼다.

시집와서 그야말로 끽소리도 못 하고, 죽으라면 죽는 시늉까지 내며 살더니만 복수 낳은 후 김팔 씨의 성깔이 많이 죽은 반면, 아내가 조금씩 성깔을 부릴 줄 알았다. 그래 봤자 그의 말 끝에 조금 달랑거린다거나 얼굴 붉히며 토라져 말 안 하는 정도지만, 그래도 생각하면 참으로 불쌍한 여자다. 저 생김새가 그렇게 만들었고, 김팔 씨 자신을 만나서 더 그렇게 되었다. 시집이라고 와보니까 남편은 백수건달에다가 강짜는 심하지, 그날부터 찬밥 신세였다. 고단한 일에 자신에게 얹어터져 크게 소리 내어 울지도 못하고 뒷전에서 훌쩍이고 있으면 네가 나를 안 만났으면 맞지는 않고 살 텐데 하는 생각에 측은한 마음도 들었고, 이왕 부부의 인연을 맺었으니 어떻게 해서든지 살아보려고 했지만, 그놈의 얼굴만 보면 정나미가 뚝 떨어졌다.

중매쟁이를 통해 면에서 하나뿐인 '복 다방'에서 처음 만났을 때부터 눈곱만큼도 눈에 안 들어온 여자였다. 얼굴 어느 곳을 뜯어보아도 반반한 곳이 한 군데도 없는 여자였다. 떡판처럼 퍼진 얼굴에는 검정깨를 한 되 퍼부었는지 주근깨가 얼굴을 쫙 깔았고, 벌에 한 방 쏘인 듯 통통 부은 눈은 단추 구멍만 했다. 코는 빈대처럼 납작했고, 입은 왜 그리 큰지 검둥이의 그것보다 더 두꺼웠다. 게다가 몸집은 특전대 군인들처럼 좋았다.

당장 퇴짜였다. 도회지의 늘씬늘씬 빠진 여자들하고는 천지차이였다. 그런 여자와 선보았다는 자체가 얼굴에 먹칠을 한 셈이었다. 그래서 중매쟁이는 미리 방패막이로 마음이 후덕하고 억척스럽게 일도 잘한다고 그쪽에만 열을 올렸던가. 중매쟁이가 그의 고모님하고 친분만 없더라도 당장 그 자리를 박차고 나와 버렸을 것이다.

그러나 김팔 씨의 부모님은 달랐다. 고모님하고 중매쟁이가 어떻게 사탕발림을 해놨는지 몰라도 한사코 그 여자를 며느리로 삼겠다는 거였다. 그는 뜨거운 물에 덴 사람처럼 팔짝 뛰었다. 그 여자하고 결혼할 바에는 차라리 개하고 하겠다며 방문을 때려 잠그고 골방에 드러누워 버렸다.

"여자가 인물만 반드름하면 뭐하냐. 그런 것들은 살림을 내팽개쳐 버리고 멋이나 부린다. 더구나 누가 이 산골짜기에 들어와 시부모 모시고 농사지으며 살겠느냐. 여자란 그저 살림 잘하고 형제간에 우애 있고, 남편과 시부모 귀중히 알고 잘 섬기면 된다."

김팔 씨 부모님은 날마다 그의 머리맡에서 지겹도록 설교를 하는 거였다.

결국 김팔 씨는 부모님의 애원에 못 이겨 따르기로 작정했다. 그의 친구들 말에 따르면 그건 천지개벽만큼이나 이변이라 했다. 그러나 그는 부모님 살아생전에 처음으로 효도 한 번 해보기로 마음먹었다.

김팔 씨의 냉대 속에서도 아내는 며느리로서, 아내로서의 소임을 묵묵히 했다. 그래서 그만 빼고 시부모님이나 친지들은 칭송이 자자했다.

 어쨌든 지금은 10년이 훨씬 넘게 부부로서 살아오면서 남편 비위 맞추느라 고생도 퍽이나 했고, 군소리 없이 살아준 아내가 더없이 고마울 따름이었다. 더구나 자식까지 안겨주지 않았는가.
 김팔 씨는 여러 날 손을 안 본 탓에 무성하게 자란 수염이나 깎으려고 복수한테 세숫비누 좀 가져오라 시키고, 다시 방안으로 들어와 면경하고 면도칼을 찾아가지고 나왔다.
 "아부지, 나도 어른이 되면 아부지처럼 수염이 나?"
 복수가 그의 무릎에 세숫비누를 놓으며 하는 말이었다. 제 얼굴에 없는 것이 아버지의 얼굴에 붙어있으니까 신기한 모양이었다. 방금 전의 뽀루퉁한 표정과는 사뭇 대조적이었다.
 "그럼!"
 긴 말을 붙이는 대신 아들의 머리를 쓰다듬어 주었다.
 고슴도치도 세상에서 제 새끼가 제일 예쁘다던데, 김팔 씨는 거울에 비친 자신의 모습을 보고 깜짝 놀랐다. 더부룩한 수염 때문인지 몰라도 폭삭 늙어 보였다. 이마에는 여러 갈래의 골이 깊게 파였고, 귀밑머리는 나뭇가지에 내려앉은 서리처럼 희끗희끗 세어 있었다.
 얼굴에 거품 칠만 해놓고 칼도 빼지 않은 채 한참을 그렇게 거울 속만 바라보고 있었다. 그러고 보니깐 인생의 삼분의 이를 살아온 모습이 저 거울 속에 고스란히 남아 있었다.

칼집에서 면도칼을 빼들었다. 그때였다. 대문 밖에서 딸딸거리는 경운기 소리가 들리는가 싶더니 아내가 급히 뛰어나갔다. 좀 있더니 안에 대고 방앗간에서 보리가마니 실러 왔다고 소리쳤다. 안 그래도 며칠 전부터 보리쌀이 떨어졌다고 해서 엊저녁에 보리를 풍로에 까불어서 다섯 가마니를 헛간에다 놔두었다.

김팔 씨는 마른 수건으로 거품을 쓱 문질렀다.

"아짐, 보리 가마니 어딨소?"

아내가 열어놓은 대문으로 얼굴을 쓱 내밀던 녀석이 마당을 한 번 횅하니 휘둘러보더니 보리가마니 타령부터 했다. 그리고는 자기가 찾고자 하는 물건 대신 뜨락으로 내려서는 김팔 씨를 발견하고 꾸벅 절을 했다.

"아니, 식전부터 보리가마니 실러 온가?"

"아따, 아제도. 그러다가 다른 사람이 먼저 갖고 가면 어쩌게요."

녀석이 실실 웃으며 너스레를 떨었다.

언젠가 나이를 물었을 때 열여덟이라고 했는데 까무잡잡한 피부에 떡 벌어진 어깨며 장대 같은 키가 서너 살에서 많게는 대여섯 살까지 더 얹혀보이게 했다.

여름옷은 하루만 입어도 쉰 냄새가 나는데 얼마나 오랫동안 입었는지 흰 윗도리가 완전히 땀에 절어서 감물 색으로 변해버렸다.

어려서 부모 잃고 방앗간 운영하는 외삼촌댁에서 일해주고 있다던데, 그래서인지 조금 짠한 생각이 들었다.

경제삼국지

녀석은 김팔 씨가 보리가마니 있는 쪽을 가리켜주자 헛간 쪽으로 뚜벅뚜벅 걸어가더니 마치 밥자루 들쳐 메듯 가볍게 보리가마니를 어깻죽지에 들쳐 메더니 그대로 경운기에다 푹푹 내던지는 거였다. 다른 사람의 부축이 따로 필요 없었다.

한참일 때라 그럴 만도 했지만 나날이 육신의 힘이 스멀스멀 빠져나가는 그로서는 여간 부럽지 않았다.

두꺼비가 파리를 낚아채듯 날렵하게 일을 해치워 버린 녀석은 질펀히 흐르는 땀을 씻을 겸 수돗가로 갔다.

김팔 씨는 세숫대야를 받쳐 놓고 얼른 펌프질을 해주었다. 그것이라도 도와주어야겠다는 마음에서였다.

그러나 수도는 그르렁거리며 가래 끓는 소리만 내더니 애기오줌 줄기처럼 찔찔거리며 빠듯이 나왔다.

김팔 씨는 녀석을 엎드리게 한 후 등물을 쳐주었다.

"막걸리 한 잔 할란가?"

김팔 씨가 반농담조로 말하자, 질겁한 시늉을 보이더니 다시 경운기로 가서 수북이 쌓인 보리가마니가 안 떨어지게 이리저리 휘감으며 짱짱히 얽어맸다. 김팔 씨네 말고도 세 집것이 더 실려 있었다.

김팔 씨 아내는 어느새 꺼끄러기가 묻어도 괜찮을 다우다 블라우스와 몸빼로 갈아입고 부엌으로 마루로 분주히 뛰어다니더니 방앗간에서 필요한 다라며 자루를 찾아가지고 나왔다.

"아제, 방아 잘 찧어줄게요."

"그래야제, 안 그러면 자네네 방앗간에 안 갈 것이여."

"아따, 아제는 뭔 그런 섭섭한 소리를 하시요."

녀석은 경운기에 발동을 걸더니 운전대에 앉아 넉살좋게 웃으며 언덕길을 조심스럽게 내려갔다.

"다녀올게요."

시큰둥하니 한마디 던져놓고 경운기 뒤를 따르던 아내가 무엇을 놓고 나온 사람처럼 황급히 대문간으로 다시 들어서더니 밖에서도 다 들리는 큰소리로 외쳤다.

"복수야, 보리방아 찧어 갖고 올랑께 바깥에 나가지 말고 있어라. 그래야 엄마가 맛있는 과자 많이 사갖고 오제."

아무래도 제 딴은 엊저녁 꿈자리가 찜찜한 모양이었다. 더구나 밥상머리에서 김팔 씨한테 면박 받아서 할 말을 못했는지라, 다들으라는 듯 더 크게 복수에게 신신당부를 하는 것이었다.

아이쿠, 여편네란……

"거, 머릿수건이나 풀고 가."

그러고는 잠깐 서 있는데 영천 양반이 불쑥 나타났다. 등엔 약통을 짊어지고 있었다. 작년에 환갑을 보냈는데 올봄에 생때같은 아들을 교통사고로 잃더니만 십 년은 더 늙어 보였다.

"아제, 농약을 해서 뭣해요. 해충이 아니더라도 전부 말라죽어 버릴 것을……."

아차 싶었다. 안 그래도 상심해 있는 사람한테 죽는다는 표현을 쓴 것이 영 민망스러웠다.

"그래도 다 죽어가는 사람 원이나 없게 굿이나 한번 해 보잔

식 이제, 근디 자네 소식 들었는가? 조만간에 비가 올 것 같다는 소문이 나 돈디, 요즘 달무리 진 것만 봐도 뜬소문은 아닌 것 같고……."

힘없는 표정이었다. 휑하니 걸어가는 뒷모습이 그렇게 보아서 그런지 무척 허전해 보였다. 곧 비가 올 것이라고, 달무리가 진다고?

김팔 씨는 영천 양반이 남기고 간 말을 앵무새처럼 되뇌어. 하늘이 무너져도 솟아날 구멍이 있다더니, 가슴 언저리께 답답하게 꽉 맺혀 있던 체증이 다 내려가듯 시원했다.

"근데 왜 난 달무리를 못 보았을까?"

다시 집안으로 들어왔다. 한 차례 북새통이 떠나고 난 뒤는 마치 태풍 뒤의 고요처럼 조용했다.

복수는 장난감 권총을 가지고 "빵, 빵" 입으로 소리를 내며 집 근처 전신주에 앉아 있는 새들을 향해 쏘아대고 있었다.

김팔 씨는 바지게에서 풀 한 짐 퍼서 소에게 던져주고 헛간에서 농약 통을 찾았다. 생각 같아선 약이고 뭣이고 다 때려치우고 싶었지만 영천 양반 말마따나 곧 비가 내리게 된다면 논이라도 둘러보는 게 좋을 것 같았다.

김팔 씨는 농약 통이랑 약병들을 챙겨서 서둘러 대문간으로 나오다 그도 역시 방금 전 아내가 그랬던 것처럼 복수에게 한마디 했다.

"복수야, 집에서 방학숙제하고 있어라. 아부지 얼른 논 한 번 둘러보고 올게.”

그러나 아내가 꾸었다는 꿈이 켕겨서는 절대 아니었다. 다만 김팔 씨가 밖에 나갈 때면 아들에게 으레 해주는 습성이었다.

복수는 그의 아버지 말에는 시늉 대꾸도 않은 채 여전히 공중을 향해 빵빵 쏘아댔다. 마치 서부영화에 나오는 보안관이라도 되는 듯이.

내리퍼붓는 땡볕이 두 눈을 쿡쿡 쑤셔댔다.

대지의 어떤 것도 전부 녹여버릴 것 같은 강렬한 기세였다. 그 때문에 대지는 온통 주눅이 들어있다.

어느 곳을 둘러보아도 대지는 온통 초록빛이건만 봉두난발 한 것처럼 축 늘어져 있다. 모두 한 모금의 단물을 갈망하고 있다. 그러나 곧 비가 내려준다면 대지는 다시 싱싱한 생기를 되찾으리라.

김팔 씨는 어느 논부터 가볼까 하다가 모퉁이 논부터 가보기로 했다. 지금 모든 논들이 다 그렇겠지만 특히 그곳은 저수지의 물길이 닿지 않는 천수답이라서 다른 곳보다 더 심할 것은 안 보고도 뻔했다.

논이라야 열 다랑이 정도 되는데 집에서 워낙 먼 데다 수확도 별로 안 나오고 해서 몇 번이나 때려치우고 싶은 것을 시제 모시며 부쳐진 논이라 별 수 없이 짓고 있었다. 특히 그 논에 가려면 마을 위쪽에 있는 저수지 가를 거의 반 바퀴 정도 돌아서 가야만 하는데 그게 무엇보다도 싫었다. 이미 이 십 여년이 다 되간 세월 속에 지금은 많이도 뭉퉁그려졌지만 아직도 김팔 씨의 가슴

저 밑변에 그 사건은 동그마니 남아있었다. 아마 저수지가 존재하는 한 그럴 거다.

꿈속에서 수많은 해골들이 나타나 그를 향해 달려들었고, 그가 물가에서 목욕하고 있으면 물 밑에서 그 무엇이 끄집어 당기는 등 온 몸뚱이가 흥건이 젖을 정도로 가위눌림 당해야 했지만 그는 결국 이곳을 떠나지 않았다.

지난날의 과오를 다가오는 시간에 대한 참회와 도덕적인 노력으로 말끔히 치유하고 싶었기 때문이다.

그러는 사이 김팔 씨는 저수지의 근처에 당도했다. 저수지는 군데군데 웅덩이 진 부분만 물이 고여 있을 뿐 바닥이 훤히 드러나 있어 몰골이 말이 아니다.

이 저수지는 도에서 손꼽을 정도로 큰 저수지인데 쨍쨍한 햇볕에 얼마나 부대꼈으면 저렇게 되어 버렸나 싶은 게 이번 가뭄이 얼마나 심한가 하는 것이 절실히 피부에 와 닿았다.

그러나 저수지 바닥의 물이 괸 웅덩이들은 여름 방학한 개구쟁이들의 더없이 좋은 놀이장소다. 고기도 잡고 멱도 감고, 벌써 성질 급한 놈들 몇몇이 물속에서 물장구치고 있는 것이 보였다. 아침 숟가락 빼기가 무섭게 저곳에서 흰 피부가 아프리카 토종처럼 새까매졌다.

복수도 그랬다. 잠깐만 집에 있어도 제 또래들이 어찌나 문밖에서 불러대는지 잠시도 집에 붙어 있는 짬이 없었다. 그렇다고 제 어미한테 꾸중을 많이 들은 모양이었지만 김팔 씨는 '사내는 어렸을 때부터 기를 죽이면 안 된다'며 아들을 역성들었다.

　김팔 씨는 어린 시절의 추억이 아스라이 떠올랐다. 깨벽장이 때부터 툭하면 애들 걸머쥐고 싸움질이나 하고, 어른들한테 얼굴 붉히며 삿대질하거나, 동네 수박밭이며 닭장이며, 그의 손길이 안 뻗친 곳이 없었다. 심지어는 공판에 가지고 갈 나락가마니까지 손을 댔다. 그러다 스무 살도 못돼 고향을 떴고, 개 버릇 남 못 준다고 그곳에서 온갖 못된 짓만 골라 하다가 별만 몇 개 붙이고 심신이 다 찌든 패잔병이 되어 고향땅을 밟은 것이다. '차라리 물기 한 방울 남기지 말고 바싹 말려버려라. 저기에서 있었던 일들 하나도 남김없이 깡그리 사라져버리게. 그러나 인간아, 너의 아쉬움과 바람이 클수록 네가 저질렀던 일은 저렇게 견고한 퇴적물이 되어 네 앞에 드러나 있지 않느냐.'

　김팔 씨의 가슴속에서 불쑥 고개를 쳐든 상념들이 그의 발걸음을 더욱 재촉했다. 또다시 한참을 걸어 모랭이 논에 도착해보니 역시 예상대로였다. 논바닥은 거북이 등처럼 쫙쫙 갈라져 있었다. 그보다 더 기막힌 것은 데쳐놓은 시래기처럼 누르께하게 말라비틀어진 벼 이파리에 뭐 뜯어먹을 게 있다고 벼멸구들이 새까맣게 달라붙어 있었다. 엎친 데 덮친 격이라더니, 확 불이라도 질러버리고 싶은 마음이 치솟았다.

　그러나 영찬 양반 말마따나 죽어간 사람 원이나 없게 굿이나 해보자는 식으로 우선 논 근처 냇가부터 뒤졌다.

어느 곳에도 물이 고여 있는 곳이 없었다. 오히려 물이 바싹 말라버린 바람에 피라미떼며 송사리떼가 떼죽음을 당해 여기저기 널브러져 있었다. 더 뒤져봤자 사막에서 얼음 찾는 식 같아 포기하고 조금 멀더라도 재각 있는 곳까지 가보기로 했다. 그곳이라면 물이 있을 것 같았다.

재각 바로 아래 큰 바위가 있고, 바위 밑엔 조그만 옹달샘이 있는데 아무리 가물어도 물이 마르지 않는다고 했다.

또다시 무성한 잡초가 발목을 뒤덮는 길을 따라 터벅터벅 올라갔다. 얼마나 갔을까.

저 멀리 맞은편에서 재각에 살고 있는 단골네가 이쪽으로 걸어오고 있다. 산모퉁이를 막 벗어난 참이라 마치 산을 등에 짊어지고 있는 것처럼 보였다.

어디 출타할 모양인지 머리엔 큰 밀짚모자를 쓰고 있었다.

"어디 출타하시오?"

"예, 성지골 해전 양반 큰아들이 몇 년째 수족을 못 쓰고 드러누워 있는데 갈 날 받아놓고 있는 사람 황천길이나 편안하라고 큰 굿이나 한 번 하자고 해서요. 근디 여기까지 어쩐 일이요?"

"농약 좀 주려는디 물이 없어서요. 그래, 지금 재각에 가보는 중인디 거긴 어쩐가요?"

"아직 거기는 끄떡없지요. 농사짓기에 고생이 많지요? 곧 비가 내릴 조짐이 보이니 조금만 기다려 봐요."

"그러믄 오죽이나 좋겄소마는……."

"복수는 건강히 잘 크지요?"

"예, 덕분에요. 그럼 잘 댕겨오시요."

총총히 걸어가는 단골네의 뒷모습은 육십 줄이 다 돼 가는데도 걷는 폼이 아직도 정정했다.

다행히 그곳엔 큰 물줄기는 아니어도 찔찔거리며 바위틈에서 물이 흘러나오고 있었다.

김팔 씨는 표주박으로 물 한바가지를 떠서 신 나게 마셨다. 속이 다 시원했다. 얼굴이랑 목에도 물을 막 끼얹었다. 물을 떠담아 농약을 푼 다음 다시 약통에 담았다.

재각이나 둘러볼까 하고 위쪽을 바라보니 나무 사이사이로 토막져 보이는 재각이 어째 음침해 보여 그냥 약통을 짊어지고 천천히 내려왔다.

약은 슬렁슬렁 대강 뿌렸다. 그전 같으면 약 한 통 갖고 두 다랑이 정도 했는데 오늘은 다섯 다랑이 정도 해버렸다. 이런 식이면 재각에 한 번만 더 갔다 오면 일을 끝마칠 수 있을 것 같았다.

그러나 워낙 뜨거운 날씨에 가파른 길을 오르락내리락 하느라 어지간히 힘이 부쳐 있다. 그래서 그늘진 곳을 찾아 담배나 한 대 태울 겸 막 불을 붙일 참이다.

"아제, 아제……."

어디선가 그를 부르는 소리가 귓전을 스쳐댔다. 고개를 들어 소리 나는 쪽을 바라보니 옆집에 사는 복수랑 동갑내기인 남현이가 그를 부르며 헐레벌떡 뛰어오지 않는가, 순간 가슴이 철렁 내려앉았다. 예감이 안 좋았다.

아침 밥상머리에서 아내가 했던 말이 퍼뜩 스치고 지나갔다. 남현이가 저렇게 기를 쓰며 뛰어오는 걸 보니 필시 복수에게 무슨 사고가 생겼나 보다. 복수가 제 동무들이랑 놀다가 잘못해서 어디 상처라도 입은 걸까, 아니면 나무에 오르다 다리를 삐었거나 그랬나 보다. 불안스러운 마음을 애써 그렇게 자위했다.

예전에도 그런 일은 종종 일어났다. 다만 조그만 사고이길 바랄 뿐이었다. 그러나 미처 김팔 씨 있는 곳까지 오기도 전에 남현이는 울음부터 터뜨렸다.

"아니, 남현이 네가 어쩐 일이냐? 혹시 우리 복수한테 무슨 사고라도 생긴 것 아니냐?"

다급한 김에 김팔 씨가 먼저 연거푸 물었다. 뜨거운 날씨에 뛰어온 탓에 남현이의 얼굴은 붉다 못해 거무튀튀했다.

"아제, 저어, 복수가 저수지 물에 빠졌어요."

"뭣이 어쨌다고? 우리 복수가 저수지 물에 빠졌다고? 그럼 아직 못 빠져나왔단 말이냐?"

"저 올 때만 해도 동네 형들이 찾고 있었는데……."

맑은 하늘에 날벼락이었다고, 아이고, 이 무슨 변고란 말인가. 갑자기 주위가 노래지며 정신이 아찔해지는 걸 가까스로 추스르며 입 다물고 냅다 뛰었다.

'복수야, 아부지가 간다. 무사해라, 제발.'

어떻게 달려왔는지 모르겠다. 저수지 둑에는 이미 많은 사람들이 모여 웅성거리고 있었고, 허겁지겁 뛰어오는 김팔 씨를 모두들 걱정스런 눈으로 쳐다보았다.

"어쩔 것인가. 복수가 저기 빠진 모양인디 아직 못 찾고 있네. 워낙 물이 구정물인데다 확실한 위치를 잘 몰라서……."

언제 왔는지 영천 양반이 수심이 가득한 소리로 말했다.

그러나 이미 넋이 나간 김팔 씨에겐 아무 소리도 들리지 않았다. 어찌할 바를 모르고 허둥대다 아무 애나 싸잡고, 우리 복수 언제 어디쯤 빠졌냐, 누구랑 같이 멱감았냐, 제발 말 좀 해주라……. 흡사 미친 사람처럼 보였다. 김팔 씨의 그런 모습에 아이들은 뒷걸음질 쳐 슬슬 달아났다.

동네 청년들이랑 학생들이 편편이 나뉘어 어림잡아 찾아 보았지만 번번이 허탕이었다. 아직까지 발견되지 않는 것을 보면 어디 진흙탕 깊숙이 가라앉은 모양이었다. 그렇게 되면 바로 밑에 놔두고도 공연히 헛수고 아닌가.

김팔 씨는 시간이 지체됨에 따라 속이 바싹바싹 타들어 갔다. 새끼 잃은 맹수처럼 울부짖으며 길길이 날뛰던 그가 갑자기 물속으로 첨벙첨벙 뛰어 들어갔다.

이제 복수를 어떻게 찾아낸다 해도 기적이 일어나지 않는 이상 살아날 가망성은 없을 것이다. 복수를 찾고 있는 사람이나 옆에서 지켜보는 사람이나 모두들 발을 동동 구르며 안타까워했다. 그때였다.

"아제, 아제. 여기 뭐가 걸리요."

수영을 잘해서 학생으로 도 대표까지 나간 적 있는 형진이가 소리쳤다. 그러나 소리만 질러놓고 겁이 나는지 다시 들어가기를 꺼리는 눈치였다. 그때 김팔 씨 조카뻘 되는 한수가 위치를 확인한 후 그쪽으로 뛰어들더니 잠시 후에 복수를 찾아내서 김팔 씨에게 넘겨주었다.

복수를 받아든 순간 혹시나 했던 김팔 씨의 기대감은 장마철 토담 무너지듯 와르르 무너졌다.

물을 얼마나 먹었는지 배가 올챙이배처럼 벙벙했고, 얼굴은 새파랗게 질려있는데다 몸도 이미 싸늘했다.

이제 모든 게 끝났다. 끝장이야.

주위가 갑자기 캄캄해지며 사람들의 웅성거림이 어디 먼 곳에서 들려오는 비명처럼 아득하기만 했다.

김팔 씨가 깨어났을 때는 마을 당산나무 아래 누워 있었다.

영천 양반이 이마에 찬 물수건을 갈아주려다 말고 나지막이 말을 붙였다.

"이제 정신이 좀 든가? 어쩔 것인가. 자네 평생 가슴에 한이 맺히겠네마는 그래도 세월이 약이제."

김팔 씨는 영천 양반을 붙들고 한참을 울다 가지 말라는 것을 뿌리치고 비실비실 거리며 저수지 둑으로 올라갔다. 언제 연락받고 왔는지 김팔 씨의 아내가 복수를 꽉 안고 자지러질 듯 통곡을 하고 있었다.

"아이구, 내 새끼야! 이렇게 갈라면 뭣하러 생겼더냐? 엊저녁 꿈자리가 사납더니 결국 네가 이렇게 될라고 그랬는 갑다. 그래, 내가 뭐라던. 오늘은 바깥에 나가지 말라고 혔잖어. 아이구……."

아내의 한마디 한마디가 예리한 칼끝이 되어 김팔 씨의 가슴을 사정없이 저며왔다. 기실은 잘못이 모두 자기에게 있었기에 더욱 그랬다. 아내가 아침에 했던 말을 조금이라도 귀담아 들었더라면, 하고 후회가 밀려왔지만 이런 일이 일어날 줄 꿈에나 알았을까.

지서에서 순경 두 명이 나와 조사를 벌이고 있었다. 한 명은 빠진 곳을 둘러보고, 또 우체국에 다니는 김팔 씨의 매제와 친구 된다는 서 순경은 남현이를 붙잡고 뭘 물어보고 있었다. 그러다 김팔 씨를 보더니 정색을 하며 위로의 말을 건네 왔다.

"형님, 깨어나셨군요. 근데 이 무슨 변곱니까?"

"제 명줄이 그것밖에 안 되었는가 보네."

긴 말을 늘어놓고 싶은 심사가 아니었다. 서 순경은 위로랍시고 여러 말을 더 늘어놓다 남현이와 중단됐던 말을 다시 이었다. 남현이는 복수의 옷가지와 고무신을 꽉 움켜쥐고 시골 애들이 흔히 그렇듯이 순경하면 최고 무서운 사람이라 반 울음이 되어 쭈뼛쭈뼛하며 김팔 씨의 눈치만 살폈다.

"남현아, 네가 복수랑 같이 있었던 일만 말하면 된다."

김팔 씨가 부드러운 소리로 말했다. 그래도 어린 소견에 동무 것이라고 옷가지를 꽉 안고 있는 것이 김팔 씨를 더 가슴 아프게 했다.

"복수가 나랑 저기서 같이 튜브 타고 놀다가 제가 애들 고기 잡는 데 가자고 하니까 복수는 안 간다고 했어요. 그래서 저만 애들 고기 잡는 데 가서 놀다가 복수한테 가보니 복수는 안 보이고 튜브만 물에 둥둥 떠 있었어요. 아무리 불러도 대답이 없어 제가 형들한테 먼저 얘기하고 아제한테 달려간 거예요……."

거기까지 말해놓고 훌쩍이며 참고 있던 울음을 봇물 터지듯 쏟아냈다. 친하게 지내던 동무가 죽은 것이 저도 무척이나 서러운 모양이었다.

결국 해거름 때 복수는 집에 들어오지 못하고 동네 사람들 손에 묻혀졌다.

복수를 안 내주겠다며 죽은 아들을 품에 꽉 안고 있던 김팔 씨의 아내는 사람들의 끈질긴 애원에 마지못해 내주고는 그대로 실신해 드러누워 연방 헛소리만 했다.

복수가 태어날 때 수발해줬던 사람이 이번에도 역시 복수를 깨끗이 씻어서 새 옷으로 갈아입히고 뒷수습을 다 해주었다.

김팔 씨는 강 소주만 연신 들이키더니 인사불성이 되어 아무데나 머리를 찧으며 복수 타령만 했다.

특히 방 안 여기저기 널려있는 복수의 옷가지며 장난감, 책들은 그를 더욱 못 견디게 했다. 복수가 없는데 저게 다 무슨 소용이람……. 저것들을 복수에게 하나하나 사줬을 때의 기쁨을 생각하니 가슴이 찢어지는 듯했다.

밤이 깊어지자 모두들 잠깐 눈 붙이고 있는 틈을 타 김팔 씨는 변소에 가는 척하고 밖으로 나왔다. 복수한테 가 보고 싶었다.

저녁에 집에 들른 조카 한수한테 복수를 공동묘지인 액막이골에 묻었다는 말을 들었다. 저수지 위의 오른쪽에 있는 나지막한 산인데 선산이 없거나 젊어서 죽은 사람들이 그곳에 묻혔다.

캄캄했지만 걷기엔 충분했다.

태양이 저수지에 잠기던 날

할 수 없이 또 저수지 가를 지나게 되었다. 어둠 속에서 저수지는 괴물처럼 입을 잔뜩 벌리고 김팔 씨까지도 삼켜버리겠다는 듯 노려보고 있었다.

결국은 이렇게 됐다. 밤마다 가위눌림 당하던 것이. 돌멩이 하나를 집어 들어 에잇, 소리를 내며 던졌지만 돌아온 건 그의 공허로운 고함소리뿐이었다.

전에는 액막이 골에 가려면 머리끝이 쭈뼛쭈뼛 했는데 이젠 아들이 잠들고 있다고 생각하니 하나도 두려울 게 없었다.

한수한테 대강 들은 위치를 더듬어 복수의 무덤을 찾았다. 무덤은 산허리쯤에 어른 머리통만한 돌로 쌓아올려져 있었다. 워낙 무서움을 잘 타는 아이인데 비록 죽었지만 얼마나 두렵고 겁이 날까 생각하니 또다시 가슴이 저며 왔다.

"복수야, 아부지 왔다. 너 보고 싶어서 왔다. 이 녀석아, 말 좀 해봐."

그러나 대답이 있을 리 만무했다. 아부지, 하고 금방이라도 뛰어나올 것 같은데 사위는 정적만이 감돌았다.

"그래, 내 잘못이다. 네가 이렇게 된 거 전부 내 탓이여, 애비 잘못 만난 탓에…… 내가 죽어야 할 몸인디……."

김팔 씨의 넋두리만 적막을 가르고 나무 사이사이로 이 골 저 골로 울려 퍼졌다.

"그래, 난 죄 값을 받은 거여. 언젠가 그 벌을 받으리라 생각은 했지만, 근디 내가 아니고 왜 아무것도 모르는 내 아들이냔 말이

여, 왜……."

다시금 기억하고 싶지 않은 그 사건이 사정없이 솟구쳐 나왔다.

그때 김팔 씨가 몇 번째 출감인가는 기억이 흐리지만 분명한 건 오늘처럼 어스름한 여름밤이었다.

잠시 고향에 내려왔던 그는 후덥지근한 방의 열기 때문에 잠 못 이루고 이리저리 뒤척이다 바람이나 쐴 겸 밖으로 나왔다. 역시 밖은 시원했다. 그는 텃밭에 있는 바위에 올라앉았다.

그 바위는 그가 태어났을 때부터 있는 거였다. 윗부분이 펑퍼짐한 사람이 누워서 잘 수도 있을 만큼 널찍했다.

집이 마을에서 제일 꼭대기에 위치해 있어서인지 저 아래로 내려다보이는 아랫마을이 한 폭의 동양화처럼 느껴졌다.

텃밭에 심어진 옥수수 이파리가 살랑대는 바람에 사각거리는 소리를 내며 서로 몸을 부대꼈고, 근처 숲속의 이름 모를 벌레들은 온갖 교성으로 흥을 돋구었다. 마치 그 소리는 인간의 감흥을 촉발하기에 충분한 그 무엇이 감돌고 있었다. 그러나 찰나, 그 풍경에 또 하나의 물체가 뛰어들었다. 옆집에 사는 봉례였다. 저 아랫집으로 물 길러 가는지 한 손에 물동이를 들고 있었다. 블라우스가 달빛 아래 선연하게 드러났고, 엉덩이까지 길게 늘어뜨린 머리가 걸어갈 때마다 등 뒤에서 출렁거렸다. 스물두 살의 꽉 찬 나이답게. 그때 그의 눈에 봉례는 꼭 한 마리의 암사슴 같았다.

뭣에 홀린 듯 멍하니 그쪽을 바라보고 있던 그는 어느새 발정난 한 마리의 늑대로 변해있었다. 솟구쳐 오르는 본능 앞에 이성은 힘없이 무너져 버렸다. 그는 마치 먹이를 낚아채는 야수처럼 잽싸게 몸을 날려 뒤에서 봉례를 덮쳐서는 근처 밭으로 끌고 가서 대장간 쇳덩어리처럼 벌겋게 달아오른 그의 욕정을 채웠다.

그러고는 도회지로 떠나가 버렸다. 집이나 멀리 떨어져 있으면 모를까, 동네에서 제일 뒤쪽의 산기슭에 봉례네 집하고 그의 집이 나란히 머리를 맞대고 사는데 아무리 철면피인 그로서도 일말의 양심은 있었다. 그 후 그 일은 까맣게 잊어 버렸다.

그리고 근 1년후, 별 다른 일자리도 없이 방에서 라디오나 품고 뒹굴고 있는데 밖에서 형사가 그를 불렀다. 사건만 터졌다 하면 전과자부터 뒤지는 판이라 별다른 반응 없이 방문을 열었다.

"당신, 이봉례 알지?"

형사는 대뜸 그렇게 물었다. 그리고 함께 가자고 했다. 순간 그의 머릿속에 언뜻 봉례 신변에 무슨 일이 생겼구나, 하는 생각이 스쳤다. 그래서 도망칠 궁리로 옆에 서 있는 무방비 상태의 형사를 주먹으로 냅다 갈기고 뛰었지만 대문간에 잠복하고 있던 두 명의 형사에게 잡혀 고향으로 오게 되었다. 사건은 이랬다.

그날 밤 그 일이 있은 후 봉례가 그만 임신이 돼버린 것이다. 그러나 그 시절만 해도 처녀가 애를 밴다는 것은 죽음보다 더한 수치라서 혼자 속으로 끙끙 앓고만 있었다.

배는 점점 불러오고, 결국 그녀의 어머니가 눈치를 채게 되어 닦달하자 모든 사실을 털어놓게 되었다. 범인이 그라는 것도 밝혀졌다. 하지만 이미 엎질러진 물이라 소문이 퍼지면 딸 신세만

망치게 되니 울며 겨자 먹는 식으로 봉례네 집에서 더 쉬쉬했다.
그런데 문제는 바로 여기서부터 생겼다.

동네 사람들의 눈을 피해 간신히 아이는 낳을 수 있었지만 사
산이었다.

봉례 아버지는 핏덩이를 거름덩이 속에 맡아놨다가 그날 밤 아
무도 몰래 저수지 안에 던져버렸다.

물속에 가라앉으면 모든 비밀이 숨겨질 것이라는 시골 노인네
의 아둔한 생각에서였다.

그러나 사산아는 사흘도 못 되어 몸이 퉁퉁 불은 채 물위로 떠
올라 저수지 가로 이리저리 떠밀려 다녔다.

소 풀 먹이러 가던 조무래기들이 그걸 발견하고는 돌팔매질을
해댔다. 그리고 언제 왔는지 동네 사람들이 빙 둘러서서 웅성거
렸다. 눈치 빠른 동네 아낙 몇 명이 평소에 미심쩍었던 봉례의 행
동을 떠올리고 그녀를 지목했고, 경찰서에 불려간 그녀는 모든
사실을 털어놔야 했다.

사건 현장에 무당 점녀가 와있었다.

"죽은 사람이 원이나 없게 굿이나 해야지."

"이눔의 저수지 이제는 묻어 버려야제."

복수와 어린아이가 빠져 죽은 그 저수지를 곱게 볼 사람은 아
무도 없었다.

"내일 오 법사와 천신도가 오면 사육제를 지내야겠어요."

"사육제가 끝나면?"

"저수지 물을 뺀 다음 나무를 심는 게 어떻겠소?"

"아니오, 그 저수지는 천 년을 묵었소. 그 저수지를 없애면 이 마을에 어떤 재앙이 닥칠지 누가 압니까?"

마을 사람들의 의견은 분분했다.

"이건 필시 억울한 혼령의 짓이 분명해요."

동네 사람들은 복수의 죽음을 두고 그 옛날 저수지에 던져진 봉례 아기의 혼백이 복수를 데려간 것이라고 입을 모았다.

복수가 묻히던 그날 밤 장대 같은 빗줄기가 쏟아지더니 사흘 낮 사흘 밤 그칠 줄 모르고 계속되었다.

강렬한 전차의 행군을
보았는가?

서설이 내린 이후에 설악산은 온통 눈 산이다.

첫 발자국을 만드는 사람들……

그들이 미래를 여는 신성장 동력이다.

장풍그룹 장 회장이 김 상무와 이 전무 그리고 장리를 데리고 설악 산장에 내려왔을 때는 해무리가 제법 장관을 이루는 듯했다.

장 회장이 녹차를 마시며 대화를 이어 갔다.

"지금 한국 산업이 처한 현실이 무척이나 걱정되는구먼."

"미국발 금융위기가 이렇게 몰려올 줄 몰랐습니다."

"글쎄, 내가 뭐랬나. 경제는 유비무환이라고 했잖은가?"

"우린 앞으로 어떻게 미래로 나아가야 하나요?"

"대한민국은 지난 60년 동안 세계 역사상 빠른 성장을 거듭해 왔지. 어느 선진국을 봐도 이렇게 성장가도를 달린 나라가 있다고 보기는 어려워. 두바이에 짓고 있는 세계 최고층 빌딩을 보아도 한국의 기술과 저력은 감탄할만해. 박 대통령께서 한국경제 개발 5개년 계획을 시작하던 1962년에는 국민소득이 100달러에 도 못 미치는 저조한 실적의 경제개발국이었는데 그 당시 필리핀 도 300달러를 넘어섰고 가까운 북한도 100달러를 넘어섰지 않았 는가! 우리가 국민소득 1만 달러를 돌파한 것이 불과 1995년도이 니까. 실로 눈부신 발전을 거듭한 것이지."

"회장님, 영국이 1770년대 산업 혁명을 시작했으니까 그때부 터 지금까지 1인당 국민소득 4만 달러가 되는데 240년이나 걸리 지 않았습니까!"

"거봐, 우리나라 사람은 냄비와 같아 금세 일어나면 금세 뜨거 워지거든."

창밖에는 하루를 피날레할 흰 눈들이 쉴 새 없이 하강 한다. 몇 몇 사람들이 안전별장으로 모여드는 것은 당연하다.

눈길에서는 등산로가 지워지기 때문이다. 더구나 밤이 되면 기 온은 떨어지고 생명까지 위험할 수 있기 때문이다.

장 회장의 대화가 계속 이어졌다.

"지금 선진국 진입 단계에 와있지. 완전히 선진국으로 진입하기 위해서 안전 체조를 하고 있는 중이야."

"안전 체조라뇨?"

"산 정상에 오르려면 기술과 테크닉도 중요하지만 가장 중시되 는 것은 자신의 안전이라고 할 수 있지."

"하긴 그래요."

"자신이 불안하고 초조하고 건강 이상이 생기면 결국 산 정상 앞에서 바로 쓰러지고 다시 오던 길을 하강해야 하거든…….

"하늘에 헬기가 결국 조난자 실어 나르는 헬기가 아닌가요."

"250년간의 산업 사회는 50년 주기로 산업이 체인지 되는 현상을 느낄 수 있었을 거야.

1800년대 방적 산업이 주류를 이뤘다면 1850년대 철강 산업이 기지개를 폈으며,

1900년대 들어서는 현대 문명의 꽃이라 할 수 있는 전기 문명이 들어 왔으며,

1950년대에는 오늘날 통신의 밑거름이라고 할 수 있는 전자시대가 도래했으며,

2000년대에는 디지털 혁명시대가 온 게지."

"참 신비하군요. 반세기마다 신천지가 열리고 있으니까요."

"앞으로 다가올 2050년이 어떻게 바뀌어질까 궁금하지 않는가?"

다가올 2050년대의 세상의 변화에 관해 얘기하고 있었다.

"2050년대에는 아마 코스모스시대가 도래할 것 같구면."

"코스모스라면 천체의 시대 말인가요."

"그렇지. 우주의 개척에서 정착까지 그리고 투어까지 일으킬 수 있는 새로운 클러스터가 완성되는 거지. 우주는 분명 신개척지 임에는 틀림없어. 그러나 함부로 정복할 수 없는 미지의 세계이기도 하지."

"주력 산업이 50년마다 변화되고 산업간 컨버전스가 일어나기

도 하겠군요."

"맞아, 어려운 얘기 했으니 차나 한잔 더하지."

장 회장과 장리, 김 상무와 이 전무 앞으로 솔잎차가 건네졌다.

창밖에 눈은 하염없이, 일정한 약속도 없이 깊게 쌓여만 간다.

"이러다가는 하산하기가 힘들겠구먼."

"방이 없으면 벽난로 앞에서 밤새 이야기나 하죠."

"그것도 좋은 아이디어네. 산장에서는 음주도 못 하지, 딱히 할일이 있어야 말이지."

"차 맛이 일품인데요."

"아무래도 고원지대라서 청정한 맛이 우러나오는 법이지."

"장풍그룹 신입사원 극기 훈련도 설악산에서 하는 게 어때요."

"내년도 신입사원부터는 설악산뿐이 아니고 전국 100개 산을 종주하는 프로그램을 짤 생각이야. 무릇 젊은이는 팔도강산 100개산 100개 봉오리를 오르는 순간 비전과 긍지를 키워낼 수 있어. 나라를 사랑하고 국토를 지키려는 호연지기도 아울러 키워낼 수가 있거든."

"회장님 건강이 대단하세요. 예순이 다 됐는데도 저리 팔팔하시니."

"환갑잔치도 안 할 생각이야. 적어도 77세 정도는 돼야 인생을 반추할 수 있는 나이라고 생각하네."

"아마도 회장님께서는 100세까지는 무난할 것입니다."

"암. 성불 하려거든 100세가 아니라 108세까지는 살아야 되지 않겠나!"

"비결이라도 있나요."

"추억을 건강의 밑천으로 삼아봐."

"추억하고 장수하고 무슨 상관관계라도 있나요."

"암. 추억은 시간을 되돌리는 마력이 있지. 시간이라는 굴레를 벗어나는 유일한 해결책은 추억여행을 떠나 과거 시간을 자신의 현재 시각으로 합쳐놓는 것이지."

"타임머신을 타지 않고 가능할까요."

"한 폭의 수채화 같은 시골집 풍경, 서정미가 물씬 풍기는 각종 추억의 물품들……, 이런 것들을 도시와 시골 어디에서도 찾을 수 있다는 것은 아직도 그대들이 살아 갈 가치가 충분하다는 것이야."

"하기야 언젠가 휴양림에서 숲 해설을 듣는데 우리가 모르는 생태 세계가 엄연히 존재하더군요."

"그럼 우리는 그것을 모르고 지나쳤을 뿐인데, 그들은 우리의 모습을 말없이 물끄러미 쳐다보겠지."

"나무가 사랑을 느끼고 사랑을 베푼다는 것도 그때 알았죠."

"어디 나무뿐이겠어? 생명이 있는 세상의 모든 것은 호흡하고 성장하고 사랑하고 그리워하며 자라고 있다는 것을 알아야 해!"

눈꽃이 피어나 이제 침엽수들은 온통 개구쟁이 눈사람 같다.

산은 온통 어둠과 달빛에 비친 흰 눈만의 세상이다.

장 회장은 스피드 성장에 관해 말을 이어갔다.

"스피드 성장도 중요하지만 부의 고른 배분이 필요한 시기야,

그러기 위해서는 제조업이 탄력을 받아야 해. 제조업을 뒤로 한 채 서비스업이니 인터넷 통신 산업이니 첨단 산업이 빛을 내기까지는 제조업이 기본 베이스야. 제조업만이 일자리 창출에 공헌할 큰 틀이 될 수 있어. 사회의 인프라 스트럭처도 알고 보면 제조업에 그 가능성을 두고 부가가치를 창출하는 노력을 해야 해."

"한국 기업의 노사 문제, 인력 수급과 사회적 무관심도 제조업 발전에 저해 요인이 아닌가요?"

"맞는 말이지. 기존의 노사문제 해법으로 풀 수 없다면 우리는 기술만 배워올 게 아니라 합리적인 노사문제도 수입해야만 해."

"이러한 해법도 중소기업을 살리는 데 아주 도움이 되리라 여겨집니다."

"중소기업은 나라의 경제를 증폭시키는 기운이야. 그들이 글로벌시장에 나아갈 때 우리 경제는 탄력을 받는 게 아니겠어."

"한국 제품의 브랜드 공략도 중요한 것 같습니다."

"세계적인 브랜드만이 생존하는 것은 아니지만 소비자들은 브랜드 위주로 소비를 하기 때문에 브랜드를 알리는 역할도 중요한 법이지. 그러기 위해선 디자인 개발에 더욱 심혈을 기울여야 해. 디자인이 우선 제품의 인스피레이션을 불러일으키거든."

"서울에서도 디자인 올림픽이 열리는 걸로 알고 있는데요."

"인간은 심리적으로 자신에게 맞는 모양을 초이스하는 법, 성공인에게 잊지 말아야 할 것이 헝그리 정신이야. 어려울 때를 잊는다면 결국 과거를 잊게 되고 브레이크 없는 벤츠처럼 결국 추락의 길로 가는 거지."

외환위기 때 과감한 구조조정도 중요하지만 우리 국민의 저력을 다시 한 번 보여 주는 것도 중요한 과제일 것이다.

"결국 정신력과의 싸움이지. 정신이 없는 경제 발전은 모래 위의 누각과 같은 거야."

"언젠가 기사에서 봤는데 일본 기타지마 시보리 제작소는 직원이 20여명 뿐인데도 세계 최고의 기술을 요하는 미국 항공우주국 로켓 부품을 만들어 공급한다니 그 정신은 대단하지 않습니까!"

"세계 최고의 기술력이 수십만 명의 기술자 집단에서 탄생하는 게 아니라 비록 소수의 집단이지만 정신이 살아있는 인간 군단에서 발생한다는 사실을 알 수 있는 거야."

"정신이 있고 그 다음에 경제가 있다는 논리이네요."

"정신이 살아 있지 않은 행군이란 결국 나침반 없는 항해와 같이 급기야는 갈팡질팡 오던 길을 다시 가야 하는 쓰라린 결과를 맛보게 되는 거지."

어둠 속에서 그녀의 눈빛은 더욱 빛났다.

여비서 장리의 슬픈 모습이 길 잃은 사슴처럼 어디엔가 기대고 싶은 분위기이다.

김 상무와 이 전무가 눈치를 채고 빈방으로 건너 갈 무렵 장 회장도 서둘러 눈빛을 보냈다.

장리가 회장의 품에 안길 때 그녀는 심장이 멈출 것만 같은 전율을 느낀다.

육중한 몸에 40대의 젊음을 유지하는 장 회장은 사랑중독자.

그대의 품에 안기고자 합니다.

사랑의 근원으로 돌아가고자 합니다.

우리가 할 수 있는 일은 사랑밖에 없습니다.

그래서 사랑의 선택을 하렵니다…….

장리는 마음속으로 좋아하는 문구를 되뇌이며 장비홍 회장의 품에 더욱 강렬하게 대시하였다.

주위는 온통 눈과 어둠으로 장식되어 빛나는 우주선처럼 사랑이 불타오르는 별장은 만물이 한몸으로 원초적 순수 기능으로 우주 저 멀리 사랑의 전파를 내 보내고 있다.

온 생명의 평안을 기원하듯 장 회장은 장리의 품에서 더없는 평화를 느끼는 듯 세상의 불협화음은 떠나가고, 둘만의 사랑의 신호만이 조그만 방안을 맴돌았다.

지루해질 틈이 없는 둘만의 육체적 향락은 1시간이 넘도록 지속되었다.

어여쁘고 나약하기만 한 장리의 육신이 반쪽을 찾아 강렬한 삶의 에너지를 방출하는 듯 몸에서 애액이 넘쳐흐른다.

장 회장의 가슴에서 강렬한 전차의 행군처럼 심장의 박동은 그 어느 것과도 바꿀 수 없는 소용돌이 속으로 질주하고 있다.

좋은 사람을 만나 사랑을 하는 일과 행복한 동질감을 얻는 게 얼마나 소중한 일인지…….

이윽고 대운하의 수문이 활짝 열리듯 장리의 영토 속으로 사내의 수액이 방출되는 순간 장 회장은 몸을 부들부들 떨었다. 그리고 곧장 깊은 침묵이 지배하기 시작하였다.

다음날 청량한 설악산을 뒤로한 채 장비홍 회장과 장리 그리고 김 상무와 이 전무가 차량 두 대로 분승한 채 경기도 이천에 있는 장풍고등학교로 향하고 있었다.

오늘은 장 회장이 설립한 장풍고교에서 50여 명에게 장학금을 지급하는 날이다.

나눔과 베풂을 손수 실천하고자 그룹차원에서 매년 장학금을 지급하고 있다.

자랑스러운 재학생 여러분, 여러분이 바로 이 시대를 이끌어 갈 예비 주인공입니다. 선대의 전통을 이어 받아 매년 시행하고 있는 장학금 수여 행사는 지금까지 수급자가 1천 명이 넘을 정도로 이 땅 이 사회에서 주인공이 되어 희망의 등불을 밝히고 있습니다.

사람들은 출세 정도, 건강유지 , 사랑쟁취, 재산형성 이 네 가지가 충족되면 행복하다고 보통 느끼며 살지요. 그러나 세계 유수의 심리학자나 행복론자들은 위의 네 가지가 보통 행복은 가져올지는 몰라도 최상의 행복은 가져오지 못한다고 합니다.

멀리서 예를 들지 말고요. 근래 수백억 가진 배우와 운동선수가 우울증을 못 이겨 자살 한 것을 보았을 거예요.

나름대로 부를 모았으나 딱 한 가지 자신을 사랑하는 법과, 사회를 사랑하는 법을 몰랐던 것이지요!

결국 가정의 가치를 중요시 하는 후진국에서 행복지수가 더 높게 나타났다는 것은 참 아이러니하지요.

여기서 분명히 말씀 드리자면 여러분에게 행복을 가져다 주는 것은 마음의 평정심이 아닌가 해요.

그 마음의 안정은 어디서 오는가?

학문을 중요시 하는 태도, 교우를 아끼는 태도이지요.

강의가 끝난 뒤 장비홍 회장은 읽다 남은 『무기여 안녕』스토리를 읽기 시작한다.

06

제 6 화

．
．
．

신비객
경이로움을 창조하는 신비한 힘
첫사랑 처녀와 영혼결혼식

경제 삼국지

신비객

영사막에 투영된 그림자일까, 무당 점녀는 멍하니 서산에 지는 해 그림자를 쳐다보고 있다.

"그놈이 꼭 와야 하는데."

비탈에 매달려 세상 밖으로 떨어지지 않으려고 몸부림치는 인간들처럼, 점녀는 누군가를 그립도록 기다리고 있다.

서른 살 무녀인 그녀도 여자인지라, 젊은 여인으로서 음기가 솟구칠 때는 목욕재계를 하고 누군가를 사무치게 기다리는 것이었다.

가슴의 고동이 점점 심하게 뛰었다.

오늘은 백일기도가 끝나는 마지막 날이다. 오늘 찾아오는 사람하고 합궁하면 소원이 풀어진다는 느낌을 받고 누군가를 기다리는 중이었다. 그때 인기척이 났다.

점녀의 입술은 더욱 붉어지기까지 했다.

"계시오?"

화들짝 놀란 점녀는 목쉰 사내의 음성에 그만 튀듯이 대답했다.

"오늘 업무는 끝났습니다."

점녀는 신기가 발동하는 오전 10시부터 오후 3시까지 이외 시간은 점괘가 떠오르지 않는다며 점을 보지 않고 있었다.

"점을 보러 온 게 아닙니다."

"그러하오면?"

"버스가 끊겨 잠시나마 얘기나 하며 택시를 기다리려고요."

"어디서 오시는 길입니까?"

"백두산입니다."

"예……!"

점녀는 두근거리는 가슴을 진정시키며 잠갔던 방문을 열었다.

사내는 호피 가죽을 둘러쓴 사냥꾼 차림의 중년 사내였다. 그의 곁에는 어린아이 크기만 한 가죽 남방이 움푹 팬 툇마루에 놓여 있었다. 그 자리는 점녀가 접신이 들었을 때 천궁이 물려준 징을 놔두는 자리다. 그러나 지금은 천궁도 징을 떠나고 아무도 없었다.

접신이 들었다 다시 나가는 상실감에 그녀는 무감 놀이를 멈추지 않았었다.

'무감 놀이 중에서 가장 극적인 것은 사내를 먹는 일이여.'

천궁의 얘기를 그때는 긴가민가했지만 점녀가 성숙한 여인이 된 후로는 아직 한 번도 발산하지 못한 신기를 음기로 내보내려

했던 것이다.

"그럼, 들어오라는 뜻으로 알고 잠시 실례하겠습니다."

사냥꾼은 무형의 빛을 내뿜으며 여인의 방으로 불쑥 들어와 앉았다.

순간 점녀의 매서운 눈매가 가방에 꽂혔다.

"그 안에 있는 게 뭔교?"

"차차 알게 될 겁니다."

"무엇이 들었기에 이리도 부피가 큰교?"

"동물입니다."

"동물? 사람은 아니것제?"

"암은, 우찌 끔찍하게."

점녀의 방 벽에는 널찍한 탱화가 언젠가부터 걸려 있다. 말문도사와 글문도사가 호랑이를 마주 앉혀 놓고 담배를 피우는 모습이다.

"고놈, 참 잘 생겼다. 저 호랑이 나에게 파이소."

"맘에 들간?"

"10년 동안 백두대간을 누볐지만 저렇게 우직한 놈은 처음인기라."

"내 마음에 들면 그냥 드릴 수도 있지예."

점녀는 붉은 진달래 꽃물이 들어있는 볼을 붉히며 허연 허벅지를 내보이며 성큼 다가앉았다. 마치 샤갈의 그림 '파리 하늘의 연인'처럼, 점녀는 억압된 욕망을 풀려는 듯 사냥꾼을 유혹하기 시작했다.

'넌 태양을 삼켜야 해. 튼튼한 물건을 소유해야 해.'

천궁의 남녀 합일이 가까이서 들리는 것만 같았다.

그런데 사냥꾼은 놀라기는커녕 며칠을 굶은 승냥이처럼 눈앞의 먹이를 보더니 침을 꿀꺽 삼키며 말했다.

"이거, 점잖은 분이 왜 이러슈. 나는 지나는 길손이외다."

"바람은 인연을 몰고 오거늘, 아까 저녁 바람이 예사 바람이 아니었당게요."

사냥꾼의 콧날은 날카롭고 우뚝 선 게 마네킹을 연상시켰다.

'나쁜 놈. 욕심은 있으면서 덤비지 않고 뭘 해.'

점녀는 울렁거리는 마음을 보일 양으로 웃옷의 단추를 풀고 반듯이 누웠다. 속옷을 입지 않은 점녀는 요염한 탕녀처럼 허연 허벅지를 드러내며 사냥꾼을 물끄러미 쳐다보고 있었다. 그 눈빛은 하늘을 삼키고도 남을 원초적인 본능의 향연이었다.

사냥꾼은 억압된 욕망의 혁대를 내리더니, 벌떡 일어나 방 문고리부터 잠갔다. 그리곤 낮은 포복으로 마치 동물을 발견한 엽사처럼 살금살금 무녀의 가슴을 빨기 시작한다.

처음에는 마치 천사가 머리 위를 맴도는 듯하더니, 곧 부녀자를 강간하는 전쟁터의 원정대처럼 사정없이 공격해 왔다.

'종일토록 햇빛과 바람 속에서 기다려 왔던 사내가 이 사람이란 말인가.'

점녀는 초조한 마음을 비우고 천국행 합승을 한 남녀처럼 실오라기 하나 걸치지 않은 나신으로 사냥꾼과 그곳으로 몰입하기 시작했다.

동물의 복제화처럼 사냥꾼의 가슴에는 검은 털이 작은 숲을 이루듯 검게 덮여 있었다.

바람에 흔들리는 건 문풍지뿐이 아니었다. 점녀의 절정구로 남성이 삽입됐을 때 그녀는 지진 난 대지처럼 몸을 움찔거렸다. 그녀에게 이 시간만큼은 몸주(主神)나 신당(神堂)이 따로 있을 리 만무했다.

'넌……, 분명 하늘이다.'

무녀는 사냥꾼을 하늘이 내린 것이라고 생각하는 듯 온 팔을 벌려 사냥꾼의 육신을 품기 시작했다. 스스로 자신을 태워 전신의 혈관을 모두 뜨겁게 달구어 버렸다.

명당경을 읽는 것처럼 점녀는 그렇게 몸부림치며 사내의 정기를 기다리고 있었다.

벽면의 탱화에 피어오르는 연꽃 같은 형상이 금세라도 만개할 듯 유심히 쳐다보고 있었다.

점녀의 육체는 땀으로 뒤범벅이 되어 있었다. 사내가 내공의 경지에 오르는 것처럼 점녀는 꽈리를 심하게 틀어 제켰다.

점녀의 염원이 하루아침에 이루어지는 순간이었다.

남성이 없는 천궁은 늘 점녀에게 태기를 느낀다며 얼마나 암시를 해 주었던가.

백사장으로 고깃배를 끌어올리듯 사내는 서서히 점녀의 몸에서 자신을 끌어내었다.

"미안하오."

사냥꾼의 침중한 음성이 들려왔다.

죽은 듯 쓰러져 있던 점녀는 벌떡 일어서더니 외쳤다.

"하늘이 도우셨도다."

"무슨 말이오? 하느님이라니……."

"난 오늘 잉태할 운명이었소!"

사냥꾼은 그제야 자신이 왜 이런 일에 말려들었는가를 알 것만 같았다. 그렇지만 돌이킬 수는 없는 일. 속으론 일견 놀라면서도 겉으로는 태연한 척했다.

'이미 엎질러진 물, 담는 데까지 담아야지. 이 여인이 필시 귀신은 아니렸다.'

사냥꾼은 짙은 귀무를 느끼면서 음침한 이곳을 빨리 벗어나야겠다는 생각을 했다.

"이것 좀 드시지요."

점녀는 누룩에 불려놓은 토속주를 올렸다. 그러자 사냥꾼은 급히 가방을 열었다.

"안주로는 이게 최곱니다."

불쑥 내미는 고깃덩어리는 필시 금세 잡은 듯 선혈이 여기저기 묻어있었다.

점녀는 무심히 집어 들다가 소스라치게 놀라 안색이 하얗게 변하고 말았다. 그것은 호랑이 고기였다.

"요놈을 잡는데 보름동안 백두대간을 헤맸습니다.

어서 드이소."

"난생 처음 보는 고기라서……."

검붉은 핏방울이 엉켜 선연히 잠들어 있는 호랑이는 태어난 지 얼마 안 된 작은 새끼호랑이였다.

문득 사냥꾼의 약지손가락에 끼워진 반지에 눈이 갔다. 벌거벗은 나상이 정교하게 양각되어 아주 번쩍거렸다.

'이건 필시 아내가 있는 몸이렷다. 이 자를 어떻게 붙잡아 놓지?'

232

점녀는 마음속으로 사냥꾼을 변강쇠로, 자신을 옹녀로 떠올리며 그를 생포할 구상을 하고 있었다.

경제삼국지

사냥꾼의 모습은 자세히 보면 하늘을 가를듯한 기상과 패기만만한 모습이 영락없는 사나이였다.

점녀는 그 반지 때문에 갑자기 배알이 뒤틀려 호육을 갈가리 찢어 막걸리와 들이켰다.

"산신이 내게 이렇게 주문했는디 이제 어쩌면 좋아. 호랑이 장사 다 하게 생겼는디……."

"뭣이라오?"

"첫째는 여자를 가까이 하지 말라 하였고.

둘째는 노름을 하지 말라 하였으며,

셋째는 술을 하지 말라 했는디 이젠 운 때가 산 넘어 가버렸제."

"걱정을 말드라오. 내일 나하고 팔공산 약사여래상 앞에서 기도를 하면 꼭 한 가지 소원을 들어준다니께."

점녀는 치마저고리를 성급히 입으면서 문 밖으로 나오더니 천지신명 일월성신 몸주(主神)를 바꿔달라고 기도를 드렸다. 그리고는 후다닥 부엌으로 가더니 작두칼 두 자루를 들고 와서 음기, 사기, 마기, 신기를 쫓는 칼춤을 추었다.

'에라, 물러가라. 휘, 휘. 내 몸 안에 산신호랑이 들어왔으니 잡귀들 후, 휘.'

그녀는 차디찬 성수를 입에 넣고는 날카로운 작두날에 사정없이 불어 제꼈다.

작은 물보라가 빛을 발하면서 문틈으로 쳐다보고 있던 사냥꾼의 간담을 서늘히 식혀 놓았다.

'저 여인이 귀신이 아니라 무당이었구먼. 간밤에 조개 맛이 좋다고 했더니, 역시.'

사냥꾼은 입맛을 쩝쩝 다시면서 무녀가 무감놀이를 끝내고 방 안에 들어오기를 기다렸다.

그때였다.

산 너머 굿하러 갔다 온다던 천궁이 대나무에 불기를 펄럭이며 돌아왔다.

무속인들은 깊은 밤에 거리를 여기저기 휘저어 놓는다. 야간도주, 야간이동을 하는 무감놀이는 낮보다 세상이 잠든 밤에 더 잘 어울리기 때문이다.

"달밤에 묘령의 처녀께서 체조하는 거요?"

"천궁, 지금은 안돼. 사냥꾼이 와 있어."

"왜?"

"백두산에서 호육을 가지고 왔어. 이걸 먹으면 신굿이 잘 된다 하길래……."

"그래? 네 이년! 그렇다고 나 몰래 사내질을 해?"

천궁은 금세라도 죽일 기세로 달려들었다.

"네 년의 허파에 바람구멍이라도 내야 정신 차리겠어? 그놈의 새끼 어디 갔어?"

살벌했다. 무슨 일이 일어나고야 말 것 같았다.

"관둬, 이거 왜 이래?"

점녀는 시퍼런 이를 드러내며 천궁을 진정시키느라 애를 먹었다.

천궁은 남성이 거세돼 남무(男巫)를 하며 점녀를 소유하려 했으나 그것은 차라리 고통이었다.

수많은 꿈과 뜨거운 열정이 일순간에 녹아버린 듯 천궁은 급히 방문을 열었다.

그러나 열어젖힌 방안에 사냥꾼은 온데간데없었다. 호랑이 가죽에 둘러싸인 고기만이 덩실 놓여 있었다.

"세상 말세로군. 내가 호랑이 띠인데 재수 옴 붙었네."

"천궁, 그 고기를 먹고 난 후 내 몸에 역마살이 돌고 있어. 여기를 곧 떠나야겠어."

"어디로?"

"계룡산이나 팔공산 갓바위로"

그로부터 세월이 흘러 10개월 후 점녀는 남산만한 배를 부여잡

경제삼국지

고 계룡산에서 길 가는 백수들을 상대로 굿이나 점을 쳐주고 있었다.

"그 애물단지, 꼭 낳아야만 하겠어?"

"천궁, 난 그놈과 영적 텔레파시가 통했나 봐."

"잊어버려, 한번 떠나간 산 놈은 돌아오지 않는 법이여."

"모르지, 백두산에서 소만한 호랑이 한 마리 잡아가지고 올지."

"넌 역마살이 낀 여자야. 어느 땅에도 정착 못 하고, 어느 사내하고도 일생을 살 수 없는 운명의 사슬을 걸고 있어. 네 혼에……"

"그래서 무아지경에 빠지려고 이 짓을 하는 거 아녀"

"난 서울 좀 다녀와야겠어. 오 법사가 사무실을 낸다는디 축하도 해주고 ……."

"오 법사, 어디서 많이 듣던 이름인데."

"이번엔 국내 최초로 귀신 잡는 회사를 설립했지."

"박수 맞지?"

"예끼, 이 사람. 그 도인은 과학적이고 도술적인 방법으로 귀신을 잡아들이지."

"그럼 퇴마사?"

"아니."

"퇴마사보다 더 무서운 사자가 있었담?"

"바로 둔갑사!"

"실제로 둔갑을 보았어?"

"응."

"기절초풍할 노릇이야."

"한 사흘 있다가 올 거야. 그동안 몸조리 잘해."

기둥서방 천궁이 떠나고, 다음날 괴 노인은 점녀의 불러오는 배를 보더니 길흉화복을 점치고 있었다.

점쟁이 앞에서 점을 치는 그 신비객은 허연 수염이 난 괴 노인이었다.

"생각이 천리 밖이다. 화창한 봄날 꽃이 떨어지기 쉽다. 그대는 만 가지 자태를 자랑하지만 하늘 끝에 서 있어."

"신비객이여! 나에게 조심이 있다면 알려 주소서. 나에게 수양의 성찰이 있다면 분명히 행하리."

"액운이 다가오고 있어. 넌 혹시 사내를 잡아먹지 않으면 나찰이 되고 말아. 필시……."

"예? 호랑이띠면 혹시 천궁, 그이가? 신비객이여, 난 천궁과 백년가약을 맺지는 않았지만 같은 무속인의 길을 가고 있는데 어찌……."

"하늘과 땅이 통탄하리. 네 뱃속에 있는 아이는 천궁을 죽이고 말거야. 천궁과 이 아이는 전생에 악마로 맺은 인연이었어."

"내가 이제 그렇다고 요부(妖婦)가 되라는 말이요?"

"천궁은 그렇지 않으면 사냥꾼에게 잡혀 먹힐지 몰라.

사냥꾼은 살아있는 것을 죽이는 습업(習業)을 타고난 놈이야. 무고한 생명을 죽였으니, 그 인과는 불을 보듯 뻔해."

"이 뱃속의 아이는 어떡허구요?"

"사냥꾼은 도화살을 범했으나 점녀를 만나 2세만큼은 업을 소멸했다."

"소인이 산전수전 다 겪었으나 신비객의 가르침은 내 알지를 못하겠습니다."

"알아서 해. 네 애를 살리고 싶거든 천궁을 쥐도 새도 모르게 없애버려야 해. 이것으로……."

노인이 일어나면서 점녀에게 무언가 던져 주었다.

"이건 환……."

"그래. 이건 독초로 만든 사심환이야. 이거 한 알이면 네 뜻대로 될 거야."

"필시 신비객은 어디서 무얼 하는 분입니까?"

"나야말로 제사 덕에 이밥이라. 구름 타고 세상 구경하는 게 유일한 낙이지."

'아니, 그럼 이이가 계룡산에 현존한다는 이백 살 먹은 도인?'

점녀는 속으로 움찔 놀라면서도 한편으론 십 년 묵은 체증이 내려가는 것처럼 속이 후련했다.

서울에도 이미 100세 이상 먹은 도사들이 신선이 되기 위해 여럿 있다는 말을 들었는데, 실제 계룡산에 와 보니 그게 사실이었다.

"애를 낳거든 약사여래(藥師如來) 부처님께 팔도록 하시오."

"자식을 팔라구요?"

"그런 치성을 드리지 않는다면 사냥꾼 총에 맞은 동물처럼 액운 속에 아이를 잃게 되오."

"아이를 위해서라면 제 목숨까지도……."

"자, 이걸 받으오. 무슨 일이 벌어지거든 이걸 누르시오."

노인이 준 것은 태극패였다. 그것은 천국과 지옥 소식을 전하는 호출기 같은 것이다.

천기를 들을 수 있는 자만이 서로의 연락을 취할 수 있는 것이다.

"나에게 천살(天煞)을 하라니, 이것이 나의 갈 길이라면……."

괴 노인이 바람과 함께 숲 속으로 사라지자마자 점녀의 통증은 점점 심해지더니 온 천지의 숲이 빙글빙글 도는 것만 같았다.

차갑고 무표정한 숲들이 부글부글 살아있는 열기를 뿜어대며 전혀 새로운 모습으로 다가왔다.

숲을 가로지르는 한 무더기의 태풍이 금세 점녀의 방안에 확 몰아닥쳤다.

집까지 어떻게 왔는지 점녀는 부푼 배를 안고 깊은 잠에 빠져들었다. 단숨에 깊은 잠으로의 이동은 마치 고요한 숲의 신들이 자장가를 안겨 주는 듯하다.

점녀는 꿈속에서 낮에 만났던 신비객의 목소리를 현몽하고 있었다.

'점녀야! 난 너의 오빠니라. 구천리를 헤매 널 찾았는데 너의 주위에 사기가 흐르는구나. 그 사기는 바로 천궁에게서 나온다. 어서……'

꿈인지 생시인지 몰라 점녀는 허벅지를 꼬집어보았다.

피곤한 단꿈이었지만 분명 스치는 현몽은 신비객이 자신의 오빠이며, 천궁이 사기를 갖고 자신의 태어날 아기를 죽일 수 있다면 아기와 천궁의 원한 관계를 풀 수도 있으련만……. 그렇다고 천궁을 죽일 수는 없었다.

거역할 수 없는 운명의 심판을 자신이 하기에는 너무나 가혹한 것 같았다.

점녀는 마침내 무릎을 꿇어 두 팔을 들어 올렸다.

새하얀 광선이 들어오는 듯 눈이 부시더니, 갑자기 하복부가 꿈틀거렸다.

밀려오는 진통, 붉은 하혈이 방안을 타고 내리는 동안 점녀의 온 육신은 땀으로 목욕을 하는 듯했다.

몸을 부르르 떨면서 성스러운 눈길로 방금 태어난 아기를 쳐다보았다. 그것은 환희의 동자상이었다.

점녀는 천천히 몸을 일으켜 자신의 아기를 성수로 목욕을 시키기 시작한다. 가을의 한적한 호수에서 노니는 한 마리 백조처럼 아기는 그렇게 평화로운 자태로 요동치고 있다.

장차 이 아기와 천궁의 절묘한 인과관계를 푸는 것이 순리라고 생각한 점녀는 서둘러 짐을 챙겼다. 새벽 일찍 팔공산 갓바위의 영험을 받고자 함이었다.

그녀는 산신령의 보호 때문이었는지 보통 사람 같으면 산후 조리로 일어나지도 못할 시기에 팔공산 속으로 무한정 걸어들어 갔다.

사방 백 미터의 거대한 타원형의 동굴 입구가 그녀의 눈앞에 나타났다. 시뻘건 피가 퇴색하여 이제 검은 재색으로 동굴 바닥에 카펫처럼 깔려 있었다.

'무엇이 저리 쌓여 있을까?'

점녀는 무심히 다가서다가 소스라치게 놀랐다. 그곳에는 인골들이 무덤 형태로 가득 쌓여 있었다.

수많은 세월 동안 퇴화되고 마멸된 인골들이 백골 산맥을 이루고 있었던 것이다.

마치 망명정부의 지폐처럼 수북이 쌓여진 불귀의 넋 앞에 점녀는 사방부적을 뿌렸다.

원통하다,

불귀의 형제들이여…….

하늘의 신과 땅의 신 이름으로

오늘 통한의 한을 이기고

저승에 오르라.

이름도 없는 무명의 해골 앞에서 점녀는 초혼시를 읊어보았다.

점녀는 또 한 번 석벽을 보면서 놀라움을 금치 못했다.

수백의 인간들이 자신의 손톱으로 여기저기 한 많은 기록을 남겨놓았기 때문이었다.

모든 잡학이 총망라된 듯 갖가지 수식으로 유언장을 쓴 흔적이 역력했다.

'이것은 분명 말로만 듣던 인간 사냥꾼들의 소행이다.

길 잃은 자, 집 나온 자, 허약한 자들을 닥치는 대로 잡아 가둬

놓고 몇 날 며칠을 굶긴 다음 장기를 빼다가 병원에 팔아먹는 파렴치범들. 아! 생각하기도 싫다. 엄청난, 무고한 생명들이 불귀의 객이 되어 버렸구나!'

처절하고 비참한 모습을 보고 있는데, 등에 업혀 있던 어린아이가 갑자기 경련을 일으켰다. 무서운 생각을 애써 억누르고 주위를 다시 한 번 둘러보던 점녀는 꼼짝할 수가 없었다. 아직 시신이 썩지 않은 한 구의 육신이 두 눈을 크게 뜨고 죽어 있었던 것이다.

잔혹한 모습, 억울함을 그대로 두 눈에 모은 듯, 눈을 감지 않은 동공이 반짝거렸다.

"앗!"

점녀는 소스라치게 또 한 번 놀랐다. 그녀를 찾고 있던 천궁이 거기 누워 있었다.

"어데 갔다가 글쎄 이런 데 누워 있노?"

점녀는 엉겁결에 울부짖었다.

천궁의 시신에 자신의 웃옷을 덮어주고 점녀는 서둘러 동굴을 빠져 나왔다.

팔공산(八公山)은 비로봉을 중심으로 동봉과 서봉이 대구의 양 날개처럼 승천할 기세를 보이고 있다. 팔공산은 예부터 공산(公山), 부악(父岳), 중악(中岳)이라고 했다.

신라 말에 견훤이 서라벌을 공략할 때 고려 태조가 팔공산 동수(동화사)에서 견훤을 만나 위기에 빠지자 신숭겸이 태조를 가장하여 맞서 싸우다 무참히 전사하였다. 그 당시 신숭겸, 김락 등 여덟 장수가 모두 전사하여 팔공산이라는 이름이 붙여졌다.

팔공산 염불봉 아래에서 장엄기도를 하고 있는 점녀 앞에 한 사내가 다가와 병풍처럼 우뚝 섰다. 점녀가 힐끗 올려다보니 사냥꾼이었다.

"왔군요."

별 감정 없이 담담하게 말했다.

"1년 전에 이곳에 아기를 안고 오기로 했잖소."

"백두산에서 오는 길인가요?"

"그렇소 천궁은?"

"죽었어요. 장기 강도들에게 육신은 죽고……."

"세상에 그런 일이 우째, 인간이 인간을 돈 때문에 학살한단 말이오?"

"당신도 호랑이를 잡아 한 건 올리지 않았는감."

태백산맥의 한 줄기 지맥이 이루어 내는 팔공산 중턱의 동화사에서는 염불 소리와 풍경 소리가 불규칙적으로 번지며 사바세계를 깨우고 있다.

"이제 환속하는 게 어떻소?"

"스님도 아닌데요, 뭐"

"아기와 셋이서 백두산으로 갑시다."

"대웅전에서 기도를 드리면서 생각해보겠어요."

대웅전 안의 본존불(本尊佛)을 중심으로 왼쪽에는 일체 중생의 마음과 몸의 병을 구제한다는 약사여래불과, 오른쪽에는 일체 중생을 영원한 행복과 즐거움으로 이끈다는 아미타불이 점녀를 감싸 안을 듯이 보였다.

'죄를 씻사옵니다. 이제 무감놀이를 떠나려 합니다. 저를 풀어 주십시오. 천상천하 부처님이시여, 아이와 사냥꾼과 세상 안에 머물게 하소서.'

점녀의 기도는 해질녘까지 계속되었다.

사냥꾼이 대웅전 처마 밑에 서 있는 사이 경찰들이 시신 발굴 작업을 하러 괴 동굴로 이동하는 모습이 보였다. 필시 이 사건이 미궁에 빠지지나 않을까 걱정이 되었다. 거기에는 천궁의 시체도 놓여 있었기에 점녀도 자칫 수사 대상에 오르지 않을까 염려되었다.

"이 지상에서 우리와 똑같은 인간과 함께 살았다는 사실 하나만으로도 세상에 태어난 보람이 아닐 수 없소. 자, 이제부터는 새로운 시간을 만나는 것이오."

팔에 안긴 아기의 얼굴은 사냥꾼의 눈에 오목렌즈 속처럼 안겨들었다.

점녀가 무속세계를 떠나 일상으로 돌아오는 데는 사냥꾼과 아기의 힘이 컸다고 할 수 있다.

점녀와 사냥꾼이 팔공산을 내려오는 동안 어두운 밤길을 밝히는 달빛이 앞길을 환하게 비추고 있었다.

경이로움을 창조하는
신비한 힘

새해 첫 햇살이 모든 이에게 공평하게 돌아온다.

미국발 금융위기는 이제 전 세계적인 관심사다. 특히 관몽그룹의 종합적인 그룹이미지에 경영위기는 자칫 부도로까지 이어질 수 있는 경제 숙제일 수밖에 없다.

관 회장은 독신생활을 오래하면서 인공생명, 인공 로봇 같은 제2의 생명에 관해 많은 관심을 갖고 있다.

파리에서 우 전무가 돌아왔다.

글로벌 교육센터를 만들기 위해 싱가포르와 파리를 방문하고 돌아오는 길이었다.

"파리 분위기는 어때?"

"금융위기로 쇼핑에 대한 소비가 일어나지 않습니다."

"샹젤리제에 로봇 개가 등장했다지!"

"예, 회장님 독신자와 어린이들의 반려동물인 개를 응용하여 마침내 로봇 개를 만들어냈죠!"

"하나 사오지 그랬어?"

"시판은 몇 개월이면 되고, 지금 최종 배터리 시험 중입니다. 24시간 견딜 수 있는 리튬 배터리 기술이 노하우죠. 로봇 개가 전기선을 달고 다닐 수는 없는 것 아닙니까? 1987년 인공생명의 아버지 크리스토퍼 랭턴이 현존하는 생명체를 인공생명으로 전환할 수 있을까 하는 연구에 몰두 구미 각국에서 로봇산업에 뛰어들었죠!"

"자칫 인간성을 상실한 척박한 세상에 우울증을 달랠 수 있는 친구라고 해야만 할까. 로봇은 앞으로 생활 속에서 더욱더 진가를 발휘할 것만 같구먼."

"반지의 제왕이나 매트리스에서 수많은 실사가 로봇처럼 움직이는 모습은 영화를 보는 이로 하여금 스케일을 나타나게 하기에 충분하죠."

"거기에 인공생명을 집어넣는 게 첨단 과학이지!"

우 전무가 파리출장길에 만난 타워 에펠은 그야말로 대 장관이었다.

아름다운 센 강 안쪽에 세워진 타워 에펠의 위용은 그 어느 철재 구조물보다 인상 깊은 불후의 작품이다.

그 옆에 조각되어있는 건축가 에펠의 모습은 이미 고인이 되었지만 그 철상의 미소는 찾아오는 이로 하여금 세기의 탄성을 자아내기에 변함이 없다.

타워 에펠을 보면서 오래된 나무를 떠올린다.

뿌리 깊은 나무에 그 어떤 폭풍우가 다가와도 꿋꿋이 이겨내는 모습! 타워 에펠의 기초인 사각기둥에서 부터 그 위용은 시작된다. 튼튼한 기초위에서 갖가지 형상을 조각하고 조립하며 하늘의 마천루가 되어버린 것, 영원의 무한대로 솟을 것 같은 타워 에펠 앞에서 우 전무는 한편의 시를 옮겨 쓰고 있었다.

이게 다 인류의 유산인가
이 모두가 인류의 희망인가
여기 모인 사람들 에펠의 초혼을 보았다.
그리고 느꼈다.
꿈은 꾸는 자의 몫이라고

인생은 한순간 마라톤이 아니라
생의 전반을 표현하는 추모의 작품을 만드는
외로운 순례자
시련을 극복하는 숙련된 기술자들

이제 우리를 기다렸다.
저 위용이 혁명처럼 하늘로 함께 진격하잔다.

파리의 날씨는 비가 올듯하면서 화창하게 개는 다소 냉소적인 날씨이다.
오후가 다가오자 햇살이 코발트 빛을 머금고 분주한 사람들을 향해 세상은 이렇게 사는 거야 하고 나름대로의 풍광을 발산하고 있다.

사무실에 들어서자 한통의 메일이 기다리고 있었다.

관몽그룹 관 회장에게서 온 전갈이었다.

친환경 천연소재를 응용한 바이오에너지산업을 리서치해오라는 내용이다.

유럽에서는 벌써 바이오산업에 눈뜨면서 폴리에틸렌이나 플라스틱, 스티로폼 같은 재활용이 어려운 폐기물을 천연소재로 교체, 재생 가능한 바이오산업을 꿈꾸고 있었다.

목화솜을 이용한 의류, 사탕수수에서 추출한 원료를 소재로 한 자동차 기술, 각종 식료품 제조와 건축설계에서 이제 친환경 에너지원을 적극 발굴하고 있다.

자연과 함께하는 시간에는 뜨거운 열정이 녹아있다.

파리 7대학에서 공부하고 있는 박사과정 장이 찾아왔다.

"파리를 둘러보고 찾을 것은 다 찾았나요."

"파리는 경이로움을 창조하는 신비한 힘이 있습니다. 그 경이로움은 옛 전통에서 현대에 이르기까지 그대로 녹아있죠."

"그 어느 것도 시간의 흐름을 제어할 수는 없죠. 그러나 시간여행을 잠시 화폭에 옮기듯 문화의 이데아를 이때 창조한 것이죠."

"우리를 위압하는 초고층 건물 대신 아늑한 저층 건물들이 어깨동무하듯 길게 늘어서 있는 파리의 하늘 아래에서 찾는 이들은 위안과 안식을 발견하게 되는 것이죠."

"언젠가 서울에서 물로만 가는 자동차가 나와 큰 관심을 끈 적이 있죠."

"정말 그게 가능하다면 시시비비를 떠나 노벨물리학상 감이죠."

유럽인들이 친환경 에너지를 찾아 아프리카 드넓은 대륙을 누비는 것도 알고 보면 석유에너지 자원 때문이다.

경이로운 세계발전의 허브 역할을 하고 있는 유럽인들의 석유 소비는 블랙홀처럼 빨려 들어가고 있다.

세계의 공장이 중국이라면 세계의 디자인이 유럽에서 만들어진다고 해도 과언이 아니다. 그중에서도 파리는 예술과 디자인을 접목한 세계인의 큰 관심을 끄는 지역이기도 하다.

"파리의 에너지 정책을 결정하는 인물을 찾아야 해."

관몽그룹 관 회장과의 인터넷 전화가 시작됐다.

"프랑스 관계 관청의 관료와 단체로 구성된 프랑스 에너지 지도자그룹을 통솔하는 주요인물을 찾고 있는 중입니다."

"에너지는 생명줄이지, 어미의 젖줄과도 같은 절대 필요의 진리와 같은 존재지, 그러나 아기가 어미 젖을 떼고 가공분유를 먹듯이 이제 새로운 대체 에너지원을 찾을 시점이 아닐까?"

"그래서 그런지 몰라도 세계 각국의 언론들이 자원 쟁탈기사를 앞다투어 내고 있습니다. 제 방에 프레스 뉴스맨들의 명함만 봐도 이를 짐작하죠."

"프랑스에서도 아프리카나 알래스카 원유를 철저히 보장받기 위해 현지 부족장 아들을 파리에 유학시킨다는 얘기를 들은 적이 있는데……."

"저개발국가에서는 원조수입국들을 상대로 원유를 제때 공급하고 대신 이들 나라들은 인프라 장비를 지원한다거나 최신기술자를 파견한다거나 원주민들의 선진유학을 도와주는 꼴이죠."

"유럽은 세계 대체에너지 시장의 태풍의 눈이지, 천연자원 획득을 위해 연구소에 불이 꺼지지 않는다는구먼."

"향후 전 세계에서 천연자원 연구와 획득에 심혈을 기울이지만 정작 한국에서는 아직 걸음마 단계가 아닐까요."

"바로 거기에 대화의 핵심이 있구먼, 우리 관몽그룹의 스킬이야."

이코노믹 스킬에 우 전무는 순간 발작을 일으키는 듯.

우 전무는 관 회장이 보낸 팩스 서류를 검토하기 시작했다.

상대국 소비자의 성격이나 욕구 그리고 선택적 행위를 늘 관찰할 것,

파리시민의 인간관계의 기본과 응용을 이해함으로써 신뢰의 양국관계를 구축할 것,

관몽그룹의 취약적인 부분을 이해하고 상대국 소비자와의 효과적인 갈등관계 해소법을 습득할 것,

소비는 이론이 아닌 실제 행위이며 스스로 감동받는 체험을 배워서 올 것, 주위의 컴퍼니를 분석, 의사소통과 그들과의 관계 형성을 통해 성공 전략을 세울 것.

이만하면 자신을 이기고 상대를 이기는 스킬 노하우가 숨어 있는 듯.

우 전무가 지하철을 타고 개선문 근처에 도착했을 때는 겨울의

진눈깨비가 넓게 휘날리고 있었다.

파리의 겨울 하늘은 파란 코발트색을 한바탕 칠해 놓고 그 속에서 희뿌연 진눈깨비가 페인팅을 완성하려는 듯 제멋대로 채색을 하고 있다.

문득 우 전무는 문학청년이라도 되는 듯 개선문 난간 대리석에 앉아 글을 써내려가고 있다.

차가운 대리석이 오랜 세월의 이끼 대신 수많은 사람들의 손때가 묻어 산 자와 죽은 자의 시간이 많이 교차되었음을 느낀다.

파리의 모든 것은
저렇게 두 팔 벌리고 서 있다.
나폴레옹이여, 현자여, 사랑에 빠진 자여
우리는 왜 이 땅에 왔으며, 왜 이 땅에서 잠드는가
자의든 타의든 우리는 파리에 와야 한다.
그리고 추억 속에 파리를 잠들게 해야 한다.
그것이 인생이다. 오고 가고 저 - 관광객처럼
바게트 빵을 먹고, 와인을 마시고, 그리고 그들은 사랑을 한다.
파리의 아침은 바게트 빵으로 시작한다.

일주일 이상 빵과 치즈 그리고 핫초코로 아침을 해결한 우 전무는 몸에 병이 생길 것 같아 길 건너 인근 마트로 찾아갔다.

쌀을 주식으로 했던 식생활, 빵으로 끼니를 때워야 하니 여간 힘든게 아니었다.

그는 오리엔탈 라이스 푸드를 발견한 순간 혼자만의 희열을 느꼈다. 아울러 그린 색 애플을 한 움큼 사가지고 호텔로 들어왔다.

그리고 라이스를 먹으면서 얼마 전 루브르에서 디카로 찍어온 중세의 풍만한 여인을 쳐다보기 시작한다.

제법 도톰한 살이 오른 세 여인의 그림은 지금도 금세 화폭에서 걸어 나올 것만 같은 생동감이 있다.

세 여인이 어깨동무를 하고서 제일 왼쪽 여인은 자신의 둔부를 정면으로 향한 채 우 전무를 응시하고 있다.

매끄러운 비너스 언덕 위로 아주 미세한 숲이 여인의 중심을 감싸고 있다. 맨발의 가운데 여인은 에스라인의 체격과 풍만한 엉덩이를 정면으로 향한 채 무언가 속삭이고 있다.

루브르 벽화의 또 하나의 특징은 남성의 강인하고 혁명적인 화폭에다가 여인의 고요하고 아름다운 화폭을 비주얼하게 처리하고 있다는 것.

맨 우측 여인의 미소는 동서양 세기를 넘어선 신비스런 평화를 갈구하는 미소이다.

머리에 붉은 꽃 한 송이는 이제 사랑하는 임을 찾고 있다는 표시이기도 하다.

우측 여인의 젖가슴 꽃봉오리는 한 치의 흔들림이 없는 완벽한 순수를 내포하고 있다. 어느 사내의 몸놀림도 없는 순결한 처녀의 초상 앞에서 우 전무는 옛날을 회상하고 있다.

과거로 회귀할 수 없는 중년의 나이, 그러나 그에게는 즐거운

영화를 다시 한번 보고 싶듯 아름다운 추억의 생각이 혼자만의
공간 속에서 다시 재생되는 것이 싫지만은 않았다.

　우 전무가 꺼내든 것은 『영혼결혼식』 단편인데, 슬픈 처녀의
모습이 아른거린다.

첫사랑 처녀와
영혼결혼식

해영은 요즘 들어 승환이가 자신을 피하고 있다는 느낌을 받았다.

집에 전화를 하면 거의 받는 적이 없었고 어쩌다 통화가 되더라도 그는 자신이 전화를 다시 걸겠다고 하면서 퉁명스럽게 끊은 뒤 연락이 오지 않았다.

해영은 자꾸 불안해지기 시작했다. 혹시 그의 마음이 변한 건 아닐까, 하는 생각에…….

하지만 그럴 리가 없어. 누가 뭐래도 승환 씨는 날 버릴 사람이 아냐.

마음을 그렇게 다잡으면서도 마음 한구석 불안감은 여전히 털어내 버릴 수 없었다.

승환이가 심경에 변화를 가져온 건 아무래도 해영이 그의 부모님을 만나 뵌 후부터인 것 같았다. 그때 승환이의 어머니는 승환이가 한번 만나보기만이라도 하라고 해서 할 수 없이 응낙했지만 절대 해영을 자기 집 며느리로 받아들일 수 없다고 못을 박았었다.

이유인즉, 해영이 대학도 못 나온 데다 근본도 없는 집안이고, 거기다 편모슬하에서 자랐기 때문에 절대 승환이와 짝을 맺어줄 수 없다는 거였다.

그런 말을 당당하게 내뱉을 수 있을 만큼 승환의 집은 과연 쟁쟁했다.

아버지는 사업체를 여러 개 거느린 사업가였기 때문에 집만 봐도 해영이 기가 죽을 정도로 으리으리했다.

해영은 승환의 부모도 반대하고 스스로 생각하기에도 그와 아무래도 격이 안 맞는 것같아 마음은 아팠지만 헤어지기로 마음을 먹었다. 그러나 승환이 그게 무슨 소리냐, 부모님이 우리의 관계를 허락할 때까지 조금만 참고 기다려 보자, 하면서 해영을 안심시켜 주었다.

그런 그가 차츰 변하기 시작한 것이다.

얼마 후 해영은 주위 사람들로부터 승환의 결혼 소식을 듣게 되었다. 그러나 해영은 그 사실을 얼른 받아들일 수 없었다. 해영은 승환으로부터 직접 확인을 하고 싶었다.

어느 날 해영은 밤늦게까지 승환의 집 앞에서 기다리고 있다가 간신히 그를 만날 수 있었다. 그동안의 안부는 물을 여유도 없이 다짜고짜 결혼 소식이 사실이냐고 물었다.

경제
삼국
지

그러자 그는 내일 대답해주겠다며 둘이 자주 만나던 카페에서 만나자는 약속만 하고 냉랭하게 돌아서는 거였다.

다음 날 약속 장소인 커피숍에 해영은 미리 나와서 승환을 기다리고 있었다.

해영의 머릿속에는 승환과의 지난날 시간들이 주마등처럼 스쳐 지나갔다.

해영이 승환을 처음 만났던 건 그녀의 고향에서였다. 그때 해영은 여고를 나와 서울에서 직장생활을 하다가 몸이 안 좋아 시골 고향에 내려와 잠시 쉬고 있는 중이었다.

여름방학 무렵이었는데 서울에서 농촌 봉사활동 하러 S대 대학생들이 해영의 고향에도 여러 명 내려왔다. 그들은 낮에는 동네 사람들 일을 도와주고 밤에는 학생들을 회관에 모아놓고 공부를 가르쳤다.

해영은 시골에 친구도 없고 해서 그들이 기거하는 동네회관에 자주 놀러가곤 했었다. 그중 해영은 승환이라는 대학생과 친하게 지낼 수 있었다. 그는 해영보다 한 살 위였는데 그녀를 여동생 삼고 싶다고 하면서 그녀의 집에도 자주 놀러오곤 했었다. 그리고 방학이 끝나갈 무렵 그는 떠나면서 서울에 올라오면 꼭 연락하라며 주소와 연락처를 적어주었다.

해영은 건강이 회복되어 서울에 올라와 다시 직장생활을 하면서 승환을 자주 만날 수 있었다.

승환은 학교 행사 때면 해영을 초대해 여러 사람들에게 소개해 주기도 하고, 또 그녀의 자취방에도 자주 놀러오면서 두 사람은 급기야 오빠 동생 사이에서 결혼하기로 약속하고 그에게 모든 것을 바쳤다.

얼마나 달콤하고 아름다운 시간들이었던가. 그런데……, 가슴이 미어지는 것 같았다.

언제 왔는지 승환이가 자리에 털썩 앉는 것이었다. 그는 자신의 결혼 소식은 사실이라며 부모님의 반대가 워낙 심해 어쩔 수 없었다고 변명을 늘어놓았다. 그리고 봉투를 하나 내밀었다. 봉투 안에는 거금이 들어 있었다. 그는 그 돈이면 서운하지 않을 것이며 두 사람의 관계를 더 이상 없는 것으로 하자며 감정 하나 집어넣지 않고 냉랭하게 말했다.

해영은 그제야 모든 걸 확인할 수 있었다. 그녀는 돈 봉투를 승환의 얼굴에 내던지고 그대로 뛰쳐나왔다.

어찌해야 할지 몰랐다.

누가 가르쳐 줬으면…….

이제 절망이라는 생각만이 머릿속을 꽉 채웠다. 해영은 그 길로 허허로운 가슴을 안고 고향으로 다시 내려왔다.

고향에 왔지만 예전 같지 않았다. 그저 낯설기만 하고 가슴 한 구석은 여전히 시리기만 했다.

승환의 결혼식 날 해영은 기어이 약을 먹고 스스로 목숨을 끊었다.

승환은 그런 사실도 모르고 새로 맞은 신부와 사이판으로 행복한 신혼 여행길에 올랐다.

드디어 신혼 첫날밤

승환은 설레는 마음으로 신부를 안았다. 그러나 승환은 너무나 놀라 그만 신부를 떨어뜨리고 말았다. 어찌된 영문인지 신부는 해영으로 변해 있었다.

"아니, 네가 여길 어떻게……?"

그때까지만 해도 승환은 해영이 귀신이 되어 신부의 몸을 빌어서 나타난 것을 모르고 있었다. 그저 어떻게 해영이 이 침대에 누워 있는지 도무지 이해할 수 없었다.

해영이 깔깔 웃으며 대답했다.

"이승에서 못다 이룬 우리 사랑을 저승에서는 이룰 수 있을 거예요. 그래서 승환 씨를 데리러 왔어요."

"그럼 넌……?"

"그럼요. 전 이미 이 세상 사람이 아니에요."

"아악!"

다음 날 승환이 묵고 있던 호텔 바닥에서 한 남자의 시신이 발견되었다. 바로 승환이었다. 이 소식을 서울에서 전해 들은 승환의 부모는 부랴부랴 시신이 도착하는 대로 영가제를 올려줘야겠다고 생각하고 점술가 천궁을 찾았다.

한없는 슬픔이 운명이라는 저승 당나귀를 타고 가버릴 즈음 승환의 시신은 비행기 냉동 창고에서 꽁꽁 얼어버린 고등어가 되어 도착했다.

살아 있던 그도 죽었고, 지금 살아 있는 우리도 죽어간다.

조금씩 태양을 갉아먹으면서…….

천궁이라는 간판이 붙은 용산의 허름한 여관골목은 여전히 희미한 불빛만이 나신처럼 어른거렸다.

천궁이 있는 방은 미로처럼 얽혀 있었다. 마치 캄캄한 숲 속에서 몽타주 같은 마을을 찾는 것처럼…….

"슬픔을 두려워할 필요는 없습니다. 이 여관에 오는 사람은 슬픔을 잠재우러 오는 사람들이 대부분이지요."

"방이 많은 것 같은데 인기척이 없군요."

"놀랄 것 없어요. 이곳은 사람보다는 귀신들이 하룻밤 묵어가는 곳이니까요."

승환의 어머니는 갑자기 머리카락이 쭈뼛쭈뼛 서는 듯했다. 등줄기에 식은땀이 흘렀지만 천궁에게 안 보이려고 애써 태연한 척 했다.

자초지종을 다 듣고 난 후에 빈 방문을 열어 보이며 자신이 만든 종이꽃을 보여주었다.

"내 팔십 평생 만든 것입니다."

"어디다 쓰시려고요?"

"억울하게 죽은 영혼을 위로하는 국장을 지내려고요."

"나라 차원에서 하는 제례를 어떻게 할머니 혼자 힘으로…….."

"아니오, 내가 모시는 천존, 지존, 단군신, 석가는 나의 소망을 일으켜 주실 겁니다."

아주 둔탁하고 떨린 음성이었다.

팔십 노인의 이 말이 끝나기도 전에 어디서 나타났는지 흑 고양이 한 마리가 쪼르르 기어 지나갔다.

"죽은 아이의 영혼을 극락으로 보내 주십시오."

"이제라도 해영 처녀의 원귀를 달래주고 영혼결혼식을 올려주어야만 돼요."

"지금 그 처녀는 어디에 있나요?"

"지금쯤 요단강을 건너려고 포구에 앉아 있을 겁니다."

"천궁! 어서 가요. 내 그 처녀를 용서하고 죽은 내 아이와 이제 행복하게 요단강을 건너 극락세계에서 한세상 살도록 해야지요."

천궁은 신불(神佛)을 모시고 법당으로 와서 신성한 주문(呪文)을 외우기 시작했다.

"음 아무리다테 자하하라흠……."

초혼주문이 끝나자 천궁은 죽은 아이의 이름과 첫사랑 처녀의 이름을 종이에 써 놓고는, 이를 다시 배 모양으로 접어 요단강에 띄우기 시작했다.

"풍랑이 없어야 할 텐데……."

"뱃속에 멀미를 안 할지 모르겠네."

어지러웠다.

승환 어머니의 얼굴은 평화로움 대신 고통으로 일그러진 데드마스크 같았다. 사실 자신이 결혼을 승낙만 했어도 이렇게 되지는 않았을 텐데. 해영과 아들을 이 지경으로 만든 것은 순전히 자신의 불찰이기도 했다.

돛배가 요단강을 지날 무렵 미풍도 사라지고 어디선가 맑은 새소리가 들려오는 듯했다.

절망과 위기가 지나갔는지 천궁의 말투는 아주 담담했다.

"자, 이제 됐소. 내일은 양가 부모님들이 사진을 들고 와서 영혼 결혼식을 올려주도록 합시다."

천궁여관에 묻은 신비를 가슴에 안고 승환의 어머니는 아주 어두워진 밤길을 재촉하고 있었다.

졸지에 아들을 잃은 슬픔과 울분이 사라지고 대신 평화롭고 온화한 생명력이 서서히 밀려오는 듯했다.

"모든 것이 제 불찰입니다. 사랑은 순수하고 고귀한 것인데……."

승환 어머니는 몸 둘 바를 모르며 사죄하는 마음으로 말했다.

"죽어서 영혼이 다시 만났으니 이제는 완전한 사랑을 하겠지요."

해영 부모님도 웬만큼 슬픔이 가라앉은 듯 차분하게 말했다.

그날 오후 승환의 시신을 실은 영구차는 서울 망우리에 있는 화장터로 향했다.

영구차가 지나는 동안 도로 양편에 심어져 있는 능수버들, 가로수들이 일제히 가지를 늘어뜨려 영구차의 진행을 물끄러미 보고 있었다.

슬픔 뒤에는 기쁨, 절망 뒤에는 희망, 죽은 뒤에는 탄생…….

천궁이 뒤따르며 이승에 대한 미련을 완전히 걷어주려 극락 주문을 오래도록 외우고 있었다.

07

경제 삼국지

제7화

천지고요 설산에서
잠이 들려는가

장풍그룹 회장실이 있는 건물 베란다 창에 뿌연 황사 안개가
앉았다.

희뿌연 계단 사이로 정종만 이사가 장비홍 회장에게 브리핑 자
료를 들고 내려온다.

"회장님, 지금은 경영 환경의 변화로 셀프리더십이 필요한 때
입니다."

"셀프리더십이 그룹 내에서 필요하다는 인식은 했었는데."

"먼저 셀프리더십의 자화상이 뭔지를 파악해야 합니다."

"좋아, 셀프프로그램을 구상한 것이라도 있나?"

"먼저 장풍그룹 개개인의 행동 특성을 이해해야 하며, 두 번째
는 개인행동 유형을 분석하고 세 번째는 개인들만의 노하우를 찾
아줘야 합니다.

"지금 세상의 패러다임은 무척 빠르게 변화되고 있지!"

"바로 거기에 해답이 있습니다. 템포가 빠른 세상의 변화를 올바르게 읽는 노력이 필요한 때이죠. 그러려면 먼저 패러다임의 변화가 나에게 미치는 영향은 무엇인지 파악해야 하며, 그 파악을 위해서는 자기진단이 꼭 필요한 것이죠."

"자기진단이라면! 자신이 의사가 한번 돼서 환자인 타인을 바라보라는 뜻이군!"

"네, 자신의 진단이 중요한 것은 자신의 업무 주도성과 자기 기대를 충족시키기 위함이죠. 여기서 물론 자신만의 자유 공간이 필요하겠죠. 그 작은 공간에서는 자신의 상상력과 가치관이 성장하는 에너지 스페이스죠!"

"일종의 에너지는 자신을 성숙시킬 때 자신의 에너지가 밖으로 표출되는 것이지!"

"셀프리더로서의 가장 큰 무기는 자신만의 에너지가 있어야 한다는 것이죠. 자신을 진정 기댈 수 있는 힘은 자기 자신 속에 잠재되어 있으니까요."

"결국 성공의 열쇠는 셀프리더가 돼서 회사의 신뢰 구축을 돕는 것이군."

셀프마인드 대화를 계속하는 동안 여비서 장리가 차와 중국산 산삼을 들고 들어왔다.

"이 귀한 산삼은 어디서 났는고."

"아는 바이어분이 가방 밑창에 숨겨 가지고 온 거래요."

"아, 날 위하는 사람은 장리뿐인가!"

"아이, 회장님도, 정 이사님 계시는데."

"중국 보이차에 산삼 한 뿌리 씹어 먹으면 내 몸 안의 셀프에너지는 배가 되겠군."

"맞아요, 회장님 몸 안의 셀프에너지를 장 비서가 용케도 찾아주는군요."

쑥스러운 듯 정종만 이사가 머리를 긁는 척한다.

정종만 이사는 마저 브리핑을 끝내고 나가려는 듯 서류를 만지작거린다.

"정 이사, 어제 중국 무역전시관에 갔다 왔다고 들었는데……."

"서울에 있는 중국 무역관에 가봤는데, 그 규모가 놀랍더군요."

"주로 어떤 제품이 진열되어 있던가?"

"기본적인 중국 제품이 주를 이뤘는데, 그중 가장 눈에 띄는 것이 복자라는 중국 서예작품이었습니다. 붉은 천에 복자를 썼는데 금세라도 내게 복이 올 것만 같은 생동감 있는 글씨체였습니다."

"중국에서 온 술도 도수가 만만치 않던데."

"40도가 넘는 술이 가득 진열되었는데, 그 중 눈에 띄는 것이 흰 백사가 인삼 한 뿌리를 감고 술독에 있는 장주인데 그 맛이 과연 신선이나 먹을 것 같은 경외감마저 들더군요."

"경외감이라, 어떤 사물을 처음 만날 때 누구나 드는 법이지."

"급변하는 경영환경에서 결국 셀프리더만이 승자가 되는 셈이죠, 조직 구성원 개개인의 역량과 마인드를 갖춘 셀프리더는 장풍그룹의 중심축이 될 거라고 생각합니다."

"암, 그래야지. 장풍그룹은 유전그룹과 관몽그룹 따윈 염려 없어!"

재계의 큰 관심은 유전그룹과 관몽그룹 그리고 장풍그룹 중 어느 기업이 재계의 패권을 차지하느냐에 늘 큰 관심이 되어왔다. 어느덧 재계는 삼국지 속의 인물상으로 변모하고 있다.

정 이사가 보고하는 셀프리더십도 알고 보면 재계 선두를 달리기 위한 굿 아이디어인 셈이다.

"셀프리더십 프로그램의 교육대상은 회장님을 비롯한 전 임직원 모두가 해당되겠습니다. 교육시간은 주 1회, 월 4회로 정했으며 팀 리더십 역량을 위해 분기마다 슈퍼맨 실습 프로그램을 만들었습니다."

"슈퍼맨 교육, 언젠가 해외에 있을 때 들어 본 적이 있지!"

"셀프리더가 최종적으로 도달하기 위한 프로그램이 슈퍼맨 프로그램입니다. 슈퍼맨은 그 어느 적도 상대가 안 되는 초인적인 무기를 가진 인간병기입니다."

"참 대단한 교육 프로그램이군. 초인적인 힘만 있다면 국내외 영업 면에서 유사기업을 물리치기 위한 대단한 파워게임이 아닌가."

"그렇습니다. 이 위대한 프로그램은 1년여 동안 연구하고 보완한 것으로서 1년간 쉬지 않고 추진된다면 분명 장풍그룹은 재계의 별이 될 것입니다."

"최근의 트렌드에도 민감하게 대처해야 해! 이를테면 자동차 연료가 휘발유, 경유 위주에서 전기차 태양열을 이용한 솔라 카트까지 나오고 있으니 분명 정신 똑바로 차려야 될 것이야!"

"지구촌에서는 에너지전쟁이 머지않아 폭발할 것입니다. 마치 공룡이 자신들의 영토에서 에너지가 사라지자 스스로 멸망한 것처럼 말입니다. 그들이 사라진 것은 미스터리입니다만 이것만은 확실해요. 식량에너지, 주위를 감싸는 기후에너지의 고갈이 결국 그들을 집단 폐사하게 만들었지요."

"정종만 이사는 참 대단해. 식견이 풍부하단 말이야. 그래서 자네에게 에버 그린 호텔을 맡기지 않았는가!"

"네, 호텔임직원들에게는 이미 셀프리더십 프로그램을 응용했죠!"

에버 그린 호텔은 정종만 이사가 대표로 있는 장풍그룹 계열사이다.

장 회장은 업무에 지칠 때쯤이면 자신의 스위트룸에 들려 일상의 피로를 풀곤 하였다.

정 이사의 브리핑이 끝나기가 무섭게 장비홍 회장은 중국계 여비서 장리를 태우고 에버 그린으로 향하고 있다.

"회장님, 어디를 그리 빨리 가세요."

"음, 컨디션 조절이 필요해. 정 이사 말마따나 새로운 에너지가 필요한 게지!"

"단백질, 탄수화물, 지방이 필요한가요?"

"물론 인체의 3대 영양소도 필요하지. 그런데 그보다도."

"음, 스트레스구나! 스트레스는 무서운 것이죠. 고민보다도 운동으로 푸는 게 좋아요. 아님 종교에 심취하던가, 그것도 저것도 안 된다면 유명 탤런트가 자살한 것처럼 우울증에 빠져 스스로 바람과 함께 사라지는 것이죠."

순간이 영원으로 변화하는 마력을 사랑에서 찾으려는 것일까.

장 회장은 장리를 안은 채 에버 그린 스위트룸에 옮긴 뒤 그녀의 옷을 한 올 한 올 벗기기 시작한다.

이중창이 자동으로 밀폐되자 호텔 방안에서는 두 사람만의 호흡이 짧게 혹은 길게 이어졌다.

이윽고 장리의 희뿌연 속살이 들어나자 장 회장은 어미 품을 파고들듯이 장리의 따뜻한 품에서 한동안 명상에 잠긴 듯 멍하니 원초적 사랑을 음미하고 있다.

"미스 장은 나에게 따뜻한 벗이자 연인이지, 내 몸 안의 낡은 에너지를 활기 에너지로 변환시키는 마력이 있거든."

"뭐, 그럼 제가 에너지 버스 같군요. 제 버스를 타는 순간 에너지가 충족되니 말이에요!"

그들의 몸이 둘에서 하나가 되었을 때 창밖 노을은 하루의 풍광을 가장 멋지게 그려내고 있다.

오늘도 지겨운 하루가 변모하고 있다.

새벽비가 창가를 슬며시 노크할때 장비홍 회장은 리의 품에 자신이 함몰되어 있다는 사실을 알고 슬며시 미소를 짓는다. 사내가 오르가슴을 넘어 새로운 희망을 대비할 것만 같은 분위기다.

리의 몸에 장미 문신이 활짝 피어난다.

사내의 욕망의 분출이 장미에게 자양분을 건넨 것일까!

검은 장미는 만개라도 하는 듯.

사무실에 도착하자마자 급한 전갈이 와 있었다.

"회장님 큰일 났습니다."

"뭔데 그리 호들갑인가? 숨은 고르고 얘기해야 하지 않은가?"

"그런 여유가 있으면 얼마나 좋겠습니까!"

"무슨 일인데 사무실 분위기가 이 모양이야!"

"카타르에서 석유 시추작업을 하던 시추선이 침몰하고 있다는 전갈입니다. 해풍과 파도를 그만 이기지 못하고 타이타닉처럼 서서히 침몰하고 있다는 긴급 전신입니다."

장풍그룹은 지진 재난 사업 외에 중동바다에 석유시추선을 세워 놓고 석유탐사를 벌여 왔는데, 꽤 오랫동안 탐사를 벌여왔고 다음 달이면 본격 파이프라인을 통해 일정량의 석유를 뽑아 올린다는 야심찬 계획을 가지고 있었다. 석유시추선 침몰은 빅 뉴스임이 분명했다.

"그 지역에 귀신고래들이 출몰한다고 들었는데, 그들이 탐사선 기둥을 들이 받는다면 위험할 수도 있습니다."

"너무 비약적인 상상이야. 떠가는 유람선을 덩치 큰 귀신고래가 들이받아 침몰한 경우는 종종 있지만 석유시추선을 들이받았다는 뉴스는 아직 없었어. 지금 농담 할 때가 아니라고"

"네, 벌써 조사팀이 카타르로 출발하였고, 자문 변호사들이 보상 문제를 거듭 조사하고 있습니다."

카타르바다 한가운데 작은 인공 섬, 석유시추선이 서서히 바닷속으로 모습을 감추자 그 주위를 맴돌던 바닷새들도 어디론가 멀리 자취를 감추고 말았다.

시추선 위에서 작업을 하던 연구원과 기관사들은 안전한 보트에 몸을 실은 채 뭍으로 향하고 있었다.

그들의 입가에는 쓸쓸한 바다거품이 포말처럼 묻어 있어 전시가 이제 막 끝난 패잔병처럼 그들은 뭍으로, 뭍으로 향하고 있었다.

저 멀리서 군경들 헬기가 보이고 자료를 수집하려는 듯 카메라 플래시가 연거푸 터졌다.

수백억짜리 시추선이 일시에 바다로 침몰하는 것은 대단히 이례적인 일로 세계적인 뉴스가 될 게 뻔하다.

장풍그룹 헤드 오피스에 침몰 사진이 첨부된 여러 장의 이메일이 도착하고 사고수습대책위원회에는 벌써 자문변호사, 출입기자들 그리고 유가족들이 몰려들고 있다.

"이 전무, 오후 2시에 사고 전모를 발표하도록 준비를 철저히 하도록."

"네, 회장님. 지금 모아진 침몰 경위와 사후 대책을 구체적으로 발표할까 합니다."

"우리 회사에 포진된 변호사들과 상의하여 국제 해상보험 규약을 알아봐. 이런 경우 자연재해에 해당되는지 아니면 인재적 요인이 있는지 말이오."

"물론 자연재해로 봐야겠죠."

오후 3시가 다가오자 사무실 안은 출렁거리기 시작하였다.

마치 시추선이 침몰하는 것처럼 인파들이 출렁거렸다.

더 이상 손을 쓸 수가 없는 바다 한가운데서 석유시추선은 어이

없게 침몰하였습니다. 한, 미, 일 합작 기술이 적용된 시추선은 첨단 시설을 자랑하지만 쓰나미 이상의 파도에는 계측이 안 될 정도로 허술한 면도 있는 게 사실입니다. 다행히 인명피해 제로 상태.

매일매일 도시에서 시름하다 무료함에 지친 유전이 집을 떠나 동해시로 간 것은 여간 다행한 일이었다.

무릉도원!

그것은 신선이 가장 많이 머물고 갔다는 바로 그 지역이다. 신선이 머물기에 알맞은 온도, 주위의 풍광이 사시사철을 보내며 한 생각 깨치는 데는 최고라는 생각이 들었다.

시간은 물 흐르듯 떠나가고 무릉계곡의 물은 어느덧 선녀탕에서 또 한 번 웅비를 펼치고 있다.

정적을 깨는 소리, 풀벌레 소리, 떠도는 바람 소리가 유전의 귓전을 파고들었다.

"사랑의 인사라도 나누실까요?"

유전은 또 한 번 놀랐다.

선녀처럼 아름다운 소녀가 그의 곁에서 물음을 던진 것이다.

"여기는 혼자 오신 것 같은데……."

"맞아요. 문득 나 혼자만의 인생 공부를 해야겠다고 찾아왔는데 그대를 본 순간 옛적에 만난 것 같다는 착각을 불러일으키더군요."

"착각은 아니고 현실입니다."

단정한 원피스에 정갈한 머리 묶음이 유전의 마음을 사기에는 충분했다.

둘만의 어엿한 시간을 축하라도 해주는 걸까!

휘파람새가 아름다운 선율을 흩뿌리고 지나가곤 한다.

자연의 산물은 인간과 자연이 합일을 했을 때만이 느낄 수 있다.

자연 속으로 함몰되지 않고 자연철학이나 환경이론을 펴는 것은 어린이의 몸짓에 불과하다.

그녀의 이름은 선희, 22세, 서울 태생이다.

유전과 선희는 인근 야생화단지에 산책을 가기로 했다.

야생화단지에 이르자 집주인은 반갑게 일행을 맞았다.

전직 해병대 출신으로 그는 야생화를 보살피며, 지역 봉사로 말년을 보내고 있었다.

새색시처럼 피어난 야생화는 잘 다듬어진 수석화분 속에서 잘 자라고 있다.

"수석을 어떻게 저리 자유자재로 다루시나요?"

"그 결을 보지요. 나무에 일정한 나이테가 있듯이 돌에도 그 결이 있는데, 그 결을 정확히 찾은 다음 단도로 다듬으면 저렇게 마음껏 다룰 수 있지요."

"야생화를 팔기도 하나요?"

"전혀 팔지는 않아요, 제 자식 같은 분신인데 왜 남에게 주겠어요."

"그건 그렇네요."

마침 그때 국악하시는 원장 선생님과 스님 한 분이 앞마당에

와 계셨다.

피리, 장구를 구비한 채 그분들은 남도 가락 한마디를 하고 싶은 거다.

"서울에서 선남선녀도 와 계시니 오늘은 흥이 절로 나네요."

"반갑습니다."

"자, 그럼 내 소리 한번 들을래요."

말이 끝나기가 무섭게 길고 짧은 가락이 우리네 한을 날려 버리듯 그렇게 한 시간이나 이어졌다.

집주인은 각종 악기를 들고 나와 시음을 한다.

퉁소와 피리, 꽹과리, 장구가 제각각 인간의 모습이 다르듯 각자의 소리에 충실하려는 듯……

유전과 선희가 야생화원을 빠져나와 간 곳은 어느 된장 마을이었는데 생전 처음 보는 1천여 개의 항아리를 보는 것만으로도 대장관을 이루기에 충분하다.

가야금 소리를 들은 전통 항아리 속의 된장들은 발효를 위해 기분 좋은 숙성을 하고 있었다.

깊은 산중은 아니지만 산골의 풍경이 유전과 선희의 마음을 사로잡은 것은 다름 아닌 메주와 첼로의 상관관계였는지도 모른다.

보이차를 마시고 있을 때 서울에서 왔다는 노 사장 일행과 함께한 것도 우연은 아니었으리라.

그가 하는 일은 전국의 인재를 모으고 채용을 알선하는 맨 파워 시스템을 연구하고 있는 숨은 산업지도자이다.

"첨단을 달리는 정보전쟁시대에는 한 사람의 인재가 얼마나 중요한지 모르오."

"굴지의 오너가 이런 말을 했다지요. 한 사람의 천재가 무려 10만 명을 먹여 살릴 수 있다는 얘기 말입니다."

"지금 세계는 경제의 통합과 분열 속에서 자신을 찾고 자득을 위해 혼신의 힘을 쏟고 있는 판국입니다."

"비단 양극화 문제가 오늘 우리 사회가 안고 있는 중요 키워드지만 언제까지 이것을 방치하다간 정말 돌이킬 수 없는 일이 벌어질지도 모르죠."

"이런 때일수록 글로벌 우수 인재 확보야말로 장기적인 기업의 성장과 비전을 제시할 수 있죠."

"세상의 인재가 인기 배우라면 산업지대는 바로 이들이 활동할 무대인 셈이죠."

"자, 보세요. 이 넓은 터에 메주 항아리가 숨 쉬는 것은, 이들에게 생명력을 불어넣는 것은 다름 아닌 이 땅 이 집주인이 아닌가요."

"어디서든 창의적인 아이템이 있다면 용기 있게 발굴하고 이들을 위해 판매루트 같은 것을 민관이 도맡아 주는 것도 좋겠지요."

지식 정보화시대에 인재 집단이 창출할 수 있는 가치(Values)!

평화로운 느낌, 세상의 고요함.

피로하지 않은 육신들이 앉아서 세상 담론을 펼치고 있는 동안 귀여운 다람쥐 한 마리가 눈앞에 아른거렸다.

자신을 해치지 않는다는 것을 알아버린 것일까 아주 가까이 다가왔다.

"여기가 우리가 찾고자 하는 무릉도원이 아닐까요."

"도회에서의 복잡한 마음을 덜어내니 이리들 평화로운 수호자인 것을……."

노 사장 일행은 또 엉뚱한 담론을 이끌어 냈다.

"이번에 국내법이 가능하다면 깊은 산골에 감마에너지 정유공장을 짓고 싶구먼."

"환경오염 때문에 반대가 많으실 텐데요."

"아니요. 그건 걱정을 허덜덜 말어."

"무슨 비책이라도 있는 것입니까?"

"지금은 석유자원의 고갈로 제3의 에너지원을 확보해야만 합니다. 이를테면 뜨거운 태양을 이용한 태양광 발전소, 세찬 바람을 이용한 풍력 발전소, 동해의 파도를 이용한 조력 발전소 이 모두가 결국 자연에서 나온 거 아니겠소."

"하기야 자연의 산물 아닌 것이 뭐 있겠소. 자연의 1차 산물이냐 2, 3차 산물이냐가 다를 뿐 결국은 자연은 우리 모두의 어머니 젖과 같은 것이오."

"자연은 석가, 예수, 공자, 소크라테스보다도 스승이오. 그들 이전부터 자연은 성자를 키우고 가르치고 묻어 주었으니까."

"좋아요. 감마에너지는 기존의 정유와는 다른 무공해 에너지 합성연료입니다. 약 7가지의 액체배합을 통해 지금의 가솔린차를 움직인다면 내 말을 믿겠소."

"언젠가 뉴스에서 본 유사 휘발유는 아닌가요."

"청정연료인 만큼 강원도 맑은 계곡수가 필요합니다."

호랑이 눈처럼 날카롭고 예리하게 세상을 보고 산골의 소처럼 우직하게 행동하라.

"가끔 이 산에 호랑이가 있다면 얼마나 예리한 적자생존이 벌어질까 생각하게 됩니다."

"반세기 전에는 실제 이 산골에 호군이 살았답니다."

"그래요."

"호랑이의 예리한 눈을 피할 수 있는 것도 현실을 살아가는 지혜 아닐까요. 물론 그 후에는 소처럼 끈질기게 한 걸음 한 걸음 여유 있게 앞으로 전진하는 것도 중요합니다."

"감마 정유분야에서 그 어느 누구든 필적할 수 있는 사람이 없다면 그 분의 자신감, 실력 그리고 성공을 위해 우리 모두는 인정해야겠지요."

"어느 분야에서 일 등을 한다는 것은 또 다른 어떤 분야에서 꼴찌를 할 수 있다는 계산을 염두에 두어야 합니다."

"인간은 아주 가벼운 성공이라도 그것이 실현될 수만 있다면 그 어떤 대가도 지불하며 앞으로 매진하게 되는 것이죠."

"컴퓨터도 꺼지고 휴대폰도 꺼지고 전등마저 없는 어느 선사의 용맹정진 앞에도 은산철벽은 있기 마련입니다."

"갑자기 그런 대 선사를 만나볼 수 있다는 가능성을 갖게 되는군요."

새소리 물소리 들리는 오솔길을 따라 노 사장 일행을 빠져 나온 건 어둠이 막 밀려오기 시작할 무렵이었다.

"선희 씨, 이제 우리 둘만이 있는 숲으로 가죠."

"유전 선배님! 더 깊이 들어가면 길이 끊길 텐데요."

"걱정은 노 사장처럼 사업가에게나 어울리는 말이지, 선희 씨에게는 어느 누구도 범접하지 못할 천연의 숲을 느낍니다."

더욱 깊은 숲으로 들어가자 동네의 불빛마저 보이지 않는다.

아름다운 노을을 모두 삼켜버린 숲의 가장자리에는 태고의 적막과 그 침묵을 즐기려는 밤벌레들의 소리가 아주 미미하게 들린다.

유전은 선희의 가슴을 파고들었다.

우정이 애정으로 정신이 육신으로 전환되어 둘은 아주 깊은 만남을 서로 원하고 있었다.

한 평도 안 되는 풀잎 위에 그녀가 눕혀 졌을 때 서로의 호흡은 절정을 위해 몹시 흥분되어 쾌락의 절벽으로 향하고 있었다.

그 절벽 끝에 로프가 매달려 그들을 안전하게 유토피아로 건너게 할 수는 있을까?

한없이 어둡다는 생각을 걷자 두 눈의 반짝이는 동공이 별처럼 반짝인다. 그리고 미끈한 가슴에서 두 봉우리가 헤쳐 나와 희미한 달빛에 찬란함을 뽐내고 있다.

선희의 몸이 처음으로 사내에게 허락되는 순간이었다. 유전이 고드름을 따먹듯 선희의 젖가슴을 쉬지 않고 애무하였다.

30여 분이 지나자 선희의 몸은 이제 수축의 자유를 느낀 것일까.

모든 것을 흡입하려는 듯 온 몸을 최대한 크게 벌렸다.

그리고 유전은 미로의 구멍 속으로 깊이 빠지듯 모든 것을 함몰하였다.

그 후에 다가오는 뜨거운 용암이 둘의 카타르시스를 하나로 이어버렸다.

아주 세밀한 용접공이 뜨거운 온도로 두 쇠붙이를 하나로 이어붙이듯 둘의 뜨거운 액체가 이제 하나의 몸으로 변신되는 순간, 더욱 강렬한 액체가 유전에게서 뿜어 나왔다. 그리고 선희의 비너스 언덕을 붉게 적셔버렸다.

둘의 흥분이 밤공기를 이리저리 흔들어 놓기에 충분하다.

사랑의 의식이 끝나자 다시 고요가 엄습한다.

유전이 선희의 손을 잡고 다실에 도착했을 때 모두들 떠나고 없었다.

젊음의 흐름이 이렇게 지나갔다.

진한 카시스 향이 몰려 올 때마다 유전은 선희를 그리워한다.

군대에 가서 사랑에 대해 논하지 말라.

사회에 있을 때 선배들이 노상 하던 말이다.

유전은 말없이 훈련소가 있는 논산으로 향하고 있다.

전날 동네 이발소에서 박박 밀어버린 대머리에 모자를 푹 눌러쓰고 그는 논산행 기차에 올랐다.

고향을 떠날 때 부모님과 선희가 매우 그립지만 그는 자랑스러운 대한의 남아가 되기 위해, 먼 훗날 유전그룹 총수가 되기 위해

진짜 사내들이 모인 집단으로 향하고 있다.

"너희들 아직도 사회물이 안 빠졌구먼, 좌로 굴러 우로 굴러 이 것들 동작 봐라, 처음부터 원위치."

유전과 한 내무반을 배정 받은 사내들은 망설임 없이 하늘 같은 조교의 일갈에 반항 한번 못하고 군 첫발을 내딛고 있다.

"침상에 폭탄, 원위치, 다시 침상에 폭탄……."

가장 힘든 구호, 침상에 폭탄이면 그 좁은 침상 아래로 머리를 박고 끼어 들어가야 되니 동작이 늦은 사병은 또다시 엉덩이를 구타당하기 일쑤다.

"동작이 이거 뭐야. 쥐약 먹고 물을 안 먹었나. 물만 먹고 쥐약을 안 먹었나."

이리 뛰고 저리 뛰고 숨이 벅차오를 즈음 이번에는 의무반에서 질병 검사를 한다고 연병장으로 집합하라고 한다.

"육체도 건강, 정신도 건강, 지금부터 옷 벗기 실시."

일사불란하게 전 대원이 옷을 탈의한다. 그리고 의무반원들에게 조금은 부끄러운 항문검사부터 하기로 한다.

결핵이나 안구 질병은 전염병이기 때문에 만약 질병 의심 자가 있으면 곧장 의무병동으로 격리된다.

"저기, 너 눈이 좀 이상해, 언제부터 눈이 충혈되었나."

눈부신 청춘의 계절, 찬란한 축제의 시간이 군대의 울타리 안에서 해결되어야만 한다니.

유전이 신체검사 때 발견된 망막 감염으로 후송병원에 보내진다는 결론을 받았을 때 그는 오히려 다행이라는 생각을 하였다.

후송병원은 아무나 가는 게 아니다. 환자만 가는데도 그 안에는 흰쌀밥과 맛있는 부식이 훈련소하고는 달랐다.

"주일날 종교집회에 갈 사람 10시에 집합."

군에서 종교 생활은 일상을 반추하고 기도하고 자신을 찾는 시간이다.

유전이 부처님께 삼배를 올리자 군종법사는 합장을 하며 그에게 초코파이를 건넨다.

여기서 파이를 먹는다는 것은 유일하게 법당에 와서다.

어떤 병사는 매주 초코파이 먹는 즐거움으로 법당에 온다고 한다.

물기를 머금은 싱싱한 잎사귀들이 후송병원 철창사이로 늘어져 있다. 푸르른 생명들이 자유를 노래하는 듯, 그 가지들이 솔바람이 불 때마다 가볍게 몸을 흔든다.

누가 꺾지만 않는다면 나무들은 한 생명을 기르고 피우고 열매 맺고를 반복하며 나중에는 고목이 된다.

마치 한 인간이 태어나고 성장하고 결혼하고 늙고 병들어 고인이 되는 것처럼……. 모든 자연의 만상이 자연의 질서를 이탈하지 않고 순환하며 아름답게 생을 마감한다.

오로지 예외가 있다면 전쟁을 좋아하는 무리일 것이다.

전쟁을 통해 무기를 더욱 정교하게 만들고, 살상을 위해 무기를 더욱 정밀하게 연구한다. 일부 인간의 하는 짓이라는 게 결국 파국의 무덤을 향해 달리는 미친 기관사와도 같다.

결국은 공룡처럼 한꺼번에 멸망을 자초하려는 것일까.

인간은 군대를 통해 무시무시한 살인 교육을 받는다. 아니, 어쩌면 어떻게 살아남을까 하는 생존교육을 받는다. 어떻게 하면 먼저 살상할 수 있는가? 어떤 방법이 적군을 일시에 섬멸할 수 있는가?

투박한 벽면에 제멋대로 씌어 진 글귀

인간은 아주 짧은 감옥이라도 그것으로부터 벗어날 수 없다고 여길 경우에는 무서운 두려움을 갖지만, 이보다 훨씬 긴 감옥 생활일지라도 언젠간 벗어날 수 있다고 여길 때에는 두려움을 잊어 버리게 된다.

유전은 야전 병원에 누워 문득 글귀를 보다가 자신의 처지를 생각한다.
그리고는 흰 건물이 있는 교회당 옆 PX에서 군것질을 찾는다.
군것질을 할 때는 세상에 두고 온 선희가 생각나기 때문이다.
그녀는 시간만 나면 군것질로 자신의 입을 아주 즐겁게 하는 생리를 갖고 있다.
세상의 신기한 먹거리는 꼭 찾아서 먹어 보고는 살아갈 기쁨을 누리는 여인, 늘 PX에 오면 그녀의 환영이 앉아 있다.
그리고 유전에게 레몬주스를 건네며 비스킷을 입에서 입으로 건넨다.
대학을 다니다 군에 온 까닭으로 유전은 2년 3개월을 셀 것이다.
푸념과 희망을 섞어 가면서 이러나저러나 국방부 시계는 돌아간다.

　대부분의 사병들은 국방부 시계를 믿고 있다.

　그 시계는 달리의 구부러진 시계가 아니다.

　이 세상에서 최고로 정확한 시계다.

　기상 시간 6시 - 운동 시간 30분 - 아침 식사 7시 - 오전 일과 9시 - 오후 일과 2시 - 취침 시간 10시

　꽉 짜인 시간이 그들을 얽매이는 것 같지만 사실은 반복된 권태를 풀어주는 유일한 프로그램이다.

　유전도 이 프로그램을 믿고 여기서 살아남을 것이다.

　기다리던 저녁 배식이 들어왔다.

　저녁 식사가 끝난 뒤 서둘러 침실로 갔다. 이윽고 밤이 되자 온 주위는 칠흑같이 고요하다.

　간혹 들리는 차창 밖 날벌레 소리는 유전에게 더욱 두고 온 벗들에 대한 회심으로 다가온다.

　야전병원 창밖에 웬 동물 한 마리가 무심코 서있다.

　유전의 머리와 가슴에 친밀하게 다가드는 동물, 염소였다.

　흰 수염 염소가 야전 병원 곳곳을 헤집고 다닌다.

　어느 누가 싫어함 없이 흰 수염 염소는 편안함을 가져다주는 존재다.

　말없이 다가와서는 내미는 손을 한번 얼굴에 비빈 뒤 무언가를 얘기하려는 듯 무심코 서있다.

　깜깜한 어둠 속에서 흰 수염 염소는 대낮에 익혀 놓았던 친숙한 길을 따라 여기저기 기웃거린다.

그리고 자신의 흔적을 남기는 것을 잊지 않는다.

이 세상 모든 생명체가 자신의 영역을 주장하는 것처럼 흰 수염 염소는 어느덧 야전 병원이 자신의 울이 되어버린 것이다.

어둠 속에 철망이 흔들린다.

누구일까.

어느 병사와 동네 청년이 철조망을 사이에 두고 뭔가를 거래 하려는 듯, 무슨 말 못할 사연이라도 교환하려는 것일까.

그 병사는 지폐 몇 장을 건네고 동네 청년은 신문지에 고깃고 깃한 것을 전한다.

무엇일까, 다음 날 아침에 안 일이었지만 싱거운 대답만 돌아왔다.

담배 골초들이 벌이는 필사적인 담배공수작전인 셈인데, 훈련소 떠나고 본대에 들어가면 담배가 지급된다는데 그 한 달을 못참고 그들은 밤중에 아주 작은 무역을 하는 것이다.

유전은 담배 한 대를 모르게 화장실 뒤켠에서 얻어 피고는 짧은 안도감을 느낀다.

유전이 막사에 돌아와 『묘령의 소녀』를 읽는 시간 그는 소설 속으로 빠져든다.

피안과 차안의 세계

함박눈이 탐스럽게 쏟아지는 겨울밤이었다.

우이동에 사는 최완식은 회사 일을 끝내고 친구들과 어울려 한잔 한 뒤 차를 운전하며 집으로 돌아가는 중이었다.

그런데 웬 반짝이는 비닐 옷을 입은 여자가 외진 도로에 혼자서 있다. 최완식은 젊은 여자이고 하니 같은 방향이 아니더라도 태워다 주고 싶었다. 내심 일이 잘 되면 2차, 3차까지를 생각하면서⋯⋯.

"추운데 왜 그렇게 서 계십니까? 어디에 가는지 태워다 드리죠."

이미 한잔 걸쳤지만 애써 또렷하게 말을 건넸다.

"제 집은 우이산 땅속인데 그만 우물쭈물 늑장을 부리다⋯⋯."

대답이 좀 엉뚱했지만 일부러 얘기를 재미있게 하려고 그러나 보다 생각하고, 또 그거야 차차 알게 될 것이기에 따질 것도 없이 차 문을 열어 여자를 태웠다.

완식의 옆 좌석에 앉은 여자는 가까이에서 보니 더욱 요염하고 아름다웠다.

완식은 분명 이렇게 아름다운 여자가 밤늦게 혼자 다니는 걸 보면 어디 술집에 나가는 아가씨일 거라고 상상했다. 그러자 속으로 옳지 잘 됐구나 싶어 일부러 차를 으슥한 산길로 몰고 갔다. 그리고 차를 멈춘 뒤 음흉한 미소를 지으며 여자를 덥석 껴안았다.

그러나 다음 순간 매섭게 완식을 떠밀어 내었다.

"내 이럴 줄 알았다니까……."

한마디 내뱉으며 몸을 쭉 뻗더니 한 마리 큰 구렁이가 되어 어두운 우이산 속으로 모습을 감추었다. 완식은 탈진한 사람처럼 몸에 기운이 하나도 없이 간신히 집에 돌아왔다.

완식이 병석에 누운 지 3주가 지나도 차도가 없자 주위에서도 도깨비 귀신에 씌어서 그런다고 수군수군거렸다.

"여보, 그러지 말고 모든 걸 털어놔요. 그날 밤 무슨 일이 있었던 게 분명하죠?"

완식은 사랑하는 아내에게 차마 여인을 희롱했다는 말을 하지 못했다.

"병원에서도 병명을 모르니 괴이한 일이군요."

아내가 시무룩한 얼굴로 완식을 바라보고 있을 때 벨이 울렸다.

속리산 친구에게서 온 전화였다. 반가움에 잠시 아픈 것도 잊었다.

"걱정 말게, 자넨 지금 귀신에게 홀려있는 거라고, 그건 약으로도 치료가 안 되는 것이야."

"언제 올라올 수 있겠나?"

"내일쯤 서울에 있는 오 법사를 만나러 가는 길에."

"꼭 기다리고 있겠네."

"여보, 우이동에 있는 산신각에라도 다녀올까요. 영험한 기도 도량이 있다고 들었거든요."

언제 준비했는지 아내가 외출복으로 갈아입고 문턱에 서 있다.

천 년 묵은 구렁이는 완식이 처녀의 몸을 더듬는 순간, 순결해야만 오를 수 있는 구천세계에 오르지 못하고 몸을 사리며 어둡고 습한 곳만을 찾는 신세가 되었다. 완식이 밤마다 흉몽으로 앓고 있다는 것을 안 오 법사도 속리산의 친구 홍기와 같이 새벽녘에 완식의 집으로 왔다.

" 요즘도 토굴생활하며 지내나?"

완식은 퀭한 눈으로 친구의 근황을 물었다.

"물론, 이렇게 썩은 공기를 마실 바에는 산 공기가 훨씬 건강에 좋지."

"가족은 어떡허구."

"원주에 있어, 큰 애가 벌써 고등학생이야."

홍기는 8년간의 속리산 토굴얘기를 완식에게 해주었다.

완식은 어쩌면 이 친구가 자신의 생명을 구할 수도 있다는 생각을 했다.

"자, 먼저 이 술을 한잔 들게."

"무슨 술이 이리도 향기가 좋노?"

"신선주라네."

"아니, 신선주라면 중국의 선인들이 장생불사를 위해 마시는 술 아닌가? 이걸 자네가 어떻게……."

"소림비법을 보고 스스로 터득한 거라네. 물론 오 법사님의 자상한 시도는 신선주를 만드는 데 즉효였지."

"하하하, 천상에 오르는 기분일세."

"이제부턴 다시 소나무를 살리는 일을 할 거야."

"소나무라니?"

"신선주는 막술을 영험한 소나무 뿌리에 1년 전에 뿌려 만드는 걸세. 꼭 추수와 같아 봄에 싹을 뿌려 가을에 열매를 거두는 것처럼 말이야. 1년이 지난 후에 술을 먹었던 소나무는 기이하게도 송진과 이상 발효된 술을 다시 뿜어내거든."

"이 병에 든 술이 소나무 한 그루에서 나왔던 술일세."

온 방안에 환자의 악취 대신 소나무 향이 방안을 구성하고 있었다.

"언제까지 토굴생활을 할 건가? 죽은 후에는 자네도 귀신이 될 건가?"

"하하, 예끼, 이 사람."

"그래, 귀신은 보았나?"

"말도 말게. 토굴에 앉아 밤늦도록 책을 보고 있노라면, 누가 문을 살짝 열어 봐."

"지나는 바람이겠지."

"처음엔 지나가는 바람이려니 생각했지, 근데 아뿔싸, 형체도 없는 것이 방문을 살짝 열고 그런 후에 다시 돌아가곤 해."

"섬뜩했겠구먼."

"산에서 오래 있다 보면 사기를 금세 느낄 수가 있지, 또 그때 사기가 와 닿으면 오 법사가 주신 경명주사를 꺼내어 보고 그래. 왜들 이런 산속에 공부하러 온 사람이외다, 퍼뜩 지나 가이소 내가 천도기도 해줄게. 이렇게 중얼거리지. 경명주사 말고 귀신 쫓는 데 탈바가지가 있지. 박으로 만든 건데 흔히 사람이 죽어 나가면 바가지를 깨는 풍습도 그래서 나온 거라구."

"아니, 이 여편네는 손님이 왔는데 여태 안 오고 뭘 하고 자빠졌나?"

"그래, 자네 부인은 어디로 가셨나? 밤이 이렇게 깊었는데."

"우이산에 있는 산신각에 가서 내 병을 치유한다고, 기도를 하겠다고 해서."

"얼른 가보세."

그동안 묵묵히 두 사람의 대화를 듣고 있던 오 법사가 도포를 털며 급히 일어섰다.

"그 자리는 천 년 묵은 구렁이가 이승에서 꽈리를 틀던 자리야."

"예?"

완식은 경악했다.

"자넨 여기 남아있게. 몸도 불편하니."

"사실은 제가 3개월 전 처녀 유령을 만난 것도 그 부근이었습니다."

완식이 부들부들 떨며 힘없이 말했다.

오 법사는 홍기와 서둘러 황급히 산신각으로 가 보았다.

그곳은 문명의 기계가 멈춘 듯 태고의 고요만 깊이 잠들어 있었다.

영적 무아지경에 빠졌을까, 하얀 소복을 입은 두 여인이 청수(靑水)를 떠놓고 향불이 피어오르는 산신각에서 기도를 하고 있다.

"저건 분명히 귀신의 장난이야, 한 여자는 친구 부인이고, 한 여인은 천 년 묵은 구렁이임에 틀림없어."

"묘한 일일세. 친구 부인하고 구렁이가 모습이 똑같으니 누구를 해칠 수도 없고."

오 법사는 사방 부적과 점괘가 든 염주 알을 이리저리 만지작거리며 두 여인의 일거수일투족을 하나도 놓치지 않고 쳐다보았다.

홍기가 두려운 음색으로 오 법사를 쳐다보았다.

"깊은 밤 남녀가 교접하듯 저 여인들은 지금 신과 동침을 하고 있어, 잘 봐."

흔히들 무감 놀이하는 무녀들이 신과 교접하고 아침에는 자신의 옥문이 축하다는 말을 많이 한다.

어떤 이는 베개를 껴안고 동침을 하는가 하면 어떤 이는 도깨비 방망이를 껴안고 교접을 한다. 도깨비 방망이는 남성의 심벌이며, 신의 옥경이라고 믿기 때문이다.

"분명 한 사람은 귀녀이고, 한 사람은 인녀(人女)이거늘, 통 요동을 하지 않으니……."

잠잠하던 홍기가 조용히 말을 꺼냈다.

"기다리게. 성교에 클라이맥스가 있듯이 저들도 신들과의 절정을 기다리는 것일세."

"토굴에서도 못 봤던 광경입니다."

"기다리는 동안 이거나 읽게."

오 법사가 건네준 것은 명당경이었다. 영혼이 좋은 곳으로 가라고 천도하는 경이었다.

홍기가 명당경을 읽고 있는 사이 달빛이 비치는 연기구름이 산신각에 와 닿았다. 그것은 흡사 지상을 연결하는 다리 같았다.

"이제 교접은 끝났고, 신이 저 위로 올라가는 걸세. 이때 도술을 쓰면 신의 노여움을 받게 돼. 우리는 지금 신의 터전에 들어와 있거든."

"산은 신들의 거처이죠."

홍기가 자신 있는 어조로, 그러나 음미하듯 천천히 말했다.

"알긴 아는군. 저들 중 한 명이 방해살(妨害殺)을 계속 보내고 있어."

"그럼 저들을 데리고 죽음의 카드를 벌이는 수밖에……."

완식의 친구 홍기는 속리산 토굴에서 사주, 육임, 육효, 둔갑을 공부했던 터라 오 법사와 함께 귀신과 인간을 분리시킬 수 있을 것만 같았다.

"오 법사님! 먼저 육효(六爻)로 시험하고 싶습니다."

"육효는 점을 치는 사람, 점을 치려는 사람, 점을 치는 시간이 맞아야 하는 법인데 시간이 아직 일러."

그때 어디선가 개 짖는 소리가 요란하게 들려왔다.

수백 마리의 개가 일시에 짖는 듯 우렁차게 들려왔다.

"때가 왔군. 인근 사육장에 있는 개들이 구렁이의 사기를 느낀 걸세. 어서 육괘를 던지게."

"예, 준비하고 있습니다."

홍기는 미동도 하지 않고 합장기도를 하고 있는 두 여인의 앞으로 다가갔다.

하얀 소복 위에 쏟아지는 달빛 환상은 마치 빛의 소묘를 시작하려는 듯, 달의 각도에 따라 여백의 공간도 움직이기 시작한다.

"들어라, 두 여인이여! 이 육괘에 따라 생사가 갈리거늘. 만약할 말이 있으면 먼저 씨부려라. 귀신은 일벌백계하리라. 묘를 파헤치고 관을 끌어내어 도끼로 부순 뼈다귀는 추슬러 갈아 허공에 뿌리리라. 그래도 할 말이 없느냐?"

어색한 침묵 사이로 음기와 사기와 마기가 오랫동안 교차하고 있다.

홍기의 뜨거운 심장은 육괘에 모아지고 있었다.

"일단 육괘가 펼쳐지면 너희 중 한 명은 죽으리라."

"뭐 하고 있어? 어서 던지지 않고."

오 법사는 다그치며 사방부적을 들고 청죽(靑竹) 밟기 자세를 취하고 있다.

"자, 보거라."

홍기는 육괘를 칠성단 바닥에 휘 던졌다.

순간 참으로 놀라운 일이 일어났다.

달빛은 먹구름에 가리고 주위는 칠흑 같은 어둠으로 변했다.

"하하하, 너희 같은 잡동사니들이 어찌 천 년의 한을 방해하려고?"

"살려주세요……."

그때서야 제 정신이 돌아온 완식의 부인은 칠흑의 어둠을 뚫고 인기척이 있는 데로 몸을 움직였다.

"오늘 너희들이 나의 잿밥을 흩뜨렸으니 대신해서 나의 시장기를 채워줘야 하겠다."

낌새를 알아차린 오 법사는 일단 어둠부터 걷어야겠다는 생각으로 불을 밝히는 야명주(夜明呪)를 허공에 띄웠다.

또다시 칠성각 주위는 환히 밝아지고 요괴는 제단에 놓여진 잔을 연거푸 들이켰다.

새빨간 선혈을 꿀꺽꿀꺽 마시며 입가는 흡혈귀 같은 채운을 띠고 홍기와 오 법사, 완식의 부인을 무섭게 노려보고 있었다.

오 법사는 사방 백 미터 둘레로 걸어가 서둘러 남방, 북방, 서방, 동방 부적을 던졌다. 요괴가 더 이상 도망을 못 가도록 하기 위함이다. 이 싸움에서 진다면 백 미터 안에서 시신이 발견될 것이다.

"너희 셋을 오늘 뼈 무덤으로 안내하지."

"감히 무엄하구나, 나야말로 너를 사로잡아 고스트 비즈니스 사무실에 박제로 만들어 놓고 싶다."

"아니, 저건……."

"몸뚱이가 뱀 가죽으로 되어 있다니."

귀녀의 몸은 천 년 묵은 구렁이 가죽을 걸친 듯 흉물스럽기 그지없었다.

이윽고 귀녀의 입에서는 무서운 독가스가 새어 나오고 있다.

그것은 살인가스보다 더 무서운 절체절명의 가스였다.

"어서 피해!"

홍기는 경명주사를 세 조각 꺼내더니 각자 씹도록 했다.

지하 수천 미터에서 수은이 녹아 결집된 경명주사로 위기를 넘긴 셋은 겨우 한숨을 쉬었다.

"단숨에 인간의 살을 녹여 버릴 것 같아요."

완식의 부인은 사지를 덜덜덜 떨고 있다.

"각오해라, 이 요괴야."

오 법사는 품속에 있던 통소를 꺼내 혈침을 넣고 훅 불었다.

오 법사의 일침은 귀녀의 생식기 한 중앙을 관통했다.

"윽……."

귀녀는 소스라치게 몸을 떨더니 빛보다 빠른 속도로 육신은 커다란 구렁이로 변했다. 그리고 쿵 하는 소리와 함께 땅바닥에 내팽개쳐져 버렸다.

"오 법사님, 어찌 그리도 정확히 혈맥을 찾으십니까?"

"인간이나 동물의 성기는 천국과 지옥을 오가는 급소인 거지."

급소를 관통당한 여귀는 구렁이로 변해 땅바닥에 시공을 정지시킨 채 숨죽여 있다.

"지독한 요괴였어. 우이동에서 행방불명된 사람들은 모두 바로 이 요괴의 짓이었어."

"이제 완식의 병도 사라질 겁니다. 요귀가 죽으면서 악귀를 가져갔으니까요."

홍기는 등줄기에 식은땀이 흐르는 것을 느끼면서 완식의 부인에게 말을 건넸다. 그리고 뒤돌아서 오 법사에게 물었다.

"저 구렁이는 이제 어떡하죠?"

"박제를 만들어 서산 도깨비한테 보낼까 해. 그쪽의 도깨비 신이라면 이 요괴를 지배할 수 있으니까."

주위가 온통 태양의 기운에 의해 충만해지면서 바람은 우이령의 잔가지들을 심하게 요동치고 있다.

어디서 기어 나왔는지 새끼 뱀 한 마리가 칠성각 쪽으로 미끄러지듯 슬며시 기어가고 있었다.

사과꽃 향기 과수원 길

군사 병영의 시작은 이름 모를 새들의 방문으로 시작한다.

물론 까치는 매일 오는 것은 아니지만 까치가 자신의 주위에서 지저귀는 날이면 어김없이 그 날 하루는 좋은 날이 온다는 것을 알고 있다.

후방 병원에 실려 온 날은 얼마나 됐을까! 하고 숫자를 암산하고 있으려니까 불현듯 동료 이등병이 자신의 여동생을 자랑하기 시작한다.

병사들은 금세 친해지기 마련, 특히 여동생이 있는 병사는 상등병으로부터 각별한 관심을 받는 건 당연하다.

갇힌 철조망 안에서도 이성들의 짝 찾기 노력은 시들 줄 모른다.

더구나 폐쇄된 공간일수록……

인간은 살아있다는 표시로 주기적으로 흥분과 요동을 한다.

특히 건장한 사내들의 발기는 그 어떤 훈련보다도 더 예민하게 작용하기 마련, 백 마디의 말보다는 어느 소녀의 편지를 읽고 나서 유전은 이성간의 만남보다도 그 감정을 지금 공유하는 것은 자연스러운 현상이라는 것을 느꼈다.

그 어느 순간이라도 상사의 눈에 띄는 날이면 얼차려를 각오해야 한다.

오늘이 그날이다.

내무반 병사 하나가 요염한 여성의 누드를 철모 속에 숨기고 감상하다가 그만 발각되고 말았는데 내무반원 12명이 후정으로 모여 피티 체조로 얼차려를 시작하고 있었다.

"하나에 정신, 둘에 통일!"

복창소리가 작으면 다시 원위치, 쥐약 먹고 물을 안 먹었나, 물만 먹고 쥐약을 안 먹었나, 붉은 모자 하사의 금속성 언어는 정점으로 다가서는 젊음의 시간을 후회하기에 이른다. 또 한편으로는 돈 주고도 못 살 인격 수련이라고 생각하니 인내 또 인내 중이다.

마지막 얼차려는 시냇물에 머리 박고 오래 버티기다.

어제의 얼차려 때문인지 밤잠은 쉽게 들 수 있었다.

주일 아침이 오자 성당의 종소리, 사찰의 범종소리가 병원 후송 병사들을 부르고 있다.

한량없는 법전에 일찍이 성불하여 중생을 제도하기 위해서 이 세간사에 오셨는가? 인간 세상 모두 서로 다른 몸이 돼 목소리 또한 미묘해 이제 그대와 내가 천상천하를 인도하는 부처님 되세.

만 세상 선남선녀들 하늘에 꽃비 뿌리고 지상에 법비 뿌리니 모두 일어나 환희롭게 춤을 추세, 불생불멸의 진여법신으로 이 땅의 모든 생명의 진리와 만물의 영장이신 인간의 참의미를 밝혀주신 인류의 스승 석가께서 이 자리에 함께 하십시다.

유전이 군 법당에서 삼배를 하고 법사의 법문에 빠져들고 있을 때 그에게도 인생의 환희라는 게 보였다.

육신을 회복한 뒤에는 군 복무를 끝내고 부친의 사업을 승계해 큰 위업을 이뤄야겠다는 원대한 포부가 그의 몸에 꿈틀거렸다.

수백의 병사들이 법회가 끝나자 순서대로 뒷문을 빠져나오는데 미소 띤 여자 하사관이 초코파이를 나누어 주고 있다.

마땅히 간식거리가 없는 군영에서는 초코파이는 최상의 먹거리다.

언젠가 들은 얘기인데 동료병사가 생일을 맞이할 때에도 초코파이에 성냥을 박고 불을 붙인 뒤 생일 축하를 한다는 것이었는데 병영은 나름대로 인간미가 도는 그런 공간, 단 조직과 동료를 사랑할 것.

희뿌연 하늘이 금세 먹구름을 동반하더니 비를 뿌리기 시작한다.

서둘러 회색 판초 우의를 입은 뒤 후송병원으로 이동 중, 군인들은 웬만해서는 우산을 쓰지 않는다.

우산을 잡는다면 생명을 지키는 소총을 잡을 수 없기 때문.

소총은 제2의 생명이다.

소나기가 장대나무처럼 쏟아져 내리고 있을 때 후송차량이 그만 멈추어 섰다.

아니나 다를까 붉은 머리 하사는 환자병사들을 내리게 한 뒤 뒤에서 차를 밀도록 했다.

아픈 차량에 아픈 병사들,

15분 거리에 있는 막사까지 차는 수동으로 걸어가는 듯……

비오는 날 풍광을 즐기려던 유전에게는 난데없는 사건이다.

군이라는 특수조직은 나를 잊고 조직의 경계 안으로 들어가는 것, 설령 그것이 낯선 이방인의 지대일지라도 유전은 단 한 발치도 반항하거나 탈출해서는 아니 된다.

유전의 부친은 훈련소 떠나갈 때 이런 당부를 잊지 않았다.

다투지 말고 복종하라, 부정하지 말고 매사를 긍정하라.

정의를 위해서 조국을 위해서 부상당하는 것을 겁먹지 말라.

오랜 시간 고통과 질병의 병상에서 살아 나온 부친의 한 마디 한 마디는 훈련조교의 말보다도 더욱 힘 있게 와 닿았다.

한결같고 강렬한 메시지를 옷깃으로 여미며 유전의 얼굴에는 굵은 빗방울이 연거푸 내리친다.

막사에 도착하자 아교풀같이 달라붙었을까. 판초 우의는 온 몸의 땀의 포로가 되는 듯이 착 달라붙어 있다. 마치 선희가 강원도 어느 산촌에서 그의 등살에 착 달라붙은 그 순간처럼……

여기서는 선희의 가녀린 부드러운 맨살은 찾아볼 수 없다.

대신 투박한 괘종시계, 사내 냄새 풍기는 팔도 사나이들의 풍취만 존재할 뿐.

이튿날은 후송병원을 빠져나가는 날이다 생각하니 기분이 업되는 느낌이다.

젊은이에게 반복된 시간과 권태는 아주 지독한 웅덩이 냄새와 같은 것.

새로운 변화를 찾아 유전은 경북 군위군으로 자대 배치를 받아 가고 있다.

그곳에 혁명의 피 냄새는 없었다.

아교풀 같은 진정한 사나이들의 땀이 모아 있을 뿐, 필시 군대는 평화를 지키는 무서운 집단이다.

평화를 해치는 어떤 세력에게는 죽음조차도 정당화될 수 있는 문명 속의 회오리 바람이다.

유전이 군위군에 도착하여 길을 걸을 때 할머니들이 사과 과수원에서 일하는 모습이 그림처럼 펼쳐진다.

길가에 제멋대로 나뒹구는 신작로 길을 따라 그는 예비군 관리 부대로 가고 있다.

지프차가 한 대 멈추어 섰다.

그리고 선임병이 어서 타라고 친절을 베푼다.

"그래, 잘 왔다. 쫄따구가 안 와서 심심했는데……."

"심심하면 장독대 간장 맛이라도 보시죠."

"뭐라고, 신세대 장병들이라고는 하지만 입에서 튀어 나오면 그것도 말이냐!"

"그냥 농담한 건데요."

"그래, 오늘은 첫날이니 내 봐 줄게."

"그런데 자대는 여기서 거리가 멀어요?"

"아니, 조그만 산길을 오르다 보면 나오지."

"괜히 떨리는데요."

"떨 것 없어! 가족적인 분위기에 방위병들은 많이 있고 이등병인 너도 거기 가면 인사받는 기라."

"방위병들은 집에서 출퇴근 하니 좋겠습니다."

"뭐, 좋은 것도 있고 때로는 싫은 것도 있고!"

지프차에는 먹거리 부식이 가득 실려 있다.

차량 옆으로 자전거 타는 소녀가 여유롭게 페달을 밟으며 지나가고 있다.

햇볕은 투명하고 사과꽃 향기 물씬 풍기는 과수원 길은 서늘하고 자유롭다.

'모든 병사들은 상사들의 말에 복종하라.'

'신들과 동격으로 대우하라.'

부대 화장실 낙서판에 쓰인 차가운 글씨, 이 언어가 고통을 이기는 영약이라는 것도 6개월이 지나서야 깨닫게 되었다.

유전은 선배에게서 들은 풍월을 조금은 알 것 같았다.

짬밥을 먹어 보지 않고는 인생을 논하지 말라!

펄펄 뛰는 해산물이 오늘 식판에는 밀가루 튀김으로 변해있다.

"지금부터 10분 이내로 식사를 마치고 연병장에 집합한다."

"무슨 일이라도 있습니까?"

"일은 무슨 일, 밥 먹고 야구게임 한판 하자는 거지."

유전이 야구공과 매트를 설치하고 다른 병사들은 글러브와 방망이를 들고 왔다.

유전이 타석에 들어서자, 외야수들이 이리저리 요동을 친다. 한 번도 타석에 서지 않은 병사는 어느 정도 안타를 때릴 수 있는지 감을 못 잡기 때문에 외야수들은 수비에 완벽을 기하기 마련.

마침내 스리 볼 찬스에서 직구가 들어왔다. 이때다 싶어 유전의 방망이는 강한 금속성 소리를 내면서 볼은 외야수 머리 위로 날아간다. 장장 3루타의 타력이 불을 뿜은 것.

1루와 2루에 있던 주자들이 홈을 밟고 3점이 나자 부대원들은 유전을 향해 브라보 박수를 쳐댔다.

"야, 잘했어 졸병이 대박을 터트린 거야!"

"평소 실력인데요! 뭐!"

"학교 다닐 때 야구 좀 했냐?"

"골목 야구 좀 했습니다."

"그건 나도 했고."

"뭐, 특별히 연습한 게 있냐고?"

"집 옥상에다 헌 타이어 매달아 놓고 배팅연습을 하루에 300회는 했습니다."

"넌 대단한 놈이야, 부대 대항 야구경기에 4번 타자로 나가라."

해질녘이 돼서야 야구 경기가 끝이 났다.

보기 좋게 유전이 속해있는 백호 팀이 5대 2로 승리를 하였다.

휴식도 취할 겸 막사에 들어와 진중문고를 살펴보다가 이 지방이 사과산지라 그런지 사과에 관한 금언이 나와 있는데 그중에서 돋보이는 명언!

'내일 지구가 멸망할지라도 나는 한 그루의 사과나무를 심으리라!'

(Even though the earth should see the end tomorrow, I will plant an apple tree.)

스피노자의 격언이 붙어 있었다.

사실 사과는 심자마자 수확하는 것이 아니고 모종을 심어 첫 열매를 거둘 때까지 7년여를 기다려야 한다.

지금 당장 결실을 볼 것은 아니지만 희망을 갖고 지금 하고 있는 일에 최선을 다하라는 메시지일 것이다.

사과는 건강 해결사,
사과를 많이 먹으면 지금보다 기억력이 두 배로 좋아질 것이다.
백설공주처럼 아름다운 피부를 갖고 싶거든 하루 한 알의 사과를 먹을 것……

유전이 책을 덮고 잠자리에 들 시간이다.

어디선가 취침을 알리는 트럼펫 소리가 가냘프게 들린다.

아침에 활기차게 기상나팔 부는 거와는 상황이 다르다.

고요히 하루를 정리하는 시간, 하루를 떠나보내는 시간.

유전은 꿈속에서 먼 훗날 유전그룹의 총수가 되어 대기업을 이

끄는 몽환으로 빠져든다.

여러분은 이제 현재와 고전에서 기업 경영의 노하우를 찾아야
합니다.

고전의 꽃이라고 할 수 있는 재미난 중국 역사에서 여러분이 조
직 관리와 회사부양책을 배워야 합니다.

춘추 전국시대의 제후와 영웅에게서 벤치마킹해야 할 것이 무
엇인지…….

인생의 제1쿼터 돌아보기(Life Testimony),
나의 현재 좌표 찾기(My Character Statement),
나의 방향성 그리기(Life Line),
열정적으로 실천하기(Action Unit)

갖가지 상념들이 비몽사몽으로 스친다.

유전이 훗날 유전그룹을 이끌 때 많이 사용하는 방향 언어들이
소리 없이 다가선다.

다음날도 어김없이 새벽 구보를 마친 뒤 사격장으로 올라갔다.

영점 표지판이 선명하게 들어나지만 유전은 시력 저하로 그저
가물거릴 뿐, 제1사선부터 조준, 그리고 발사, 마침내 산하를 뒤
흔드는 총소리가 먼 산 메아리 타고 다시 다가선다.

유전의 차례가 돌아왔을 때 부대원들은 긴장하기 시작한다. 유
전의 빗나간 타깃이 결국 자신들의 실력 저하로 다시 돌아와 얼

차려를 받기 때문이다.

예상은 한 치의 어긋남 없이 맞아 떨어진다.

유전이 속해있는 소대원들은 저수지를 건너는 얼차려가 준비되고 있다.

이른 봄날 차가운 물살을 헤치고 수영을 하며 저수지를 건넌다는 것은 대단한 인내를 필요로 함이다.

그러나 어쩌리, 자신의 현재 좌표가 여기인 것을.

어느 누구가 대신할 수 없는 군 생활, 긍정만이 살 뿐이다.

유전이 마음을 굳게 먹고 저수지 끝에서 끝으로 이동을 멈출 시간, 부대에서 이상한 비보가 들렸다.

부대원 즉시 5분 대기상태로 군용트럭에 탑승하라는 지시…….

무슨 일일까?

궁금해하며 서둘러 부대로 향하고 있다.

모든 군장이 완전히 갖춰질 때 차량은 급히 출발하기 시작한다. 마치 준비된 활시위가 과녁을 향해 쉬지 않고 나가는 것처럼…….

으슥한 산에 20여 명의 부대원들이 수상한 사람을 찾기 위해 실탄을 장전한 뒤 숲 속을 세밀히 뒤지기 시작한다.

숲속 덩굴이 으슥한 미소를 품고 있다.

혹시 무장공비라도 나타났다는 말인가?

유전의 고민이 깊어 갈 무렵 저쪽 끝에서 웅성웅성 거리는 소리가 들렸다.

나뭇가지를 헤치고 부대원들이 방향을 잡자 진정 무섭고 두려운 것은 내 뒤에 따라오는 아군의 발자국 소리이다.

불현듯 오발사고라도 난다면 어찌할 것인가.

물론 총구를 땅바닥으로 향하는 것은 당연한 일.

깊은 바위 덩굴에서 한 사내가 손을 번쩍 들고 있다.

무장공비는 아니고 동네 소도둑놈으로 밝혀지자 범인은 서둘러 경찰서로 압송되고 유전이 소속된 부대원들은 작전 1시간 만에 상황종료.

오늘 기분도 꿀꿀한데 동네 청년들하고 축구나 한판하자는 제의가 들어 왔다.

군인들은 같은 부대원끼리 하는 것보다 동네 청년들하고 축구를 하면서 유대감이나 단결력이 더 배가되는 것을 느꼈다.

육체 안에 거주하는 초월적인 힘이 군인들에게는 나온다.

오기와 배짱 그리고 젊음을 발산할 공동구가 축구이기 때문이다.

골을 넣는다는 것은 즐거움과 기쁨을 얻는 하나의 방편이자 그들의 일사불란한 집념이기도 하다.

유전이 드리블하자 상대편들이 좌로 우로 숨가쁘게 움직이기 시작한다.

메마르고 황량한 마을, 가난하지만 정과 사랑이 넘치는 작은 마을.

오늘 응원단은 날아다니는 산새들이다.

산새들은 쉬지 않고 지저귄다.

자신들의 영역을 침범한 청년들에게 경고라도 하려는 것일까, 산새들은 아주 낮게 비행을 하면서 경계를 멈추지 않는다.

이윽고 군인들이 먼저 축포를 쏘아냈다.

유전이 진중문고에 들어서자 선희가 보낸 책이 와 있었다.

유전은 부대 안에서도 경제서적을 비롯한 여러 부류의 책을 읽는데 많은 시간을 할애하였다.

독서삼매경에 빠질 때 그만의 카타르시스에 빠지곤 한다.

어떤 병사는 여인의 누드사진을 보면서 일탈을 꿈꾸는가 하면 유전은 남아수독오거서를 실천해야겠다는 생각을 잡념이 올 때마다 했었다.

절제는 유혹을 이기고 성공한 이야기가 된다.

IT기업에서 큰 성공을 거두었던 사장 조나단이 그의 절친한 운전기사인 찰리에게 자신의 경험과 성공 요인을 들려준다.

첫 번째 들려주는 이야기는 유아실험 이야기인데. 어느 날 미국의 한 대학교에서 6세 이하의 유아들을 모은 후 눈앞에 마시멜로를 보여준다. 그리고는 약 15분간만 마시멜로를 먹지 않고 기다리면 1개의 마시멜로를 더 준다고 약속하였다. 이 실험에 참가한 조나단은 어떻게 되었을까?

조나단은 15분간 마시멜로를 먹지 않고 절제를 하였는데 실험이 끝난 후에 유아들의 성공여부를 살펴본 결과. 참고 절제하는 모습을 보인 그룹이 나중에 크게 성공하였다. 이때 조나단이 크게 깨달았는데 눈앞의 유혹을 참으면 눈부신 성공을 거둘 수 있다는 사실이다. 이 정확한 사실을 운전기사 찰리에게 제일 먼저 들려준다.

이 이야기 말미에 조나단은 찰리에게 성공의 노하우를 말하기 시작한다.

성공하기 위해서는 나 혼자만의 노력으로는 어렵고, 타인의 도움이 꼭 있어야 한다는 사실, 물론 타인의 성공 뒤에도 자신의 힘이 작용하는 거와 똑같은 원리이다.

타인이 나를 돕기 위한 방법으로 법률 같은 원리 원칙 터득하기,

일의 결과에 꼭 대가를 지불하기,

인맥과 학벌 넓히기,

진실한 감정에 호소하기,

아름다움으로 유혹하기,

재미나게 설득하기,

이상의 6가지 방법을 이루는데 있어서 당장의 짜증과 화를 내기보다는 인내와 타인에 대한 설득으로 내 사람을 만드는 것이 현명하다고 하였다.

조나단이 찰리에게 설득이라는 성공요인 말고 또 다른 성공요인이 있다고 하였는데 이는 성실함과 차별화로 단정지었다.

사람의 머리와 가슴에 단박에 꽂히는 말이 무엇일까?

유전은 먼 훗날 기업가가 되기 위해서 원활한 대인관계, 제대로

된 경영컨설턴트는 무엇인지 고민하게 되었다.

드디어 휴가기간이 다가왔다.

군복을 입고 사회에 다시 진입하는 용감한 청년이 되어.

대구역에서 갑자기 풍수도인이 말을 걸어왔다.

"인생의 수확 철에는 풍년이 들겠어."

"귀하는 누구신지요?"

"보시다시피 하늘 아래 땅 위에서 연명하는 미물이야!"

"6개월 정도 산 생활을 하게 되니, 귀가 열리고 눈이 천리안을 가지게 되더군요."

"더 발견해야지. 생명을 다시 발견해야지."

"저는 생명을 살리기 위해서 또 다른 생명을 죽여야 하는 실전 훈련을 받았습니다."

"생명은 자연의 주인일세. 노예가 아니야. 살생하지 않고 생명체와 함께 살아가는 법을 배워야 해!"

"도사님 말씀은 지당하오나 이념을 달리하고, 사상을 달리하고, 공격을 일삼는 무리 앞에서는 생명의 가치를 논할 시간이 없죠!"

"생명의 양면성, 죽음의 양면성은 언제나 존재하는 법, 하나가 살기 위해 하나의 존재를 파괴해야 하는 그릇된 가치관이 문제야!"

"지상의 모든 동물이 약육강식 아닌가요."

"강자가 만들어 논 허구일세. 약자도 한 생명 지키며 끝까지 평화를 누릴 자격을 갖고 있다고 생각하네."

"필요 선택이긴 하나 어느 특정 세력에 의해 우리는 선택을 강

요받는지도 모르죠."

"그것이 바로 문제야. 소위 지구촌의 지도자라는 분들의 사고가 공존이 아닌 공멸을 택한다면 이는 돌이킬 수 없는 함정에 빠지게 되는 것이지."

천 리 길 낯선 도량에서 만난 것 같은 도사의 일갈이 귓전을 다시 새롭게 한다.

남루한 옷차림에 소림사 무술 승려 같은 분위기. 아주 작은 목탁을 들고 청명하게 들리는 초발심의 소리……

"젊은이. 생명을 살리려면 우선 화를 누르는 방법부터 찾아야 하네. 화의 근원만 제거한다면 생명을 지키는 일은 누구나 실천하는 법도일 뿐이야!"

"화가 나면 보통사람들은 화를 참지 못하고 내보내지만, 화는 결국 자기한테 돌아오는 부메랑 같은 게 아닌지요."

"맞아. 화를 일시적으로 내버리면 우선은 시원할지는 모르지만 시간이 경과될수록 부작용이 따르게 되어있지."

"부작용을 겪어볼수록 화를 참는 수행이 되겠지요."

"어리석은 사람은 화를 내고 후회하지만 현명한 사람은 미리 화를 차단하고 화의 근원을 알기 때문에 마음의 평정심을 갖게 되는 거지."

"현재의 상태가 인생의 중심시간이 되겠지요. 그런 면에서 화와 생명의 연관성은 깊은 연관 관계가 있는 것 같군요."

"화를 참는 것은 등산과 같은 것일세. 오르면 오를수록 힘들지만 끝까지 오르고 나면 개운한 성취감을 얻는 것과 같은 맥락이지."

"도사님은 어디서 수행하셨는지요."

"계룡산에서 10년 안거를 끝내고, 전라도 해불암에서 칩거 중일세, 칠산 바다를 한눈에 내려다보는 이상향이기도 하지."

"부러워집니다. 있는 그대로의 위치에서 평정을 찾는다는 게 얼마나 어려운 일인지는 군복무를 통해서 잘 알고 있습니다."

"나도 소싯적 군 생활을 했지마는 군복무는 깨달음의 장일세. 거기서 깨닫지 못하면 사나이도 아니지 않은가!"

"제가 인내의 한계에 오를 때도 많아요. 그렇지만 모친을 생각해서 많이 참는답니다."

"그 자리가 번뇌를 소멸하고 새로운 에너지를 얻는 자리이기도 한다네. 번뇌 망상이 오면 마음의 평화가 곧 깨어진 조각처럼 아주 작은 파편이 돼버려 위험할 뿐이지."

"번뇌 망상이 천 길 낭떠러지로 떨어져 나간 것 같습니다."

"원한다면 이번 휴가에 내 거처를 보는 것도 의미 있는 일이 아닐까?"

"동석할 사람이 있는데 같이 가도 되나요?"

"암, 어느 보살이든 환영일세. 단 도살업자는 안 돼. 마가 끼거든."

"저도 그 정도는 안답니다. 생명 살리는 일이 모든 수행의 첫 번째인데 무릇 동물이라도 손상을 시키는 일을 한다면 부처님 앞에 설 자격이 없는 것이죠."

6개월 만에 만난 선희는 더욱 신비스러운 여인으로 변신해 있었다.

그녀를 만나는 순간 처음 만났을 때처럼 전율을 느끼는 것은 왜일까?

그 기간 에베레스트 원정길의 마지막 캠프 부근에서 한국인 산악인이 조난당했다는 기사가 온 매스컴을 장식하고 있었다.

"죽음은 무서운 것이죠."

"천지 고요의 설산에서 잠이 오듯 어디론가 떠내려가는 조난자의 이승과 저승의 마지막 미끄럼 길은 어떠했을까?"

"생각만 해도 전율이 다가오는군요. 이렇게 오빠가 건강하게 내 곁에 돌아왔다니 환영, 또 환영."

"낭가파르트의 조난이 선희에게는 충격이었나 보지?"

"그럼요. 높은 산에서의 실종은 곧 다가올 죽음과의 싸움이죠. 그리고 생명의 루트를 찾지 못하면 죽음의 마왕이 부르는 세리머니에 희생이 되는 것이죠."

"선희에게는 삶과 죽음이 별개라고 생각되는데. 사실은 매 순간 삶과 죽음을 넘나드는 게 인간이라고 할 수도 있지,"

"어떤 우문인 것도 같군요."

"눈을 열었을 때는 현실이지만 눈을 닫았을 때는 죽음이 되는 것이야. 죽음은 영원히 눈을 닫는 이별의 마지막이기도 하지."

"다시는 돌아올 수 없는 인생의 시간들……."

"바이올린의 줄은 끊어질 만큼 팽팽하게 조여 놓아야 제 음색을 낼 수가 있지. 인간도 마찬가지 아닐까?

자기 자신을 정확히 알며, 적당히 조율한 사람만이 먼 훗날 기업을 운영할 때는 긴장감과 인내심을 동시에 느끼게 되는 것이지.”

　　“그러니까 완벽한 악기만이 가장 아름다운 화음을 내듯이, 완벽한 사람만이 가장 멋진 인생을 살 수 있다는 뜻 아닌가요.”

　　“두말하면 잔소리지, 자 이제 스님이 계신 데로 가볼까?”

　　“그럴까요. 그런데 스님이 안 보이네요.”

　　“암자 주변에 있을 테니 저쪽으로 가볼까?”

　　스님의 주변에는 산새들이 몰려와 재잘거리는 모습이 산상의 극락에 온 것 같았다.

　　천진난만한 스님의 모습에서 세속의 오욕을 밀어냄은…….

　　웬일일까. 읍내 소재지에서 걸어서 2시간 거리에 해탈성지가 있었다는 게 선희에게는 신선한 충격이었으리라.

　　“내 그래도 귀중한 인생철학이 이 안에 담겨 있거든. 무릇 중생들이 진리에 목말라 할 때 터득하는 마지막 기회가 어쩌면 선수행의 세계가 아닐까 하네.”

　　“정말 뜻밖인데요. 군대 휴가가 없었더라면 이런 귀중한 기회를 만들 수 있었을까요.”

　　“그거야 만날 수도 있었겠지, 사바의 인연이란 게 꼭 스님하고만 있는 게 아닐세. 수녀님이나 훌륭한 목사님들이 얼마나 많은가. 결국 이들을 찾아 내는 게 힘든 게지.”

　　“진리의 세계를 대학 다닐 때부터 동경하곤 했었죠. 그 세계가 있다면 피안과 차안의 세계를 넘나드는 이상향의 세계라고 꿈꾸어 왔었죠.”

"좋은 말이야. 우리의 범주에서 스스로 이상향을 찾을 수가 없다면 선지자를 따라 나선 것이 오히려 빠를 수도 있지!"

"그래서 제가 스님을 따라온 게 아닐까요."

"허, 참 젊은이도. 자네는 미래의 용틀임을 할 사람이야."

먼 칠산 바다가 눈앞에 펼쳐진다.

수평선 끝에서는 이름 모를 안개가 생성되어 세상의 언저리에 눈이 날리듯 다가선다.

무명 도사를 따라 해불암까지 들어 왔건만 유전과 선희는 한편으론 서울에 부모님이 보고 싶어진다.

이때 산삼 더덕차를 들고 온 마음 스님이 반갑게 맞이한다.

"마음이란 본래 혁명처럼 일어났다가 성공하면 마음 밭이 풍년이요. 실패하면 마음 밭이 흉년이라!"

"마음을 경작하는 마음 스님을 가끔 문학신문에 실린 에세이를 통해서 간간이 소식을 들어왔는데 이렇게 뵙다니 큰 광영입니다."

"마음에 변화라는 말을 많이 쓰지요. 그 변화가 자력이든 타력이든, 물리적이든 화학적이든 마음의 본질은 변함이 없지요. 변하는 것은 간사한 동물의 형태일 뿐."

"간사한 것의 으뜸은 인간이라, 그 어느 동물보다도 속이기를 좋아하고 욕심이 많고 싸움을 합당하다고 주장하고……."

"낡은 마음은 새로운 마음으로 교체되어야 행복이 오지요. 생각을 바꾸고 행동을 바꾸고 마음을 변화시키는 일련의 작업이 불가능하다고 생각지 않습니다."

"무명 도사님과 마음 스님의 일갈은 그 어느 철학책보다도 명료하고 행복하군요."

"모든 마음의 변화는 사람이라는 주체로부터 시작되며, 그 사람의 변화는 아주 간단한 계기에서 출발하지요. 그 계기가 오늘 같은 의외의 만남을 통해서도 가능하겠지요."

"만남과 만남이 꼭 좋은 인연이라고는 보지 않습니다."

"맞아요. 인간과 인간의 만남이 순리만 있는 것이 아니고 역리도 존재하지요. 선인과의 선업이 있는가 하면 악인과의 악업도 엄연히 존재하지요."

"그것을 찾기가 힘들더군요."

"모든 사람은 야무진 꿈을 갖고 있죠. 기업가는 기업을 성공해서 부를 축적하려 하고, 종교인도 마찬가지죠. 일부 건실한 종교인을 빼고는 어떻게 해서 교단을 확장하려고만 했지 진정한 마음의 근원을 찾아 행복을 발견해서 그것을 신도들에게 돌려줘야겠다는 분이 얼마나 되겠소."

"결국 마음 혁명이 일어나지 않는다면 곧 사라질지도 모를 사상 누각에 불과하겠지요."

"마음의 혁신을 시작하려면 자기 자신 스스로를 믿어야 합니다. 그리고 그 신념에 힘을 실어 주어 믿음을 갖도록 해야 합니다. 그러다 보면 제3의 마음 밭을 만날 수 있지요. 그 밭에 진실한 씨, 행복의 씨, 화합의 씨, 성공의 씨, 영원의 씨를 뿌리면 됩니다."

"재미납니다. 그 후의 열매를 생각하면요."

"즐겁지요. 마음의 추수가 다가올 시기에 열리는 진실 열매, 행복 열매, 화합 열매, 성공 열매, 영원 열매를 딸 생각을 하면 일각이 여삼추라!"

"논농사, 밭농사보다도 먼저 시급한 게 마음 농사라고 들었습니다."

"맞아요, 맞지요. 논농사 밭농사야 안 되면 다시 경작을 하면 되지만 그 틈이 물론 1년여 걸리겠지만 마음 농사를 잘못 지으면 그 틈이 굉장히 커요. 얼마 전에도 마음이 산만하여 갈피를 잡지 못하고 우울한 마음이 시키는 대로 자살을 했던 그 탤런트만 보아도 마음 경작이 얼마나 중요한지는 짐작하시겠지요."

"그래서 선사들이 일체유심조라고 단언하더군요."

"마음 하나 잘 먹으면 거기가 천당이요. 마음하나 잘못 먹으면 거기가 지옥이라."

"마음의 일갈은 끝이 없지만 결론은 일체유심조이군요."

"두 분의 남녀도 마찬가지, 남녀 육신의 화합에 앞서 마음이 먼저 화합하고, 합궁이 돼야 진정한 남녀일체가 이루어지죠."

"미국의 심리학자 윌리엄 제임스는 마음속의 신비적 체험이 갖는 네 가지 특성을 말하였는데 한번 들어 보시게나.

첫 번째로 마음은 어떠한 말로도 표현할 수 없다고 하였고,

둘째로 잠시적인 상태,

셋째로 피동적으로 얻게 되었다는 느낌.

네 번째로 깨달음이라고 했는데 이런 마음 체험의 시도야말로

더욱 신비한 것이지"

"세 번째 느낌이 이해가 안 되는데요."

"피동적이든 능동적이든 마음은 변함이 없지, 거기서 기다리고 만 있을 뿐, 단지 이 연구자는 마음을 요동치게 만드는 메시지가 피동적으로 밀려온다는 연구 결과일 뿐."

"마음 스님의 마음은 현대인에게 필요한 에너지가 될 것이 뻔합니다. 언제쯤 저서를 서점에서 사 볼 수 있을까요."

"내년 가을쯤 일차 추수를 끝내고, 대중들에게서 점검받는 시간이 필요하지."

"마음 상태를 점검하는데 기술자가 필요하던가요?"

"기술은 각자의 본분에서 벗어나지 않으면 되지. 이를테면 요리사는 일과가 끝난 후 마음 휴식을 요리가 아닌 음악 감상에 맞추었으면 되고, 운동선수는 시합이 끝난 후 마사지를 받으며 마음을 릴렉스 시키는 게 중요해. 즉 운동에너지가 많은 분야에서 일한 사람들은 고요에너지 프로그램이 필요하고, 정적인 일이 많은 분들은 동적인 에너지 프로그램이 필요한 것이지. 동적인 면과 정적인 면이 동전에 양면 같지만 아주 필요한 대칭을 이루고 있어서 항상 균형을 맞추는 게 필요한 것이지!"

"마음 가장자리로 향하는 발걸음이 가장 강력한 태풍보다도 더 강하다는 뜻이군요."

"암, 정적인 마음과 동적인 마음이 조화가 되면, 그 어떤 허리케인도 이겨낼 수 있는 지혜와 힘이 생기는 것이지."

"지금 드러나고 있는 것은 현대인들에게 방황하는 마음들 뿐……."

"심성이 좋고 도덕적 품격을 갖춘 사람이라면 큰 사람이라고 말할 수 있지. 큰 그릇은 큰마음이 준비되어 있을 때 비로소 만들어지는 법. 남을 배려하고 존경을 할 줄 안다면 그 사람의 마음 씀씀이도 큰 가치가 있는 모양새를 만들어 가는 거지."

해불암 정상에서 남쪽으로 5분쯤 오르다 보면 자비보살 임보살이 묻힌 묘비가 나온다.

야트막한 푸른 언덕 위에 자리 잡은 임보살님의 묘지엔 그 흔한 묘비석마저 없다.

아무런 안내 표지판이 없으니 나 홀로 임보살님을 찾기는 더욱 어렵다. 그러나 생각을 더듬어 묘비에 이르자 참배객들이 놔두고 간 향초와 들꽃이 가지런히 놓여있다.

고향이나 다름없을 함평과 영광에서 수많은 신도들과 교류하며 신심을 일깨우고 영적 에너지를 심어 주었던 임보살님의 이미지는 시대가 지나도 새로운 아이콘으로 우리에게 다가선다.

평소에 늘 소박하고 겸손했던 그분이기에 찾아오는 이에게도 잠언의 말씀을 하신다.

남는 것은 넘치니 가난한 이웃과 나누어 쓰고, 부족한 생활은 경계할 것이니, 늘 부지런하면 가난을 이겨낼 수 있다는 묵언의 전달은 오늘을 사는 우리들에게 사전처럼 다가온다.

"선희, 무명 도사, 마음 스님 이 세 분을 만난 것도 임보살님의 가르침이 있었는지도 모르지."

"오빠는 지금 군인이야. 그런데도 군인들은 적군을 죽이는 연습만 하고 있으니, 적군도 알고 보면 순수한 인간의 모습을 띠고 있는데 말이야!"

"세상의 인간형은 세 가지로 분류된다는 것을 알고 있어, 자신을 이롭게 하는 아군형, 자신을 괴롭히는 적군형, 아군도 적군도 아닌 중간형 이 세 가지 중 우리 군인들은 적군을 무찌르는 훈련을 받는 거라고, 적군은 아군과 중간형을 괴롭히는 무장파라고……."

"아, 그러니까 군대란 필요악의 군단이라는 것이죠."

"물론 필요필, 필요악이란 개념이 적용된다고나 할까. 세상의 모든 군대는 우군을 위해서 존재하는 거지. 적군을 위해서는 경계만 할 뿐이지. 물론 가끔 적과의 동침도 일어나지만……."

"오빠는 6개월 군에 있으면서. 무슨 힘의 논리로 세뇌되어 있는 것 같아."

"긍정적인 세뇌가 필요하더라고. 나에게 살 수 있는 자유와 죽을 수 있는 자유, 두 가지가 다가오더군. 그 순간 부모님 모습과 선희와의 미래 설계가 어른거려. 그래서 살 수 있는 자유를 택했지."

"한국 젊은이들의 체험 시설, 군대에서의 생활은 인생의 커다란 계기가 되겠죠. 그래서 난 언젠가 내 애인이 군에서 휴가 온 꿈을 꾸곤 하죠."

"그럼 예상이 딱 맞은 거로군."

"아이 참, 오빠도."

"한 줌의 빛도 없는 칠흑 같은 어두운 밤에 나 홀로 보초를 선다고 생각해봐. 이 넓은 우주에서 난 여기 왜 있는 걸까……. 끝없는 질문을 던지다가 마침내 불침번 교대시간이 오고 말지."

"깊은 밤에는 새소리 물소리도 잠들어 버린다죠?"

"아니야, 새소리는 잠들지만, 물소리는 쉼 없이 흐르지. 흐르는 물은 잠시도 쉬지 않아. 저수지에서 출발하여 넓은 강에 이르기까지 물의 일행들은 잠시도 쉬지 않지!"

"앞이 안 보이면, 불안하지는 않았어?"

"깊은 밤 보초는 달빛에 의지하지. 그러나 달도 뜨지 않은 밤에는 내 귀에 의존하지, 청각은 의외로 고요할 때 더 열리거든."

"하기야 맹인들도 흰 지팡이에 의지한 채, 먼 길을 떠나거든. 그것도 아주 안전하게. 그들의 시각은 닫혔지만 청각과 후각이 더욱더 활짝 열리거든요."

선희는 오빠에게 『솔 섬의 전설』을 들려주기 시작한다.

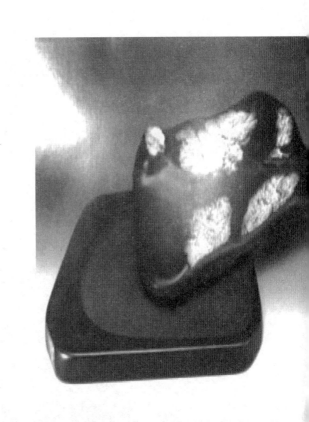

08

:

슬프도록 아름다운 사랑
녹색 카펫 위에 펼쳐진 상상
선승이 해탈 열반을 하듯 경영하라

경제삼국지

슬프도록 아름다운 사랑

차창으로는 녹색 카펫을 펼쳐놓은 것 같은 진초록의 물결이 한없이 드넓게 펼쳐지고 있다. 그걸 바라보고 있노라면 사람의 마음까지도 초록의 물이 들어버릴 것 같다.

의학적으로도 초록색은 눈의 피로를 덜어주고 정신을 맑게 해준다고 하지 않던가? 차 안에 타고 있던 학생들은 차창 밖으로 펼쳐진 초록의 물결을 보면서, 저마다 탄성을 자아내며 창 밖에서 눈을 떼지 않았다.

삼십여 명의 역사학과 학생들은 문화재 답사를 가는 게 아니라 소풍 가는 것으로 착각하고 있는 듯 모두들 들뜬 마음이 되어 창밖의 풍경에 넋을 놓고 있다.

"나 학교 졸업하고 시골로 시집갈까 봐. 얼마나 좋아. 대자연과 어우러져 사는 모습이, 평화스럽고, 깨끗하고, 낭만적이고……."

도회지에서만 곱게 자란 탓에 쌀이 어떻게 생겨나는지도 모를 것 같은 여학생이 감상에 빠져 한마디 했다.

"야, 이 가시내야. 너 저곳에서 사는 사람들이 얼마나 힘들고 고생스러운지나 알고 그따위 소리를 하는 거냐? 아마 너는 하루도 못 살고 징징거리며 도망쳐 올 거야."

냅다 소리를 내지르며 앞에 말한 여학생에게 면박을 주는 남학생은 역사학과에서 돌쇠로 통하고 있는 박철이었다. 그가 돌쇠로 통하게 된 데에는 여러 의미가 있다. 우선 그의 조부님이 지어주었다는 이름을 한자로 풀이하면 '쇠 철' 자를 쓰고 있는 게 첫 번째 이유였고, 둘째는 시골 출신답게 성격이 우직하고 강직한 면이 있는데다 힘 또한 막일꾼 못지않게 장사였다. 그는 눈에 아니꼽게 비치는 것은 절대로 그냥 보아 넘기지 못하는 성미였다. 과 여학생들이 깊이 파인 옷이나 짧은 치마를 입고 다니는 걸 보고, 너는 밤에 술집에 나가는 가시낸가? 하며 당장에 면박을 주는 바람에 여학생들은 곧잘 울었다. 그래도 악의로 그런 것이 아니라는 것쯤은 알기에 여학생들은 돌쇠 오빠 (예비역이기 때문이다.) 하며 무척 잘 따랐다. 또한 시골사람 특유의 정도 있고 궂은일도 마다 않고 앞장서기 때문에 과에서 늘 인기가 좋았다.

아무튼 입 한번 잘못 놀렸던 여학생은 돌쇠로부터 면박을 받아 얼굴이 홍당무가 됐고, 그 바람에 차 안에 타고 있던 지도교수와 학생들은 와, 하고 한바탕 시원하게 웃었다.

"오빠는 내가 하루 만에 도망쳐 올지 어떻게 알아?"

아무래도 돌쇠한테 면박을 받은 게 억울했던지 여학생이 앙칼

지게 반박을 했다.

"너 그러면 시골에 살고 싶은 마음이 조금은 있다 이거지? 그럼 잘 됐다. 나 졸업하고 시골에서 살려고 하는데 너 나한테 시집 오면 되겠다."

거침없이 맞받아치는 돌쇠의 말에 차 안은 다시 한바탕 웃음바다가 됐다. 이렇게 웃고 농담하고 떠드는 사이 차는 목적지에 거의 닿고 있었다.

이들의 이번 유적 답사지는 옛 고려청자를 구웠던 강진의 성하면 가마터였다. 옛 선인들이 창조해 낸 고려청자의 비법을 현대에 와서는 어떻게 재현해 내는지 견학을 하고, 또 주위의 명 사찰들도 같이 둘러볼 겸 해서 그곳으로 정했다.

일행은 유서 깊은 사찰인 무위사, 백련사, 다산 초당을 둘러본 뒤 곧 고려청자 가마터가 있는 성하면으로 내달렸다. 버스 차창 너머에는 어느새 쪽빛의 바다가 평행으로 따라오고 있었다. 학생들은 바다를 바라보느라 차창에서 눈을 떼지 않았다. 바다 가운데는 왕릉처럼 생긴 자잘한 섬들이 떠 있다. 그보다 더 멀리 연달아 쭉 이어져 있는 산들이 마치 안개에 싸인 듯 희미하게 내비쳐 보는 이로 하여금 신비스럽게 보이기까지 한다.

역사학과 일행은 답사 마지막 코스인 도자기 가마터를 둘러보았다. 거의 완벽하게 옛 고려청자의 모습을 재현하고 있다는 자기들은 비취빛의 아름다운 자태를 뽐내고 있었다. 완성된 물건들을 배로 쉽게 실어 나르기 위해서였다.

돌쇠로 통하고 있는 철은 왠지 귀족적인 냄새가 물씬 풍기는 고려청자에 선뜻 정이 가지 않았다. 특권층인 귀족들의 전유물로 눈요깃감이나 장식용의 용도로 쓰인 고려청자보다는 서민들의 생활용기로 쓰인 옹기에 더 애정이 갔다.

옹기의 그 질박하고 투박한 멋이 우리의 생활과 하나가 되어 삶을 넉넉하고 안락하게 해준 점, 그런가 하면 우리네 삶의 모습이 고스란히 투영된 점 등이 자연스럽게 옹기에 애착을 느끼게 했다. 철은 지도교수한테서 옹기 가마터가 그리 멀지 않은 곳에 있으니 거기까지 가보자고 했지만 그렇게 되면 일정에 차질이 생긴다며 난색을 표했다. 학생들도 플라스틱이나 스테인리스 용기에 점차 밀려나고 있는 옹기엔 관심을 갖지 않았다. 떠나온 지 하루도 지나지 않았는데 벌써 집 생각이 나는가 보다.

사람들이 시골을 그리워할 때는 도회지에 있을 때라더니 그 말이 틀린 말이 아니었다.

철은 일행에서 떨어져 나와 혼자 옹기마을에 가 보기로 결심했다. 특히 철이 옹기마을에 더 가보고 싶은 건 평소에 옹기에 대한 관심이 많기도 했지만 고등학교 때 그의 친구였던 범이 아버지의 대를 이어 옹기장이가 되어 있어서 겸사겸사 둘러보고 싶었다.

철이 옹기마을에 도착한 것은 밤 늦은 시각이었다. 범이 친구가 온다는 기별을 듣고 마을에서 조금 떨어진 버스정류장까지 마중 나와 있었다. 둘은 만나자마자 즉시 서로 얼싸안고 반가움을 금치 못했다.

"짜아식. 시골사람이 다 됐네."

범이 검게 그을린 모습을 보며 철이 말했다.

"나야 시골에서 살아서 그렇다지만 넌 도시에 살아도 여전히 시골사람 같다."

범도 지지 않고 한마디 거들고 나왔다.

"태생이 시골이다 보니 나도 어쩔 수 없나 보다."

철이 사람 좋은 웃음을 지으며 범의 등을 두어 번 토닥거렸다.

철의 고향은 죽세품으로 유명한 담양이었다. 두 사람은 광주의 고등학교에서 같은 반이 되어 만나게 되었다.

둘은 그때부터 방학 때면 서로의 집에 놀러 다니면서 무척 친하게 지냈다. 비록 학교를 졸업하고 철은 광주에 있는 대학으로 범은 서울에 있는 대학으로 진학해 서로 헤어지게 되었지만 거리상의 문제가 두 사람의 우정을 소원하게 만들지는 않았다.

그런데 1년 전 범의 아버지가 옹기를 가득 싣고 제주도로 팔러 나갔다가 바다에서 그만 풍랑을 만나 사고를 당했다. 그러자 범은 자신이 아버지의 가업을 잇겠다고 하면서 학교를 그만두고 옹기 만드는 일에 전념했다. 철은 그런 범이 대견스럽게 생각되었다.

두 사람은 방에 들어와 막걸리 잔을 앞에 놓고 오랜만에 그간의 회포를 풀었다.

"그래, 오늘 답사 여행은 어땠냐?"

범이 철의 잔에 술을 따르며 물었다.

"너랑 여러 번씩 가봤던 곳 아니냐? 하지만 아름다움이란 역시 여러 번 보아도 아름답다는 생각이 들더라."

"맞아. 나도 전에는 그저 무심히 지나쳤던 것들을 애정을 갖고 바라보니까 그것들이 더 소중하고 아름답게 느껴지더라."

"네가 지금 택한 삶에 후회가 되거나 하지는 않냐?"

"후회는 하지 않아. 하지만 이곳에 내 또래들이 없다는 게 가끔 외로울 때가 있어. 근데 네가 찾아와 주니 그 기쁨이란 이루 말할 수 없다."

범이 씩 웃으며 말했다.

두 사람은 막걸리 잔을 부딪친 후 술을 쭉 들이켰다. 안주로 내놓은 밤톨만한 굴을 초장에 찍어 먹으니 맛이 그만이었다.

"좋지."

두 사람 사이엔 주거니 받거니 잔이 오고 갔다.

밤이 깊어지면서 사방이 점차 침묵 속으로 빠져들자 철썩거리는 바닷물 소리가 방문 앞 가까이 들려왔다.

"우리 내일 솔 섬까지 헤엄쳐 가볼까?"

철이 장난기 어린 눈으로 범에게 물었다.

"누가 먼저 도착하나 시합하자고!"

"좋아. 그런 의미에서 건배!"

두 사람은 막걸리 댓 병이 바닥이 보이도록 술잔을 부딪쳤다.

젊음을 만끽하며 오랜만의 회포를 푸는 데는 술보다 더 좋은 매개체가 없었다.

다음날 범과 철은 옹기 가마터에 갔다. 마을 뒷산 야트막한 언덕배기에 가마가 있었다. 전에는 가마가 많았지만 이젠 배우려는 사람이 없고, 또 타산이 안 맞아 옹기 만드는 일에서 손을 떼는 바람에, 이젠 범이네 가마 하나만 남아 있었다.

"나 학교 졸업하고 직장 못 구하면 이곳에 취직시켜 줄래?"

철이 농담조로 말했지만 듣기에 따라선 진담 같았다. 그는 옹기를 좋아하고 감상하는 차원에서 벗어나 진짜 옹기장이가 되어 보고 싶은 마음이 불쑥 솟구치는 걸 느꼈다.

모두가 빠르고 편한 것만 좇아 뛰어가는 세상에 남들이 알아주지 않는 외롭고 힘든 길이지만, 그래서 더욱 해볼 만한 일이고 가치 있는 일이라 여겨졌다. 더구나 마음이 맞는 친구와 함께라면.

"들어오는 문은 언제나 활짝 열려 있지만 나가는 문은 그리 호락호락하지 않다고." 범이 제법 진지하게 말을 꺼냈다.

"어째서?"

"한번 들어온 사람은 내가 발목을 꽉 붙잡아 버리니까."

범은 철의 말이 농담일 거라 생각하며 역시 농담조로 대답했다. 철은 자신의 생각을 지금 미리 말하는 것보다 나중에 행동으로 옮기게 될 때 얘기해도 늦지 않으리라 생각하고 더 이상 얘기는 하지 않았다. 두 사람은 가마 주변을 둘러보았다. 햇볕에 건조시키기 위해 내다놓은 날 그릇들을 만져보았다.

두 사람은 잠시 눈앞에 펼쳐진 바다를 바라보았다. 마을 뒤쪽 언덕배기에 올라서인지 바다가 한눈에 펼쳐졌다.

"바다가 원망스럽지 않냐?"

철이 범의 아픈 마음을 달래주려는 듯 말했다.

"아버지 그렇게 되시고 처음엔 바다가 한없이 원망스럽고 저주스러웠는데 이젠 바다에서 난 사람은 바다로 돌아간다는 말이 무슨 계율처럼 여겨져.”

범이 바다에 시선을 고정시킨 채 말했다.

“바다와 일심동체. 불가분의 관계 같은 거 말이자?”

“그래, 맞아.”

두 사람은 서로의 마음을 확인한 듯 따뜻한 웃음을 지었다.

“참, 우리 어젯밤에 저기 솔 섬까지 헤엄쳐 가기로 했지? 지금 시합하면 어때?”

“그거, 좋지.”

철의 말에 범이 동의했고. 두 사람은 곧장 선착장으로 내달렸다. 수영하기에는 딱 좋은 날씨였다. 선착장에 매어 놓은 크고 작은 배들이 가볍게 찰랑대는 물결에 몸체를 좌우로 흔들거리며 떠 있었다.

선착장에서 솔 섬까지의 거리는 1킬로미터 정도 되었다.

“자. 지금부터 시작이다.”

“좋아.”

두 사람은 자신들의 입으로 소리 낸 땅! 소리와 함께 물속으로 뛰어 들어갔다. 그리고 노련한 수영선수들처럼 둘 다 실력이 뛰어나 백중지세로 나아갔다. 지나가는 고깃배들이 두 사람을 보고 박수를 보내며 응원했다.

범은 바닷가에서 자라 어릴 때부터 헤엄을 쳤기 때문에 잘하는 건 당연했고 철도 그의 마을 위쪽에 저수지가 있어 어릴 때부터 물과 가까이 할 수 있었다. 두 사람은 전에도 서로의 고향에 놀러

가면 함께 수영 시합을 벌이곤 했었다.

이윽고 두 사람은 솔 섬 기슭에 도착했다. 누가 먼저랄 것도 없이 동시에 도착했다.

헤엄쳐 오느라 조금 지친 탓에 둘은 섬 기슭 응달진 곳에 등을 쭉 펴서 반듯이 드러누웠다. 그들의 발 밑으로 파도가 달려들 듯 밀려오다가도 금세 제 풀에 꺾여서 물러났다.

"우리 고등학교 때 이 섬에서 일 저질렀던 거 생각나냐?"

범이 고개를 돌려 숨을 몰아쉬며 철을 바라보며 말했다.

"동네 닭 몰래 훔쳐다가 이곳에 와서 구워먹었던 것 말이냐? 그땐 그 일이 왜 그렇게 스릴 있고 재미있었는지. 더구나 난 남의 동네에 와서 닭을 훔쳤으니……."

"그때 그런 우리들을 보고 동네사람들이 뭐라 했는지 기억나?"

"솔 섬에서 밤에 여자 귀신을 봤다고 했잖아. 이곳에서 빠져죽었다는……. 근데 그게 닭서리한 사람들 겁주려고 한 소리 아냐?"

"나도 그런 줄로만 알았는데."

"그럼 이곳에 정말 처녀 귀신이라도 나온단 말야?"

철이 놀란 목소리로 물었다.

"그래. 그것도 1년에 딱 한 번씩."

"그걸 네가 어떻게 알아?"

"지금 생각해 보니까 밤늦게 이곳을 지나가다 솔 섬 꼭대기 쪽 바위에 앉아 있는 여자를 봤다는 사람이 이맘때쯤 해서 한 번씩 있었거든. 그래서 이상하다 싶어 어느 날 우연히 그걸 음력으로 계산해 보니까 모두 동일한 날이었어. 그날이 미애 누나가 물에 빠져 죽은 날이었던 거야."

"그럼 자기가 죽은 날 밤에 꼭 이곳 솔 섬에 찾아온다는 얘기 아냐?"

"그런 셈이지."

"어째 갑자기 으스스해지는데."

철이 일부러 몸을 과장스럽게 떨어 보이며 엄살을 떨었다.

"내가 생각하기엔 미애 누나가 누구한테 일부러 해코지 하려고 나타난 건 아닐 거야. 분명 거기엔 무슨 곡절이 있어서 찾아온 건데……, 그래서 얘긴데 우리가 그 미애 누나를 한번 만나보면 어떨까?"

"뭐?"

철이 안색이 변해서 범을 쳐다봤지만 범은 차분하게 말을 이어갔다.

"그 누나 죽은 날이 음력으로 모레야. 우리가 모레 밤에 이곳에 찾아와 미애 누나를 만나서 무슨 연유 때문인지 그 사연이나 한번 들어보자고. 혹시 알아? 우리가 무슨 도울 일이라도 있을지?"

철이 놀라는 것도 아랑곳없이 범은 너무나 진지했다.

"우리 지금 살아있는 사람을 만나는 게 아니고 죽은 사람을 만나는 거라고."

"알아."

"근데 산 사람이 죽은 사람에게 어떻게 도움을 준다는 거야?"

"왜, 함부로 내버려진 시신을 거두어 장례를 치러 줬다든가, 억울하게 죽은 사람의 원한을 대신 복수해줘 귀신을 감동시킨 얘기들 많잖아."

"좋아. 대신 지금부터 그 미애 누나에 대해 얘기해 줘."

"역시 돌쇠 넌 응해줄 줄 알았어."

선선히 나오는 철의 손을 잡으며 범이 눈을 지그시 감고 그 옛날 미애 누나의 얘기를 풀어놓기 시작했다.

미애는 옹기 마을로 유명한 이곳 석포리의 김 주사네 딸이었다. 김 주사는 마을에서뿐만 아니라 면에서도 으뜸갈 정도로 부자였다. 전에 한창 번창했을 때는 옹기 가마들이 모두 그의 것이었고 마을의 배들도 대부분 그의 소유였다. 그런 아버지를 둔 덕에 미애는 마을에서 유일한 서울 유학생이었다. 게다가 얼굴도 어찌나 예쁘고 마음씨 또한 고운지 아직 학생임에도 사방에서 중매가 빗발치게 들어왔다.

연애 편지로 구애 작전을 해온 남자들도 많았다. 그러나 미애는 그런 쪽엔 관심도 없다는 듯 눈도 돌리지 않았다.

그럴 때면 사람들은 미애가 웬만한 남자들은 눈에 들어오지도 않아서일 거라며, 분명 집도 부자고 좋은 대학에 얼굴마저 예쁘니 자신들은 꿈도 못 꿔본 멋진 남자와 결혼할 것이라며 입을 모았다.

그러나 알 수 없는 게 사람 속이라고 하더니 미애가 바로 그 짝이었다. 아무리 좋은 혼처 자리가 나와도 아무리 멋있는 남자가 뜨거운 연서를 보내와도 곁눈질 한번 않던 미애가 자기 집에서 옹기 만드는 일을 해주는 남자와 좋아 지내게 되었다.

처음에 두 사람이 만나는 것을 목격한 사람들은 별 대수롭지 않게 생각했다.

서로 전혀 모르는 사이도 아니고, 또 그 콧대 높은 미애가 설마 자기 집에서 일해주고 있는 남자와 좋아 지내리란 건 꿈에도 생각하지 않았기에 그저 한집에서 익히고 사는 사람들끼리 무슨 얘기라도 나누고 있는 정도로 생각했다.

그러나 인적이 드문 바닷가나 솔 섬에, 그것도 밤에 둘이만 만나는 것을 보면서 사람들은 달리 생각하게 되었다. 그래서 타지에서 들어와 그저 묵묵히 옹기 만드는 일에만 열심인 남자에게 관심이 쏠렸다.

미애가 지금껏 어떤 작전에도 곁눈질 한번 않던 사람들보다 어디를 보나 한군데 나은 구석이 없는 남자와 만나는 걸 보면서 지금껏 자기들이 알지 못하는 그 무엇이 그 남자에겐 있을 거라고 호기심의 촉각을 곤두세웠다. 그리고는 그 호기심에 상상의 나래를 덧붙였다. 아마 서울에 있는 일류 대학에 다니다 데모를 주도해 경찰에 쫓기는 신세가 되었거나, 어디 부잣집 아들인데 피치 못할 무슨 사정으로 이곳에 숨어 들어와 도공 노릇을 하고 있는 거라고, 그렇지 않고서야 현재의 신분으로 하늘과 땅 만큼이나 차이가 나는 미애와 한섭이라는 그 청년이 어떻게 은밀히 만나 사랑을 나눌 수 있겠는가.

두 사람의 연애 사건이 마을 사람들의 입에서 입으로 옮겨지면서 드디어 미애네 가족에게까지 전해지게 되었다. 당연히 그녀의 부모들은 이 믿을 수 없는 현실에 아연실색했다. 그리고 그녀의 부모들은 마을사람들이 두 사람의 연애에 대해 가졌던 생각처럼 혹시 자기 딸이 근본도 확실히 모르는 남자를 좋아하는 데는 드러나지 않은 그 무엇이 있을 거라 자위하며 남자의 뒷조사를 했다.

혹시 옹기 만드는 일이나 할 사람이 아닌데 어쩔 수 없는 현실에 가짜 행사를 하고 있다면. 딸이 택한 사람이 부모로서 썩 내키지 않지만 얼마든지 융통성을 발휘해 보리라는 생각으로. 그러나 은밀히 뒷조사해 본 결과 한섭은 사람들이 품었던 그 어떤 비밀도 간직하지 않은, 있는 그대로의 모습이 그의 전부였다. 그가 평소 자신에 대한 얘기를 잘 하지 않아 그가 어떤 성장 배경을 가졌는지 잘 몰랐었는데 이번에 뒷조사로 여실히 알게 되었다.

그는 홀어머니 밑에서 어렵게 자라난 데다 고등학교 중퇴가 그의 이력의 전부였다. 그걸 전해들은 김 주사는 진노가 이만저만이 아니었다.

필시 한섭이 놈 자식이 미애를 온갖 감언이설로 꾀었음이 분명하다고 판단했다. 그래서 미애를 불러 한섭의 과거를 낱낱이 얘기해 주며 지금 네가 얼마나 엄청난 착오를 하고 있는지 아느냐며 딸의 잘못을 일깨워 주었다. 그리고 네가 저지른 일은 돌이킬 수 없는 크나큰 실수지만, 모르고 한 일이니 자신의 잘못을 시인하고 앞으로 한섭이와 만나지 않는다면 부모도 얼마든지 용서할 수 있다는 식으로 딸을 달랬다.

그러나 딸의 입에서 나온 말은 부모에게 또 하나의 충격을 던져주었다.

딸은 한섭의 과거를 이미 다 알고 있었다는 것이다.

"그런데도 그 녀석을 좋아했단 말이냐?"

"예, 전 그 사람과 결혼할 거예요."

한섭의 과거를 말해주면 딸이 무릎을 꿇고 잘못했다며 싹싹 빌줄 알았는데 오히려 당당히 나오는 바람에 부모 된 입장에서 정말 기가 찰 노릇이었다.

그래서 미애 부모는 두 사람을 서로 멀리 떼어놓으면 되겠다 싶어 한섭을 불러 미애가 만날 수 없는 곳으로 멀리 떠나줄 것을 요구했다.

그런데 녀석이 무슨 뱃심으로 그러는지 자신은 미애를 사랑하므로 결혼을 허락해 주십사, 하고 오히려 허락을 기다렸다. 정말 기가 막힐 노릇이었다.

"네가 지금 처지로 미애와 어울린다고 생각하느냐?"

그 녀석 대답이 가관이었다. 두 사람이 서로 사랑을 하면 그런 것들은 아무런 문제가 안 된다는 거였다.

말로 해서는 백날 해봤자 입만 아플 것 같았다. 그래서 물리적인 방법을 동원할 수밖에 없었다.

한섭을 죽지 않을 만큼 두들겨 패서 먼 곳으로 내쫓았다. 그리고 행여 미애가 한섭을 찾아 나설까봐 방에 감금시키고 식구들은 엄중한 감시를 하게 되었다. 특별한 용무 외에는 그녀는 방을 나설 수가 없었다.

그때부터 일체 음식을 거부한 그녀는 점점 비쩍 말라갔다. 그러자 김 주사도 자식이 죽는 꼴은 볼지언정 한섭과의 결혼만은 승낙할 수 없다며 자신의 고집을 꺾진 않았다.

두 사람의 팽팽한 대립이 계속되었다.

김 주사의 부인은 저러다 자식 죽이겠다고 하면서 자식 하나 없는 셈 치고 남모르는 곳에서 두 사람이 살게 하자고 마음을 돌려 보았지만, 김 주사는 아마 딸이 결국은 잘못했다고 용서를 빌 것으로 생각하는 눈치였다.

그러나 그 예상은 그만 빗나가고 말았다.

비바람이 몹시 치던 어느 날 밤, 미애는 가족들의 감시가 잠시 소홀한 틈을 타 폭풍우 치는 바닷가로 나가 나룻배를 타고 배를 저어가다가 바닷속으로 투신자살을 해버린 것이다.

다음 날 아침에야 미애의 시신이 솔 섬 기슭에 밀려와 있는 것을 발견하고 가족들은 그녀가 죽은 것을 알 수 있었다.

그런데 이루지 못한 사랑에 한을 품고 죽음을 택한 그녀가 자신이 죽었던 날에 솔 섬에 나타난 것이다. 처음 누군가로부터 그 얘기를 들었을 때 사람들은 믿지 않았다. 밤늦은 시각에 솔 섬 근처를 지나다 보니 물에 빠져 죽은 미애가 생각나고, 그래서 조금은 두려운 생각과 함께 잔뜩 긴장을 하다가 보니 괜한 헛것을 보았을 거라고 단정해 버렸다.

그러나 해가 갈수록 미애가 죽은 날쯤 해서 솔 섬 바위에 웬 여자가 서 있는 걸 두 눈으로 똑똑히 보았다는 사람이 늘어나기 시작했다. 처음엔 다른 사람의 말을 믿지 않던 사람들도 자신들의 두 눈으로 직접 목격하고부터는 아니 믿을 수 없게 되었다.

미애네 집에서도 딸의 슬픈 영혼을 달래고자 뒤늦게 솔 섬에서 큰 굿까지 했지만 그것으로 그녀의 영혼을 달래기에는 역부족이었다.

간혹 솔 섬에 여자가 나타난다는 때를 기점으로 폭풍이 몰아쳐 배가 뜰 수 없는 때를 제외하고는 꼭 미애처럼 생긴 여자가 솔 섬 바위에 서 있다는 것이다.

한밤중 모든 사물이 잠잠해지는 시각에 두 남자가 선착장에 나타났다. 철과 범이었다. 두 사람은 선착장에 매어 둔 범의 나룻배를 타고 조용히 솔 섬을 향해 저어갔다. 밤하늘엔 내일 모레면 꽉 찰 달이 떠 있어 노 젓는 데는 불편함이 없었다. 노는 범이 저었다. 배는 삐거덕거리는 소리와 함께 앞으로 나아갔다.

"너, 미애 누나에 대해서 잘 알아?"

철이 정적을 깨고 물었다.

"아주 어릴 때의 기억이지만 선녀처럼 예쁘다는 것과 우리가 놀러 가면 참 친절하게 대해주었던 기억이 나."

"목숨을 내던질 만큼의 사랑은 과연 어떤 사랑일까? 나도 그런 사랑이나 한번 해봤으면 좋겠다. 요즘도 그런 순애보적인 여자가 있을까?"

철이 자못 감동적인 목소리로 말했다.

"그런 여자를 찾기 전에 네가 먼저 그런 순애보적인 남자가 되어봐. 여학생 면전에 대고 면박이나 주지 말고."

"아니, 가시내들이 학교에 공부하러 온 건지 멋 내러 온 건지, 하는 차림새하고는. 눈에 거슬리는 데 그럼 가만두고 보란 말야?"

"난 예뻐 보이고 좋기만 하던데 뭐."

범이 일부러 철을 약 올리려는 듯 말했다. 두 사람은 솔 섬에 가

까워지면서 일부러 얘기를 해가며 긴장을 풀려고 노력했다.

"근데, 미애 누나를 사랑했던 그 남자는 후에 어떻게 됐어?"

철이 꽤 궁금한 모양이었다.

"글쎄, 마을에서 내쫓긴 뒤 그 후의 소식은 아무도 모르니까. 들리는 말에 의하면 미애 누나가 자살했다는 소식을 듣고 남자도 뒤를 따랐다는 얘기가 있던데. 글쎄, 그건 두 사람의 정황을 보아 혹 그러지 않았을까 하는 추측성 소문인 것 같기도 하고."

"로미오와 줄리엣이 따로 없는 것 같다. 정말 아름답고 슬픈 비극이야."

"맞아."

배는 점점 솔 섬 근처에 다가가고 있었다.

범이 배를 젓는 동안 철은 미애 누나가 나타난다는 솔 섬 꼭대기쯤의 바위 쪽을 둘러보았다. 아무것도 눈에 보이지 않았다.

"아무것도 눈에 보이지 않는데?"

"그럼 우리가 올라가서 기다리고 있자."

"난 태연한 척 하려 해도 자꾸 몸이 떨려온다."

"돌쇠, 너답지 않게 왜 그래?"

"그럼 넌 안 떨려?"

"실은 나도 떨려."

범은 속마음을 숨길 수 없어 실토하고 말았다.

배는 곧 솔 섬 기슭에 닿았다. 두 사람은 배를 기슭에 매어두고 안으로 들어갔다. 가져온 플래시를 범이 비치며 앞장서고 철이 그 뒤를 따랐다.

어둠에 쌓인 섬 안은 마치 거대한 괴물처럼 그 자체만으로도 공포심을 자아내기 충분했다.

불빛에 놀란 날 짐승들이 갑자기 머리 위로 푸드득 소리를 내며 날아오를 때면 심장이 멎는 것 같다. 또 발 밑에서 자잘한 들짐승들이 튀어나올 때는 머리끝이 죄 일어설 정도로 깜짝깜짝 놀랐다. 그럴 때면 금방이라도 하얀 소복에 긴 머리를 늘어뜨린 여자가 칼을 입에 물고서 두 사람 앞에 나타날 것만 같았다.

그들이 산 정상 가까이 다가갈 때까지만 해도 별다른 일은 일어나지 않았다.

그런데 바로 그때였다. 플래시를 비추며 앞서가던 범이 갑자기 발걸음을 딱 멈췄다.

"왜 그래?"

철이 잔뜩 긴장한 목소리로 말했다.

"저기……."

범이 팔을 뻗어 한곳을 가리켰다. 범이 가리킨 곳을 바라보던 철은 그만 심장이 딱 얼어버릴 것만 같았다. 아무리 담력이 센 그도 저 앞에 앉아있는 여자가 사람이 아닌 귀신이라는 사실에 덜컥 두려움이 앞섰다. 그러나 범은 미애가 자기 고향사람이었고, 또 어렸을 때 자주 보았던 사람이라 그런지 철보다는 꽤 침착해 보였다.

여자는 아니 귀신은 흰 소복 차림으로 바위에 두 사람을 등지고 앉아 있었다. 두 사람이 가까이 다가가도 관계없다는 듯 망부석처럼 그렇게 미동도 않고 있었다.

두 사람이 플래시를 끄고 멈춰 서자, 마침내 귀신이 몸을 돌렸다. 예상과 달리 귀신이라고는 전혀 느껴지지 않는 한 아름다운 처녀가 두 사람을 바라다보았다.

"두 사람이 오는 걸 지켜보고 있었어요. 근데 내가 두렵지 않나요?"

여자가 잔잔히 미소를 띠며 말했다.

"미애 누님이 맞네요. 어릴 때 보았던 생전의 모습과 똑같아요."

범은 덥석 손이라도 잡을 듯이 반가운 음색으로 말했다.

"그래요. 이젠 범이 나보다 나이를 더 먹었으니 그 사이 세월이 많이 흘렀군요."

범이 태연스럽게 하대를 하라고 했지만 그 귀신은 이젠 자신이 되레 오빠라고 불러야 할 것 같다는 농담까지 해가며 존댓말을 썼다. 그리고 함께 와준 철에게도 고마움을 잊지 않았다.

"근데 누님께서 저승으로 승천하지 않고 이승에 나타나는 이유가 뭡니까?"

범이 조심스레 물었다.

"이승에서 못다 이룬 사랑 저승에서 맺어볼까 했는데 그게 뜻대로 되지 않아 이렇게 인간의 도움을 받고자 그런 거예요. 그런데 마을 사람들이 모두 나만 보면 두려움에 떨며 도망갔어요. 다행히 범이와 친구 덕분에 이제야 내 한을 풀 것 같아요."

그녀가 슬픈 목소리로 말했다.

"저희가 어떻게 하면 되겠습니까?"

범이 기다렸다는 듯이 물었다.

"내가 사랑했던 사람을 알 거예요. 그 사람도 내가 죽었다는 소식을 듣고 바로 스스로 목숨을 끊고 말았어요. 하지만 우린 하늘의 명을 따르지 않고 자신들 마음대로 목숨을 끊었다는 죄로 지금껏 서로 만나지 못하고 있어요. 그래서 말인데 우리 두 불쌍한 영혼을 불러서 영혼결혼식을 시켜주세요. 그래서 저승에서나마 우리의 못다 이룬 사랑이 맺어질 수 있도록요."

"그건 어렵지 않습니다. 근데 그 사람이 묻힌 곳이 어딘지 가르쳐 주셔야죠."

"그는 지금 고향야산에, 혼자 계신 어머니마저 돌아가신 후로는 돌보는 이 없이 쓸쓸하게 묻혀있어요."

귀신은 그 사람이 묻힌 곳을 범에게 자세히 가르쳐 주었다,

영혼결혼식을 올리려면 그 사람의 무덤을 따로 찾아가서 혼을 불러와야 하기 때문이다.

"슬프도록 아름다운 사랑입니다."

이방으로서 잠시 두 사람의 얘기를 묵묵히 듣고 있던 철이 두려운 빛 하나 없이 한마디 했다. "두 사람은 이런 사랑 하지 말고, 아름다운 사랑만 하세요. 그리고 오늘일 정말 고마워요. 이 은혜 잊지 않을게요."

귀신이 진심으로 고마워하며 마지막으로 인사말을 했다.

"우리도 저승에서나마 두 사람이 정말 행복하게 살 수 있도록 바라겠습니다."

범도 인사말을 했다.

그녀는 몇 번이고 고맙다는 인사말을 한 뒤 두 사람 눈앞에서 홀연히 사라졌다. 두 사람은 방금 꿈을 꾸고 난 뒤처럼 얼른 실감이 나지 않았다. 그러나 두 사람은 오늘 밤의 일이 서로에게 증명이 되어줄 것임에 틀림없다.

드디어 김 주사네 집에서 미애와 한섭의 영혼결혼식을 거행하는 큰 굿이 벌어졌다. 처음에 범으로부터 그 얘기를 들었을 때 김 주사네 식구들은 믿으려 하지 않았다. 그러나 범이 자신이 겪었던 일을 차근차근 설명하자 딸이 솔 섬에 나타난 것까지는 믿으면서 한섭과의 영혼결혼식에 대해서는 아직도 마음이 내키지 않는 모양이었다.

사실 그동안 죽은 남자들의 집안에서 미애와 영혼결혼식을 올리자는 데가 많았다. 김 주사네도 미애와 비교해 별로 빠지지 않는다 싶으면 영혼식을 시키려고 했다.

그러나 점쟁이한테 물으면 한사코 미애가 싫다고 한다는 거였다.

워낙 미애가 강하게 거부를 하기 때문에 자신들도 어쩔 수 없다고 했다. 그러자 김 주사의 집에서는 난감하지 않을 수 없었다. 딸을 죽음으로 몰고 간 한섭이와 짝을 맺어줄 수도 없고, 그렇다고 저대로 내버려 두자니 구천에 떠돌고 있을 딸의 영혼이 불쌍하기 그지없다. 그렇게 하루하루 시간만 보내더니 드디어 가족들 사이에 의견이 모아졌다.

김 주사만 빼고는 모두 두 사람의 영혼식을 올려주자는 쪽으로 정해졌다.

마당에 큰 차일이 쳐지고 멍석이 깔린 가운데 화려하게 차려입은 무당이 꽹과리와 징, 장구 소리에 맞춰 춤을 춰가며 굿을 해나갔다. 마을 사람들도 모두 모여들어 영혼식 장면을 지켜보았다. 무당은 방울과 부채를 흔들어 대며 두 사람의 대변자 노릇을 했다. 즉 미애와 한섭이 무당의 입을 통해 부모님이나 식구들에게 얘기를 하는 거였다.

먼저 미애가 나와 막 울면서 자신으로 인해 부모님의 가슴에 평생 씻을 수 없는 아픔을 안겨주었다며 용서를 빌었다. 그리고 뒤늦게나마 영혼식을 올려준 것에 깊이 감사한다는 얘기를 했다. 한섭도 무당의 입을 통해 뒤늦게나마 자신을 인정해주고 혼인을 허락해준 것에 대해 백골난망이라는 식으로 감사함을 거듭 표했다. 그러더니 급기야 눈물을 뚝뚝 흘리며 흐느껴 울었다. 물론 이런 행동들은 무당을 통해 행해졌다.

곁에서 구경하던 사람들도 두 사람의 슬픈 사랑을 기억해 내며 부디 저승에서나마 행복하게 잘 살 수 있도록 마음속으로 빌어주며 눈물을 흘렸다.

이제 굿판은 영혼식을 치른 두 영혼이 저승으로 편히 갈 수 있도록 염불을 외면서 긴 무명천을 찢는 것으로 막을 내렸다. 이는 이승으로부터의 완전한 단절과 천도의 의미를 상징한다. 오랫동안 굿을 지켜보던 범과 철은 집으로 돌아왔다. 철은 두 사람의 영혼식을 치르는 것까지 보고 간다며 며칠 더 묵고 있었다.

"아, 이제야 그 긴 아픔의 두 영혼들이 만나볼 수 있겠구나."

철은 제법 감동에 젖은 목소리로 말했다. 두 사람은 처음 만날 때와 마찬가지로 막걸리 병을 앞에 놓고 술잔을 비우고 있었다.

범도 뿌듯한지 넓적한 어깨를 한번 흔들어 보였다.

"맞아. 우리가 그 두 사람을 다시 맺어준 거나 다름없잖아. 그들의 아름다운 사랑의 승리를 위하여."

"위하여!"

범과 철은 잔을 부딪치며 그 두 사람의 일이 자신들의 일인 양 진심으로 기뻐했다.

그날 밤 범은 꿈속에서 미애와 한섭이 찾아와 환하게 웃으며 몇 번이고 고맙다는 말을 하는 것을 보고 평화로움을 느꼈다.

녹색 카펫 위에 펼쳐진 상상

현정은 봉투에 적힌 주소를 가지고 한 집 한 집 주소와 맞는지 확인해 가며 집을 찾고 있었다. 전화번호가 있었으면 한결 찾기 수월할 텐데, 그건 여동생 수첩 속에 적혀 있는 거라, 그녀가 자신의 소지품들과 함께 핸드백 속에 넣어서 집을 떠났기 때문에 현정으로서는 알 도리가 없었다. 그래서 봉투에 적힌 주소를 대서 114에 알아보았지만 전화번호부에 나와 있지 않다는 거였다. 결국 현정은 무작정 동생이 들어오기만을 기다릴 수 없어 직접 찾아 나서기로 했다. 사흘 전 그녀의 여동생 미정은 자신의 남자친구 집에 놀러간다면서 떠난 후 여태 감감무소식이었다.

회사에도 통 나오지 않았다. 회사에서는 벌써 이 주 안으로 나오지 않으면 무단결근으로 간주해서 사직시키겠다고 통보해 왔다.

무슨 일일까.

현정은 동생과 둘이서 학교 다닐 때부터 시작해서 7년이 넘게 함께 자취하며 생활해 왔지만 여태 이런 일이 한 번도 없었다. 동생은 밤늦으면 꼭 전화를 걸어 몇 시 안으로 들어갈 거라고 약속을 했고 그걸 어기는 일이 없었다. 시골에 계신 부모님 곁을 떠나 서울에 단둘이 살면서 서로 근심 걱정 안 끼쳐주기 위해 그렇게 규칙을 정해 놓은 것이다.

동생이 집을 나간 뒤 이렇게 연락이 없는 것은 분명 동생 신상에 무슨 일이 생긴 것이다. 혹시 인신매매범들한테 잡혀간 건 아닐까.

요즘 하도 무서운 세상이라 우선 그런 생각부터 들었다.

현정은 그래서 무작정 기다릴 게 아니라 동생이 그녀의 남자 친구를 만나러 간다면서 실종됐으니까 우선 그 사람부터 만나 보기로 했다. 거기서 무슨 단서가 없으면 그땐 경찰에 신고하기로 했다.

현정은 동생 미정의 남자 친구와는 한 번도 만나보지는 않았다. 아직 두 사람이 열렬한 사이인 것 같지는 않아 좀 더 지켜보다가 언제 초대하려고 마음먹고만 있었다.

어머니와 너른 저택에서 단둘이 살고 있다는 것, 그가 사람과 잘 어울리려 하지 않는다는 것, 또 결벽증이 조금 있는 것 같아 보인다는 것 등이었다.

그런데 어느 날은 미정이 무심히 이런 말을 했다.

"언니, 그 남자 자기 엄마랑 함께 산다고 했는데 그러고 보니까 전화를 걸었을 때 한 번도 받은 적이 없는 것 같아, 이상하지 않아?"

"어디 몸이라도 불편하신가 보지."

동생의 말에 현정은 별 대수롭지 않게 대답한 적이 있었다.

이윽고 현정은 그녀가 찾고자 하는 집 앞에 멈추었다.

대문부터가 서양의 부자 동네에서나 볼 수 있는 매우 크고 웅장한 집이었다.

집은 이층 양옥집이었는데 역시 고급 자재들만 써서 일류 건축가가 지은 듯 화려하고 훌륭했다. 누구는 몇 평도 안 되는 방에서 여러 식구가 사는데 누구는 백 평도 훨씬 넘어 보이는 이 큰 저택에서 단둘이 살다니, 세상이 참 불공평하다는 생각을 하다가 현정은 문득 자신의 용무를 생각해내고 얼른 벨을 눌렀다. 안에서 누구냐는 남자의 목소리가 들려왔다.

"혹시 김영채 씨 되십니까?"

"그렇습니다만……."

현정의 물음에 남자가 정중하게 대답을 했다.

"미정이라고 아시죠? 전 미정이 언니 되는 사람입니다. 잠깐 만나 뵙고 물어볼 얘기가 있어서요."

"아, 그러세요?"

이어 찰칵 소리와 함께 대문이 열렸다. 현정이 대문 안으로 들어서니 남자도 현관문을 열고 밖으로 나오고 있었다.

부잣집에서 고생 모르고 귀하게 자란 사람답게 깨끗한 피부와 곱상한 모습 등이 귀공자처럼 생겼다. 그러나 사람과 잘 어울리려 하지 않는다는 얘기대로 어딘가 모르게 자아 고립적인 성격을 가진 사람들에게서 볼 수 있는 우울한 빛을 강하게 띠고 있었다.

두 사람은 녹색 카펫처럼 잔디가 깔린 마당 중간쯤에서 서로 상견례를 했다.

처음 뵙게 됐다는 인사였다.

인사가 끝나자 현정은 동생이 영채 씨 만나러 간다며 나간 뒤 사흘째 아무 연락이 없이 집에도 들어오지 않고 회사에도 나오지 않아 답답해서 이렇게 실례를 무릅쓰고 찾아왔다는 얘기를 했다.

"그렇군요. 안 그래도 저도 그 일 때문에 전화를 할 참이었는데요. 일단 더우신데 안으로 들어오세요."

남자의 눈치를 살피니 만나기로 약속한 미정이와 못 만난 게 분명한 것 같았다. 그렇다면 경찰에 신고하는 게 우선이다 싶어 그냥 나가려는데, 남자가 날씨도 더운데 여기까지 찾아오느라 힘들었으니 잠시 들어와 쉬면서 미정이의 일에 대해 좀 더 자세히 얘기를 해달라는 거였다. 어머니와 함께 살고 있다지만 다른 사람 모습은 눈에 띄지도 않고, 게다가 아무리 동생 남자 친구라 해도 처음 보는 남자 집에 들어선다는 게 선뜻 내키지 않아 망설이고 있는데 그 남자가 자꾸 소매를 끌어 안으로 안내하는 것이었다.

사람도 선량해 보여 그녀는 잠깐 들어가 얘기를 나눠보는 것도 괜찮겠다 싶어 안으로 들어갔다. 널따란 거실에는 훌륭한 저택에 걸맞게 값나가는 가구들과 장식품들로 꾸며져 있었다.

그런데 안에 탁 들어서는 순간 그녀는 집안에 감도는 이상한 분위기를 감지할 수 있었다. 마치 유령이라도 나올 것처럼 음침하고 괴괴한 분위기가 마음을 무겁게 했다.

"어머니랑 함께 사신다고 들었는데요."

"예, 그런데 지금 어머니는 병환 중이세요. 이층에 누워 계세요."

현정은 그제야 이 집안에 감도는 괴괴한 분위기가 넓은 집안에 아픈 사람이 누워 있어 그런가 보다 생각하며 다소 긴장했던 마음을 풀었다.

"그러면 살림은……."

"파출부 아줌마가 날마다 와서 해주는데 오늘 조카 결혼식이라서 마침 오지 않았네요."

"평일에도 결혼식을 올리나 보네요?"

현정의 물음에 남자는 조금 당황한 빛을 띠었다.

"오늘이 수요일인데 결혼식을 올린다고 해서요. 결혼식은 대개 주말에 올리잖아요."

"아참, 그렇군요. 아마 주말엔 너무 복잡하니까 한가롭게 치르려고 그랬나 보죠."

"하긴 그럴 수도 있겠네요."

현정도 거기엔 더 이상 의심을 하지 않았다. 그보다는 동생 일이 궁금했기 때문이다. 그녀가 소파에 앉아 있는데 남자가 얼음을 띄운 주스를 한 잔 내왔다. 그리고 남자도 맞은편 소파에 앉았다.

무더위에 갈증이 난 목에 주스를 한 모금 마시니 금방 더위가 씻긴 듯 시원했다.

"그러니까 영채 씨는 미정이를 못 만났다는 이 말씀이군요."

주스 잔을 탁자에 내려놓으며 현정이 말했다.

"예, 저희 집에 한번 와보고 싶다길래 지난 일요일에 초대했는데 기다려도 아무 연락도 없이 오지 않아 저도 궁금해하던 차였습니다.”

“그렇다면 영채 씨 만나러 오는 중간에 행방불명이 된 거네요?”

이 남자를 만나면 무슨 단서라도 있을까 생각했던 현정은 그만 가슴이 탁 내려앉는 것 같았다.

“그렇다면 우리 미정이는 분명 인신매매 당한 거예요. 경찰에 신고부터 해야겠어요.”

현정의 말이 갑자기 빨라지면서 무슨 결단이라도 내릴 태세를 취했다.

“진정하세요. 아직 확실히 그렇다고 단정지을 수 없으니 저랑 같이 찾아보기로 해요. 경찰에 신고하면 적극 협조도 안 해줄 뿐더러 괜히 소문나면 좋을 게 없어요.”

“그럼 어떻게 하면 되나요.”

“우선 미정이가 저를 만나러 오다 이런 일이 생겼으니 누구보다도 제 책임이 큽니다. 우선 흥신소 같은 데 연락해서 은밀히 알아보죠. 아, 비용 같은 건 염려 마십시오. 다행히 제게 그 정도의 여유는 있으니까요. ”

“제가 생각이 짧았어요. 정말 감사해요.”

현정은 그가 자신과 같은 연배임에도 일을 신중히 처리하려는 것과 자신은 모르는 일이라고 잡아뗄 수 있을 텐데 적극적으로 미정의 일을 돕겠다고 하는 것이 고맙지 않을 수가 없었다.

남자가 잠시 어머니 좀 보고 올 테니 그동안 음료수 마시며 쉬고 있으라면서 자리를 떴다.

현정은 긴장한 탓인지 갑자기 화장실에 가고 싶어졌다. 몇 군데 문을 열어보고 겨우 화장실을 찾을 수 있었다.

일을 마치고 세면대에서 손을 씻으려는데 발밑에 뭔가 밟히는 게 있었다. 발을 떼면서 무심히 아래를 내려다보니 아뿔싸, 거기에 미정의 머리핀이 있었다. 그건 얼마 전 둘이 쇼핑 나갔다가 액세서리 파는 리어카 옆을 지나면서 미정이 머리핀이 예쁘다길래 그녀가 사준 거였다.

남자는 분명히 미정이와는 만나지 않았다고 했는데, 왜 미정이 머리핀이 여기에 떨어져 있는지 의심이 일기 시작했다. 그렇다면 이 남자가 미정이를……? 경찰에 신고하겠다고 했었을 때 말린 것도, 파출부 아줌마 조카가 오늘 결혼식 한다는 것도 모두 이상했다. 무서워지기 시작했다. 빨리 빠져나가서 경찰에 신고를 해야 할 것 같았다. 현정은 일시에 소름이 쫙 끼치는 걸 느끼며 즉시 화장실에서 나와 소파에 놔둔 핸드백을 집어 들고 거실문을 빠져나가려던 참이었다. 2층에서 계단을 내려오고 있던 남자가 왜 그러냐고 소리치며 뒤쫓아 달려 나왔다. 잡히면 남자한테 죽음을 당할 것 같았다. 남자는 현정이 무슨 낌새를 눈치챘다고 생각했는지 방금 전의 선량한 얼굴은 어디 가고 갑자기 험상궂은 표정으로 그녀를 붙잡으려고 마당까지 쫓아 나왔다.

현정이 문을 따려고 잠시 주춤하는 사이 뒤쫓아 온 남자가 그녀를 붙잡았다. 현정은 뒤로 돌아서면서 어깨에 메고 있던 핸드백을 남자의 머리에 휘둘렀다. 전에 도장에서 배운 호신술을 써

먹은 것이다. 남자는 일격에 머리를 맞고 뒤로 넘어졌다, 그 사이 문을 따고 재빨리 밖으로 뛰어나왔다. 마침 지나가는 순찰대원이 있어서 구조를 요청할 수 있었다.

현정의 신고로 경찰이 급습한 결과 거기엔 엄청난 사건의 비밀이 숨겨져 있었다.

"유감스럽게도 미정 양은 살해됐습니다."

담당 형사가 안됐다는 듯 침울한 목소리로 말했다.

"아니, 어떻게 그런 일이……."

현정은 절망에 찬 목소리로 물었다.

"그는 3년 전에 죽은 제 어머니를 방부제 처리해서 2층 방안에 모셔놓고 살아 있는 사람과 똑같이 대해왔던 거예요. 즉 어머니의 죽음을 절대 인정하지 않았던 거죠."

"그런데 동생은 왜 죽였을까요?"

"그건 아마 자신을 너무나 사랑한 어머니가 자신이 다른 여자와 사귀는 걸 싫어할 거라 생각하고 그런 거예요. 자기의 상상 속을 현실로 착각한 거죠. 한마디로 말해 정신 이상자라 할까요. 아가씨도 하마터면 거기 희생될 뻔했어요."

현정은 자기 앞에 닥친 현실을 믿을 수가 없었다.

담당 형사 얘기를 들으면서도 그건 상상 속에서나 있을 법한 먼 나라 이야기만 같았다.

경제삼국지

선승이 해탈 열반을 하듯
경영하라

유전이 귀국하자마자 배동신 화백의 추모전에 가고 있다.

불멸의 화가 배동신. 그의 작품을 화집으로 만나는 것도 커다란 인연이다.

파리에서 보았던 피카소의 선과 획을 긋는 터치나 루벤스의 풍만한 데생 기법을 한국의 대표적 수채화가 배동신 화백에게서 보았다. 이미 세계화단의 수채화가로서 정평이 나 있지만, 그동안 수채화는 유화의 기본 그림 밑그림 정도로 인식되어 왔는데 배동신 화백은 수채화를 미술회화의 한 장르로, 큰 임팩트로 만들어 놓았다. 또한 그는 지방화단과 서울화단 그리고 일본화단을 오가면서 미술을 어느 한 군데 구속시키지 않고 자유분방한 붓놀림, 그리고 평화로운 사상을 그림 속에 심어 놓았다. 대한민국 근대화단의 1세대이며 70여 년이 넘는 동안 수채화의 정신을 화폭에 담아온 그는 1920년 아름다운 예향 광주에서 태어났다.

꿈 많은 청년 배동신은 17세 때 일본으로 건너가 1944년 일본 가와바다 미술학교를 졸업하였다.

동경과 광주 개인전을 합산해 26회의 수채화 개인전으로 입지를 굳히는데 온몸을 헌신하였다. 이에 대한 평가와 국민의 이름으로 인간 배동신은 대한민국 보관문화훈장을 2000년에 수상, 또 한 번 세인의 부러움을 샀다.

그의 그림은 매번 새로움을 추구하지만 작품 속을 흐르는 메타포는 일정한 리듬이 있다. 그것은 작품 소재에 부여한 자유정신과 소통이었다.

예술가에게 자유란 빵보다 중요한 소재가 아니던가, 또한 세상과의 소통 역시 대단히 중요한 미적 형성의 재료이다. 소통이 없는 폐쇄된 흐름의 미학은 결국 그림을 보는 이로 하여금 동굴 속에서 어둠을 즐기라는 암시와도 같지 않던가. 그런데 배동신 화백의 조형적 상상력과 예술적인 파워는 바로 세상을 향한 열린 생각. 즉 소통이었다.

대상의 본질을 정면으로 응시하면서 그는 그 내면의 존재의지를 읽곤 했는데, 이를테면 풍만한 여인의 그림에서 그는 한 많은 어머니의 세월 그리고 모정을 남김없이 보여주고 있다.

어머니의 존재는 한국 정서적 체험에서나 문학적 비유의 상징에서나 아주 중요한 오브제임에는 틀림없다.

누구나 그림을 보면 행복하다. 나는 파리 루브르박물관에 두 번이나 갔는데도 전혀 권태를 느끼지 않고 그림을 감상하는 동안은 선승이 해탈 열반을 하듯 집중하여 보는 습성이 있다.

배 화백의 화집을 한 권 받자마자 나는 바로 파리에서 맛보았던 그 희열을 맛보았는데 그것은 내면의 세계에 충실한 화가의 깊은 성찰 그리고 예인의 삶을 간접적으로 느꼈기 때문에 가능한 일이었다.

무등산을, 광주에서 일고를 다닐 때 가끔씩 오르곤 했었는데 그때 보았던 기암괴석을 배 화백은 일상의 과로를 벗어버린 여유로운 그림으로 표현하였다. 황토산 역시 순박하고 투박한 한국의 미를 화선지에 그대로 옮겨 놓았다.

동양과 서양, 고전과 현대를 모두 아우르는 그는 평생 수채화의 꿈을 일순간도 놓지 않았다. 남도의 미항 여수에서 그는 새로운 변신의 꿈을 꾸는데 그것에서 자연이 주는 원초적 아름다움, 답답한 도시에서 느낄 수 없었던 풋풋하게 다가오는 단순함에 그는 매료되어 더욱 생에 마지막 붓질을 마음껏 발산하였다. 마치 황혼이 가장 아름다운 세상의 하루를 채색하듯이 인생의 석양을 과로로 눕지 않고 호흡이 다하는 그 순간까지 예술의 혼기를 집중하였다.

배동신 화백!

한국의 대표적 수채화가에서 세계적 수채화가로 평가받는 것도 알고 보면 우연은 아니다. 온 산하를 새하얗게 변모시킨 올 겨울 설국에서 문득 벽난로 앞에 앉아 배동신을 기억하며 이 글을 맺는다.

좋은 말은 고도의 훈련이 되어 있는 말 조련사가 길러낸다고 한다. 그러한 조련사는 한 기업의 수장과 같으며, 그 조련사에도 몇 가지 급이 있다.

3급 조련사는 주로 말들을 다룰 때 심하게 회초리를 휘두르며 다룬다. 말들에게는 순간적인 복종과 순간적인 나쁜 감정이 요구되는 것은 당연하다. 기업의 수장도 마찬가지 아닐까. 부하 직원을 칭찬도 없이 심한 언어와 힘든 업무만 안겨 준다면 그에게 남는 것은 복종과 반항감이다.

2급 조련사는 당근과 회초리를 함께 쓰는데 일을 잘하고 마음에 들면 당근을 주고 일을 못 하고 성질을 부리면 회초리를 과감하게 쓴다.

그러나 1급 조련사는 회초리는 쓰지 않고 당근만 쓴다. 칭찬은 고래도 춤추게 한다. 칭찬만 가지고도 얼마든지 기업을 이끌어 갈 수 있다.

유전은 생각하였다.

미술관에서의 열의와 예술혼을 훗날 기업정신에 반영시키리라는 것을……

유전이 선희와 함께 천마산에 간 것은 시즌 마지막 스키를 타기 위해서다.

유전은 벌써 중급코스를 순식간에 활강한다.

선희는 아직도 초급코스에서 맴돌고 있다.

10여 년 전 스키를 배울 때도 유전은 부친에게서 '쓰러질 때는 위로 쓰러져라. 아래로 쓰러질 때는 충격이 커서 부상할 수도 있다'는 말을 수도 없이 듣던 터라 유전은 큰 사고 없이 스키를 마스터할 수 있었다.

흰 눈이 쌓인 천마산은 서울 근교의 낙원과 같다.

유전이 선희와 천마산리조트에서 쓰러진 것은 산이 해를 안고 이불을 덮듯 어둠이 몰려들 시간이었다.

젊음은 화로와 같이 불을 붙일 듯 둘은 금세 뜨거운 육신을 확인하고 있다.

벽난로 장작이 활활 타오르고 방안의 숨가쁨이 거세질 무렵 유전은 선희의 비너스 언덕을 물끄러미 바라보더니 흥분을 감추지 못했다.

"스키 활강할 때의 경사와 비슷한 것 같아."

"뭐가?"

"비너스의 언덕이."

선희는 부끄러워 한 손으로 감추어 봤지만 이내 유전은 몸의 돌출을 퍼즐 맞추듯 어디에 삽입하려는 듯 비너스 언덕 주위를 맴돌고 있다.

그리고 짧은 신음소리, 선희의 닫힌 문이 열리는 순간 유전의 얼굴은 환희에 불타올랐다.

신화 속의 연인이 자신의 반쪽을 찾아 기나긴 정사를 하는 것처럼……

선희의 열린 문으로 유전은 서서히 자신을 함몰하고 있다.

어디까지가 끝일까?

유전이 자신의 몸을 선희에게 밀착하자, 선희는 부들부들 신음소리를 내며 엑스터시의 세계로 가는 듯 이내 묘령의 목소리로 변환하고 있다.

30여 분이 지났을까. 유전의 몸에서 쏟아져 나왔던 뜨거운 용암이 한 움큼 선희의 바다를 적셨다.

얼마나 기다렸을까.

오늘의 방사를 위해 유전은 군 생활 2년을 수절한 것일까!

룸 안의 벽난로 장작이 희미한 불꽃으로 사그라질 무렵 그들의 정사도 끝이 났다.

길고도 짧은 시간, 그들은 황홀경에서 나 아닌 나를 만나 세포의 밀어를 확인했던 것이다.

예술인류학!

성에 눈을 뜨는 시기, 젊은 남녀들은 예술인류학과 학생이 되듯 성애의 세계로 꾸준히 달려간다.

찰나의 극지를 찾기 위해…….

리조트 로비에서는 스웨덴 출신의 에이스 오브 베이스의 노래 아름다운 삶(Beautiful life)이 흐르고 있다.

'아름다운 삶이 내게 다가 왔어요.

예전에 한 번도 가보지 못한 아름다운 세상으로 당신을 데려가고 싶어요.

아름다운 시간이죠.

오늘 밤 당신을 품에 안고 먼 밤하늘을 날겠어요.

정말 아름다운 삶을 찾아서……'

뜨거운 용암이 식기도 전에 선희는 더욱 짜릿한 음률에 몸을 맡기고 있다.

또 한번의 정사를 위해 휴식을 취하는 젊은이들처럼…….

"예멘의 모카커피 향기가 나는데요."

"오래전 아버님하고 남산구락부에서 마셨던 바로 그 맛 같아."

"아버지가 커피를 좋아하시나 봐요."

"아버지는 그 옛날 시인 이상과 기생 금홍이 운영했던 종로에 있는 다방 '제비'에서 곧잘 커피를 음미하곤 했을 정도로 커피혼을 불태우던 분이지."

"퍽 낭만이 있어요."

"낭만하면 나도 빠질 수 있나."

"아무렴요. 오빠도 아주 멋있는 분이죠."

"선희에게 외국 출장 갔다 오는 길에 새로운 커피를 사다 줘야겠어."

"전 르완다 커피나 아프리카 계열 커피를 마시고 싶은 걸요."

"커피의 사랑과 역사는 천 년이 넘었다고들 하지, 당시엔 졸음을 쫓고 영혼을 맑게 하는 신비롭고 성스러운 것이라고 여겼지."

"지금도 커피에는 카페인이 있어서 몇 잔만 마셔도 통 잠이 오지 않죠."

"커피를 처음 발견한 에티오피아 카파(Kaffa)에서는 기운을 북돋우는 의미로 음용했는데, 어느덧 세계인의 입맛에 맞게 너무나 많은 형태로 진화해 버린 것이지."

시카고 공항에 내리자, 세계에서 가장 아름답다는 시카고 스카이라인 사진이 눈앞에 펼쳐졌다.

낯선 이방인이 공항 출구에서 머뭇거리자 어디선가 유전을 부르는 소리가 났다. 시카고 불심사에서 마중 나온 친절한 분이다. 시카고 오헤어 국제공항은 다운타운에서 20마일 떨어진 곳에 있으며 세계에서 가장 운항편수가 많은 공항 중의 하나이다.

어두움이 깔리고서야 불심사에 도달하였다. 법당에는 정적이라는 긴 침묵이 감돌고 있다.

삼배를 하고 나자 주지 스님께서 팔목에 깁스를 한 채 좌선하고 계셨다. 훗날 안 일이었지만, 불심사는 시카고에서 40년 이상 포교하신 국제포교사이며, 널리 알려진 법정스님이 다녀가신 흔적이 있었다.

모든 것을 비우고 무소유로 떠난 당대 최고의 선승이 묵었던 침실에서 잠을 청하려니 만감이 교차한다. 법정 스님의 사진을 보며 한 시대의 위대한 선사는 떠나고 이 방에 난 무슨 인연으로 왔단 말인가.

시카고의 새벽이 열리고 예불을 마치자 전시 사진을 찍고 미국 3대 박물관 중 하나인 아트 인스티튜트 오브 시카고 미술관에 가보기로 했다.

거리에는 유독 흑인이 많다. 인정 많은 흑인들은 여기가 미국 대통령 오바마의 고향이라고 알려준다.

에드워드 커메이 두 마리 사자 조각이 앞에 서 있는 시카고 미술관은 뉴욕의 메트로폴리탄, 보스턴 미술관과 함께 미국의 3대 미술관으로 미국인의 사랑을 받고 있다. 특히 프랑스 인상파 컬렉션이 유명하며 마네, 르누아르, 고흐, 고갱 작품 1점이 3000억이 넘는다고 하면 도무지 믿어지지가 않을 것이다. 그만큼 미술 애호가들의 시선을 사로잡기에 주저함이 없다.

프랑스 루브르박물관보다는 아담하지만 시카고 미술관을 둘러보기에 하루가 부족할 것만 같다.

고갱의 작품을 물끄러미 쳐다보며 나도 모르게 타이티 여인의 마을에 와 있는 착각을 할 정도로 작품이 구도가 너무나 생생하였다.

바다처럼 저 멀리 수평선이 펼쳐진 드넓은 미시간 호수와 호반을 따라 밀레니엄 파크에 가보았다.

조각가의 세기적인 예술혼이 묻어 있는 밀레니엄 파크는 역시 사진에서 보았던 것처럼 원더풀을 연발하기에 조금도 주저함이 없다. 그만큼 자유 발랄한 조각과 전체 구도가 아름답고 '아! 저곳이 바로 예술이구나'하고 느꼈다. 오후의 코스는 일리노이 공과 대학 캠퍼스, 거기에서 나는 굉장히 열정적인 학생들의 실습 장면과 전시장 풍경을 보았다. 그리고 자유로운 구내식당은 정말 대학식당이 아니고 어느 호텔 뷔페식당처럼 운치 있고 고품

격이었다.

IT캠퍼스에서 우연히 한국 유학생을 만나 그들의 희망을 보았는데 세계적인 공과대학 유학생이라는 자부심이 대단하다.

낯선 땅 시카고의 예술세계를 이해하기 위해서는 그들의 세계를 경험하고 그 작품의 역사적인 기억과 영혼까지도 느껴야 한다.

고갱은 여전히 그 자리를 지키고 있었다.

폴 고갱과 고흐는 닮은 꼴이 많이 있다.

무엇보다도 생전에는 그리 유명한 작가가 아니었다는 사실이다.

불후의 명작을 남기기까지 그들의 고행과 고난의 붓놀림은 그 자체가 미술사의 한 페이지와도 같다.

한 사람은 타이티 섬으로 떠나고 한 사람은 권총 자살을 하기까지 짧지만 의미 있는 죽음으로 후세인은 해석해 버렸다.

마치 쓰레기통에서 장미가 피어오르는 것처럼…….

시카고 박물관은 그 자체가 현대미술품이라고 할 수 있을 정도로 빼어난 건축물을 자랑한다.

이곳이 세계적인 명성을 얻기까지는 시민들의 미술에 대한 애정과 먼 미래를 내다보는 긴 안목이 작용했으리라.

유전은 신예작가의 작품 속 깊이 우러나오는 영혼의 소리를 들으며 그들과 자연스럽게 대화를 나누듯 중얼거렸다.

독창적이며 친근한 화법의 미술품은 근현대를 막론하고 세계인의 공통 관심사이면서 평화를 느낄 수 있는 귀중한 시간이다.

마음에 와닿는 미술품을 오래 바라보고 있으면 마음이 호수처럼 평화로워지는 것은 작품의 소재를 뛰어넘는 시공간의 흔적 때문이리라.

다양한 색깔과 조화로운 작품 대비 속에서 자신의 원초적인 모습, 자신을 낳아준 자연의 모습 같은 것을 발견해내는 상상력이 있다.

현대예술과 완벽한 조화를 이루는 한산하고 열린 마음의 주인공이 된 듯 유전은 전시실을 나와 다시 밀레니엄 파크에 갔다.

시카고인들이 가장 사랑하는 밀레니엄 파크, 그 안에서 우리는 공상의 세계와 만나는데 그 세계는 동심의 한나절을 즐기기에 부족함이 없다.

파크 안에서 수십 개의 파이프가 허공을 가로지르고 있는데 지구의 적도선을 나타내는 것일까?

아니면 현대인의 스카이웨이를 표현하는 것일까, 굵은 쇠파이프로 받침대 없이 허공에 절묘하게 트러스를 만들었다.

야생양파를 닮은 땅 시카고를 떠나 12시간이 흐르자 유전은 서울에 와 닿았다. 공항에는 유전의 여친 선희와 무명 도사가 마중 나와 있었다.

라운지에는 많은 만남이, 과거와 현재 그리고 미래를 향한 정겨운 대화가 흐르고 있다.

그중에서도 지구촌 저편에서 지진으로 사망한 수많은 사람들의 얘기를 하면서 '세상 말세야.'라는 말이 솔솔 흘러나온다. 과연 지구의 운명은 어찌 되려고 그러는 것일까.

"오늘 새벽 예불을 올리기 전에 도량을 정적으로부터 깨우는 도량석을 올리는데 유전 거사가 생각이 나서 이렇게 공항에 마중 나왔어요."

"반갑습니다. 선희하고 강원도에서 무명 도사님을 처음 뵙고 깊은 감명을 받았는데 공항에서 만나다니 의외입니다."

"도심 포교를 위해 서울에 조그만 포교당을 만들었지요."

"산중에만 있으면 우리 중생들이 감로수와 같은 법문을 듣고 싶어도 들을 수가 없어 이렇게 찾아온 거겠지요."

"초기불교의 사상과 대승불교의 밀교까지도 아우르는 통불교의 시대가 오고 있습니다. 한국의 토속적 신앙에다가 서구사회의 합리적인 논리까지도 포함하는 위대한 시간 통불교의 시간이 다가오고 있지요."

"하기야 개신교 천주교에서도 법정 스님의 위대한 발자취를 높이 사는 걸 보면 종교세속을 떠나 우리 사회의 명심보감이 무엇인지 제대로 가르치는 어른만이 죽어도 신화로 남지 않을까요."

"깨달음을 향해 이제 조심스럽게 발을 내딛는 유전과 선희 모두에게 길잡이가 되는 도심 포교당을 만들까 하오."

"세상의 논리적 모순이 어서 탈피되었으면 합니다. 이를테면 유부남이 남의 부인하고 사적이고 정적인 대화를 오래하고도 우리 순수한 대화예요. 하고 오리발 내미는 그런 철부지 소인배가 없어져야겠지요. 어쩌다 이웃집 부인을 만났을 때 딱 인사 두 마디만 하세요. 안녕하세요. 어디 가세요. 또는 부모님은 잘 계신가요? 이런 식의 대화 말고 긴 시간 잡담을 늘어놓다가 상대의 남편이 보았을 때 오해와 아울러 배반감마저 드는 게 세상의 이치 아닐까요."

"아무튼 바른 가르침과 바른 생각이 턱없이 부족한 세대입니다."

세월은 끝없이 흐른다.

세월은 김수환 추기경도 법정 스님도 낯선 배에 태운 채 어디론가 쏜살같이 가버린다. 유전의 데스크에 김수환 추기경과 법정 스님의 칼럼을 묶은 책이 도착해 있었다.

추기경의 생애와 사상을 연구하고 실천하자는 운동이 사회에서 급물살을 타고 있을 시점이었다. 유전은 김 추기경님을 생전에 딱 두 번 뵈었다. 한 번은 모 사찰 박물관 개소식에 추기경님이 방문하실 때 안내를 맡았었고 두 번째는 명동성당에서 추기경님의 저서 출판기념회 당시 저서를 받아 들고 환하게 미소 지으시며 손을 잡아 주던 그때의 모습을……. 세월은 단 한시도 쉬지 않고 흐른다. 어느 순간 산중의 깊은 침묵과 명상에서 긁어 올린 법정 스님의 삶의 편린을 알리는 책을 보고서도 유전은 운이 좋았다고 생각했다. 역시 법정 스님 생전, 두 번 면전에서 직접 법문을 들을 기회가 있었기 때문이다.

순간을 살고 있는 우리의 삶의 정체는 무엇인가?

무엇을 위해 나는 존재하는 것일까?

나는 어디서 와서 어디로 간다는 말인가?

인간과 우주의 근원적인 물음을 변함없는 정신으로, 화두로 뭇 중생들을 교화시켰다.

화장지를 절반으로 잘라서 쓰는 스님, 종이 한 장도 함부로 버리지 않고 꼭 쓸 자리에 쓰는 스님, 금전이 모일 때마다 이 돈은 수행자에게 지나친 재산이라며 필요한 이들에게 다시 나누어 주는 스님, 인간이 살 만큼 살다가 세상과 작별할 때 남기는 것은 진정 무엇일까?

인간이 가는 마지막 길에 입는 수의에는 그래서 주머니가 없다. 마음과 육신을 모두 버리고 홀가분하게 가라는 메시지.

법정 스님과 김수환 추기경님은 매우 흡사하다. 이 시대의 스승이면서 구도자로서 잠시도 기도를 멈추지 않았다. 마지막 가는 길마저 조금이라도 남은 사랑을 이웃에게 주는 것을 잊지 않았다.

공허한 조언자, 엉터리 경제재벌이 판치는 세상에 감로수와 같은 분들, 유전은 훗날 유전그룹을 탄생시킬 때 두 분의 캐리커처를 항상 옆에 두고 그들의 삶을 경영에 반영시키리라 생각했다.

말과 행동이 뒤따르지 않는 사람은 앵무새에 불과하다.

아픈 만큼 성숙해진다고 그랬다.

유전이 회장에 취임했을 때 그의 닉네임을 유비로 칭했는데 그만큼 지혜와 용맹 그리고 행동력이 만인의 귀감이 됐었기 때문이다.

직원들이 질문을 하기 꺼릴 정도로 사고의 폭이 넓은 대화는 훗날 논리적인 사고로 직원을 통솔하기에 부족함이 없었다.

무엇인가에 쉬지 않고 몰두하고 일을 불도저처럼 추진하는 유비 회장은 창의적인 대화와 조직의 융화 같은 것을 강조하였다.

산전수전 다 겪은 선친 때문이었을까!

유비 회장은 김 상무와 이 전무를 양 날개로 유전그룹을 이제 하늘 높이 비상시킬 채비를 하고 있다.

자회사 설립을 통한 지배구조 개선 노력은 경영 투명성과 일사천리로 회사를 리드해야겠다는 평소의 소신 때문이기도 했다.

"나는 비양심적인 부자보다는 진짜 이 시대 양심적인 부를 모아 꼭 필요한 것에 다시 투자하고 싶습니다."

"아, 맞습니다. 국민들이 재벌에 대한 부정적인 생각을 갖지 않도록 부의 재분배나 봉사 경영이 꼭 필요하다고 봅니다."

"이 전무는 재산이 얼마나 돼요."

"회장님도 참, 제 주제에 무슨 돈이 있겠습니까."

"내 얘기는 돈을 모으면 어디로 투자하는지, 미래가치는 얼마인지 알고 싶군요."

"자금이 생기면 주식보다는 부동산에 투자하는 식이죠. 올바른 투자 방법은 아니지만요."

"그럴 수도 있죠. 주식이 불안하다고 느끼면 둘 중 하나이죠, 사업을 하느냐, 부동산을 사느냐, 아무래도 은행은 금리가 약해 외면해 버리죠."

"유전그룹은 앞으로 에너지와 네트워크 텔레콤 그리고 호텔사업이 유망하지 않을까요."

"그동안 중국의 저노임을 가지고 공장을 가동하고 현지에서 수출도 해보았는데 이제 중국에서 캄보디아나 베트남 시장에 눈도

장 찍을 때가 온 거 같아요."

"돌을 던지고 옥을 얻는다라는 말이 있죠."

유전그룹 유비 회장은 김 상무와 이 전무를 데리고 세계경제컨퍼런스에 참여하고 있다.

세계 경제계 거물급들이 참여하는 컨퍼런스에 유전그룹의 라이벌인 장풍그룹과 관몽그룹 회장단 일행이 눈에 띈다.

국내 최대의 회계 아웃소싱컴퍼니 아소코리아가 찬조연설을 준비하고 있다.

"이번 섹션의 주제가 배려의 경제라지요."

"예, 남을 배려하지 못하는 개인이 성장할 수 없듯이 기업 간 배려와 양보가 없는 경쟁만 있다면 존경받지 못하는 기업으로 급기야 절벽 아래로 추락하는 아슬아슬한 고비를 맛보아야만 하죠."

"배려와 존중은 개인, 기업, 국가 할 것 없이 아주 중요한 키워드죠."

"결국 기업의 목표가 소비자들의 행복을 돕는 헬퍼가 아닐까요."

"맞아요, 소비자가 없이는 생산자 그리고 기획자도 필요 없는 것이죠."

"생산, 유통, 홍보, 소비 이런 4가지 단계를 거쳐 마지막 재화가 소비되는 것은 인간의 입이죠. 그리고 그 입은 엄청난 파장을 만들어내는 문이기도 하고요."

"문이라뇨."

"인간의 문은 입을 통해 대화로 커뮤니케이션이 이루어지죠. 소비자가 상품을 먹어본다든지 또는 써본다든지 어느 경우든 입소문은 나기 마련이며 그 입의 파장에 따라 기업의 존폐도 달라질 수도 있지 않던가요."

"얼마 전 일본의 어느 식품그룹이 부도까지 이어진 사례는 정말 좋은 예지요. 학생들과 학부모들에게 반기를 받은 식품기업은 소비자운동단체들로부터 심한 공격을 받고 일찌감치 추락한 예이죠. 식품과 의약품에서 단 1%도 부정적인 이미지를 풍겨서는 아니 됩니다. 그 원료가 고스란히 인체의 피와 살이 되기 때문이죠."

"글로벌 상품들이 쏟아지면서 우리나라도 꽤 쓸만한 세계적인 경쟁상품이 눈에 띄는데요."

"전망이 밝죠. 그러나 언제까지 기술 자랑할 시간이 없어요. 동남아의 값싼 인력이 우리를 바짝 추격하고 있죠."

유비 회장이 길을 나섰을 때는 밤이 무르익어 갔다.

거리를 수놓는 네온사인은 하루의 오탁악세를 술로 씻으라는 듯 사람들을 순순히 유혹하고 있다.

"회장님, 네온사인 건너편에 연꽃 연등이 보이는데요."

"오라, 그리고 보니 얼마 있으면 석가탄신일이구먼."

"만인을 구하고 만인을 지혜롭게 하는 석가의 가르침은 기업정신과도 일맥상통하는 면이 있지."

"언젠가 무명 도사가 한 말이 생각나는군요."

"글쎄, 세월이 이렇게 많이 됐나!"

"올해는 백호 형상의 해로 봉축의 참의미를 이웃과 더불어 특히 천안함 사건의 피해자들과 나누고 싶습니다."

"그 희생 장병들이 차디찬 바닷물 속에서 숨이 식어 갈 무렵, 그들을 공격한 당사자들은 어디서 무엇을 하고 있었을까."

"생명에 관해서 개미 한 마리도 헛되이 죽이지 말라 했거늘 사람 목숨이야 어떻게 가치를 논할 수 있겠습니까."

"김 상무는 그런 면에서 인간미가 넘쳐흘러, 평생을 같이 하고픈 동료라고."

"감사합니다."

"연꽃이 강한 바람에 꺾이지 않는 것처럼, 그물에 걸리지 않는 연한 바람처럼 인간들의 세상이 자유롭고 아름답게 바꾸어질 그날이 올 수 있을까?"

"회장님이 기업의 최종목표를 그렇게 정하지 않았습니까. 인간의 행복 그리고 자유로움."

"행복과 자유처럼 발랄하고 생기 있는 언어가 있을까. 얼마 전 어떤 소인배는 남의 부인하고 정담을 나누다 상대 남편한테 걸렸는데 그것을 자유롭다느니 모텔에 안 갔으니 불륜이 아니라느니 사실 이런 말은 불필요한 것이야. 자유란 주위 분들이 이해하고 공감했을 때 나타나는 행복의 전 단계라고 보는데, 아주 예민한 상대의 부인하고 정담을 나눈 것은 아무래도 미친 소행이라고 볼 수밖에 없어, 정상적인 놈이 아니거든."

파리의 하늘은 우울한 크레파스 모양 채색이 어우러졌다.

유전이 두바이를 거쳐 파리에 온 것은 세계적인 경제 컨퍼런스 준비를 위해서이다.

선희와 함께 이렇게 멀리 오기는 처음이다. 그런 만큼 그는 시간 배분을 철저히 하려고 한다.

토미가 묵고 있는 호텔로 왔다.

토미,

방글라데시 출신의 교수. 일찍이 아버지를 여의고 어린 여동생과 어머니에게 파리에서 정기적으로 샌드 머니를 하고 있는 아름다운 청년.

"토미는 영어, 불어가 능숙해요."

"방글라데시에서는 어려서부터 2개 국어를 가르치죠. 벵골어와 영어 이 두 가지를 배우고 나면 고학년이 되어 다시 불어나 일어를 배우죠."

"대단한 랭귀지 교육을 받고 있는 것 같아요."

"언어는 현지어에 맞게 변형할 줄 알아야 합니다. 불어는 사실 영어와 유사한 점이 많거든요."

"파리에 방글라데시 경제사절단으로 왔다죠."

"우리나라는 후진국이기 때문에 경제가 많이 낙후되었죠. 그래서 새로운 문화를 배우려고 왔죠. 언젠가 한국에도 가보려고 합니다."

"그래요. 기업이란 먼저 사람이 중심이죠. 인간이 가장 먼저 재화의 기본 베이스가 되는 것이죠."

"인간과 물질, 이 두 가지는 아주 중요한 경제요소이지만 우리

나라는 인간은 넘쳐나지만 물질이 부족한 나라죠."

"경제적 사고와 행동을 지배하는 일차적 구조가 인간이라는 법칙이 있는데 이런 말이 있죠, 한 사람의 천재가 10만 명을 먹여 살린다는 말이죠."

"결국 방글라데시의 많은 인력을 지혜롭게 활용하고 리드하는 인간 리더가 필요한 것이죠."

"그래서 토미 같은 사람이 필요하지 않을까요."

"우리 한국도 세계의 기업들과 경쟁하면서 우리 나름의 특징과 형태를 갖고 있죠."

"과거 한국도 후진국형에서 개발도상 선진 진입형으로 바뀌었죠."

파리에서는 새로운 기쁨을 맞이하고 있었다.

토미와 유전 그리고 선희는 파리의 자유를 맘껏 마시고 있다.

퐁피두센터 가는 길 어느 포스터의 싯구가 눈에 띈다.

어느 날 그에게 다가왔다.

깊은 슬픔이……

모든 행동을 삼켜버리듯이

슬픔은 그가 살던 집의 지붕을

까맣게 덮어 버렸다.

그의 눈물이 강물이 되듯

하염없이 흐른다.

다가올 구도자의 눈빛 속에
그의 슬픔은 침식되고
미묘한 깨달음 속으로
그대 슬픔의 시간은 이제
새로운 기쁨의 존재로
바뀌어 간다는 것을……

퐁피두센터에는 자유와 젊음을 마음껏 발산하려는 각국의 청년들이 1천여 명 모여 있었다.

일행은 티켓을 끊은 뒤 파리의 현대미술을 감상하기 시작한다.

"마티스, 르누아르, 피카소의 뒤를 잇는 현대작가들의 작품이 주를 이루고 있는 것 같습니다."

"정말 원더풀."

"미술의 시각이 이렇게 다양하게 연출된다는 것은 놀라운 발견이에요."

"이 세상 모든 물질이 미술의 소재가 아닐까요."

"맞아요, 미술이란 어떤 특정인의 소유가 아닌 우리 모두 만들어 가는 전위적인 요소이죠."

"아방가르드풍의 예술 말이죠."

"쓰레기 더미 속에서 장미가 피어오르는 줄 알았는데 이번에는 쓰레기 더미 속에서 비디오아트가 나오는 것도 세상의 시간이 아날로그에서 디지털로 바뀌지 않았나 여겨지는데요."

"아날로그와 디지털의 분리가 아닌 합성, 그리고 그들의 만남이 전제되었을 때 진정한 예술이 나오지 않을까요."

"아, 그러니까 디지로그를 상징하는 것이군요."

"디지로그란 이렇게 단절이 아닌 화합을 상징하죠. 신구세대의 화합, 기술과 상상력의 만남, 인종과 인종의 이해……."

경영환경이 아무리 나빠져도 해외에 인재는 얼마든지 포진해 있다.

파리에서도 예외는 아니다.

박사학위를 받은 김 군이 실력을 제대로 활용하지 못하고 공항에서 불법 택시 운전을 하다 경찰에 붙잡혀 벌금을 낸 사건이 있었다.

또 어떤 여학생은 유학자금이 부족해 신문배달을 하다 차에 치여 교통사고를 당하기까지 하였다.

그만큼 파리의 현실이 고달프고 다른 한편으로는 동양인으로서 성공을 포기할 수 없는 마력 같은 것이 숨어있었다.

경영에선 불황기에 오히려 적재적소의 인재를 구할 수 있다고 보았다.

자신의 꿈을 펼칠 수 있는 기업이라면 인재들도 적극 나서기 때문이다. 여기에 참고가 될만한 일은 기업의 역사와 현실 그리고 비전을 알아보는 순서, 거기에 창조성까지 갖추고 있다면 금상첨화.

여기서 기업의 창조 크리에이터는 변화를 좋아하고 어디에서 방황하는 일 없이 머뭇거리지 않고 소박한 아이디어를 내는 사람, 그리고 마스터는 그 아이디어를 사장하지 않고 발굴해 회사의 시너지로 연결하는 사람, 이러한 열정이 만날 때 글로벌 경쟁력을 갖추는 것이다.

기본에 충실할 때 월드 씨티즌으로 진입할 수 있는 찬스가 오기 마련이다.

그래서 유전그룹의 정신도 지식이 풍부한 사람보다 새로운 가치와 화합을 이끌어내는 지혜로운 사람을 더 원한다.

양보를 하지 않고 세계 최고만 고집하는 사람의 갈 길은 딱 하나. 이기적인 집단마을에서 열정을 사장한 채 이런들 어떠하리 저런들 어떠하리로 일생을 허비하는 사람.

과연 이런 부류의 사람들이 글로벌마인드를 계속해서 유지할 수 있을까?

그런 사람에겐 진정한 승부근성은 찾아볼 수 없다.

야만적인 독식효과만 있을 뿐……

글로벌 시장 개척을 위해 파리를 거쳐 암스테르담에 유전과 선희가 도착했을 때는 어느덧 희망찬 아침이었다.

서울을 거쳐 홍콩으로 홍콩에서 다시 암스테르담으로 환승을 이용한 것도 결국은 시장조사를 위해서였다.

유전이 암스테르담에 출장을 온 것은 이번이 처음은 아니었다.

작년에도 한 번 와 보았는데 그때는 혼자서 세미나와 유적지 탐방을 하기 위해서였고, 암스테르담은 항시 연구하고 배울 수 있는 도시라는 생각에 이번에는 선희와 동행하였다.

튤립 호텔 벽면에는 각종 꽃 장식들이 수를 놓고 지상에서 진정

평화를 원하는 것이 꽃 같은 마음일까라는 상념에 잡혔다.

그사이 북한에서는 한국의 군함을 격침했다는 불길한 소식이 외신을 통해 암스테르담까지 들렸다.

"우리나라도 적이 없었으면 얼마나 행복한 나라였을까."

"적과 동지 그리고 평화, 통일…… 이 모든 이데올로기가 여기서는 존재하지 않아. 단지 우리 앞에 존재하는 것은 젊음의 열기, 생동감, 자연을 닮은 사람들. 뭐 이런 종류의 생각을 갖게 하네."

"이 지역은 바다보다도 낮은 지대였대요. 댐을 쌓고 풍차를 돌리고 그들도 나름대로의 적이 있었죠."

"자연의 적은 자연에 순응하고 자연을 이해하면 이렇게 평화롭게 풀리는 법. 그러나 인간이 만든 법은 결국 인간을 지킬 수 있는 공간을 만들기도 하지만 인간을 상처 나게 만드는, 완벽한 제도라고는 안 보지."

"그래서 인간은 신을 찾는 게 아닐까요."

암스테르담 중앙역을 중심으로 도심이 넓게 펼쳐지는데 그날은 일요일, 성당의 종소리는 일제히 미사시간을 알리고 경건함을 세상에 전한다.

일요일은 백화점도 미사가 끝난 후 열 정도로 시민들은 기도와 일상을 잘 융합해 나간다.

독립탑 부근에서 특별한 게임이 있었는데 비치발리볼 대회를 도심 중앙에서 그것도 인공으로 모래사장을 만든 뒤 하는 모습이 여간 자유스럽기까지 하다.

"2인 1조로 경기를 하니 허점이 많이 보이는데요."

"내 생각에도 한 4명이 해야 빈틈이 없을 것 같은데 딱 2명이서 수비와 공격을 번갈아 하는 모습은 기업에서도 멀티 플레이어를 원하듯 인풋 아웃풋 두 가지 타입으로 공격과 방어를 하고 있어. 아주 팽팽해, 보는 사람이 긴장되는구먼……."

유전그룹, 장풍그룹, 관몽그룹은 스스로 수비와 공격을 바꾸어 가며 절호의 찬스를 찾기 위해 오늘도 해가 지는 줄을 모른다.
내일은 창조경제의 언덕에서 희망의 일출을 기다리고 있을 것이다.

지은이

유재기 俞在琦

국내 최초로 경제와 추리물을 융합해 만든 「경제삼국지」를 출간한
유재기 작가는 「현대시학」을 통해 文人으로 등단하였다.
KBS-radio에서 「한밤의 이야기쇼」 구성 작가와 스포츠조선 「청춘
수첩」「YS코믹극장」을 잇달아 연재하였다.
중부일보에 연재소설 「사랑발전소」를 1년여 동안 인기 연재했으며
잡지 HEAD LINE NEWS에 「경제삼국지」를 3년 넘게 연재하였다.
국민대 겸임교수와 국립 EARIST UNIV.교수(필리핀)를 지내며 틈틈이
저술활동을 하고 있다.
특히 김영삼 대통령을 소재로 한 「굿모닝YS」, 현대그룹 정주영 회장을
소재로 한 「나를 알고 세계를 알자」, 포철 박태준 회장을 소재로 한
「한국의 철강왕 박태준」을 연속 집필하면서 경제삼국지 모티브로
삼았다.
문학인으로써는 드물게 서울시 시의원에 출마하였다.
광주일고, 한양대학교, 연세대대학원, Earist State Univ. 박사

주요 저서

[경제삼국지] [청춘수첩] [청춘별곡] [청춘예찬] [무등천하] [사람이 그리운 날이면]
[나를 알고 세계를 알자] [세상의 어머니] [굿모닝YS] [YS코믹극장] [세상일기]
[파라오의 비밀] [지구의 미로] [소설 둔갑록] [살아가기] [M16에 관한 명상]
[연필하나로 시인되기] [시린가슴으로 씌어진 내 영혼의 편지]

E-mail : hbdad@naver.com   hbdad@hanmail.net

경제 삼국지

초판 1쇄 인쇄 | 2014년 6월 5일
초판 1쇄 발행 | 2014년 6월 5일

지 은 이 | 유 재 기
펴 낸 이 | 장 승 준
펴 낸 곳 | (주)정우디피씨
주   소 | 서울 중구 서애로 12-6 대우빌딩 3F
이 메 일 | jwdpc2277@naver.com
홈 페 이 지 | www.jwcoms.com
전   화 | (02) 2277-9541
팩   스 | (02) 2264-1753

ISBN 978-89-967601-3-9

정가 14,000원